生命的三次方

LIFE CUBED

（美）加斯东 D.考克斯 著

刘萍 曹海陵 译

海南出版社

HAINAN PUBLISHING HOUSE

版权合同登记号:图字:30-2018-033 号

图书在版编目(CIP)数据

生命的三次方 / (美)加斯东 D. 考克斯(Gaston D. Cox)著;刘萍,曹海陵译. —海口:海南出版社,2018.6
书名原文:LIFE CUBED
ISBN 978-7-5443-8198-7

Ⅰ.①生… Ⅱ.①加… ②刘… ③曹… Ⅲ.①长篇小说—美国—现代 Ⅳ.①I712.45

中国版本图书馆 CIP 数据核字(2018)第 073204 号

生命的三次方

作　　者:(美)加斯东 D. 考克斯
译　　者:刘 萍 曹海陵
责任编辑:李向阳
执行编辑:凌亚南
印刷装订:三河市祥达印刷包装有限公司
读者服务:凌亚南
海南出版社 出版发行
地　　址:海南省海口市金盘开发区建设三横路 2 号
邮　　编:570216
电　　话:0898-66822109
E-mail:hnbook@263.net
出版日期:2018 年 6 月第 1 版 2018 年 6 月第 1 次印刷
开　　本:880 mm×1230 mm 1 / 32
印　　张:9
字　　数:210 千
书　　号:ISBN 978-7-5443-8198-7
定　　价:39.80 元

ACKNOWLEDGEMENT

The greatest achievement of the human spirit is to live up to one's opportunities and make the most of one's resources.

——Marquis de Vauvenargues

I'd like to take this opportunity to gratefully acknowledge some very important and special people. I'm extremely fortunate to have gotten such guidance and first and far most, my friend and Counselor, Tang Weijen, of ALLBRIGHT Law Offices (Tianjin), in Tianjin China. His wholehearted support, guidance in this undertaking. Professor, Liu Ping and Cao Hai-ling for their profound knowledge and expertise in their translation. Hainan Press, its team's guidance and positive commentary to see this project a success. And last but not least, my beloved friend and mentor, "patience is everything." XH ,my deepest thanks to all of you. Many success to this project and many more ahead.

Author, Gaston D. Cox

致谢

人类精神的最大成就是，充分利用自己的机会，充分利用自己的资源。

——法国道德家窝王纳侯爵

我想借此机会感谢一些非常重要和特别的人。我非常幸运，得到了我的朋友和顾问——上海锦天城（天津）律师事务所唐文金律师的倾力相助。他为此书的出版给予了极大地支持和指导。还要感谢刘萍教授和曹海陵教授将此书译成中文，她们在翻译方面具有深厚的经验和专业知识。同时，感谢海南出版社，他们的指导和积极的评论对这个项目的成功起到了推动作用。最后，但不是无足轻重的，我要感谢我亲爱的朋友和导师——XH——“耐心成就卓越。”我深切地感谢你们所有人。预祝这个项目成功，后续还将推出更多的作品。

作者：加斯顿 D·考克斯

译者序

本书所描写的故事，既有初恋的羞涩与兴奋，又充斥着神与灵的激烈交锋，充满了情感和迷幻的色彩。

作者希望读者阅读时，能理解主角的意义："本书的主角，他不单单只是指某个人，而是指一种疾病。当此人死亡时这种疾病会唤醒部分大脑功能，它能使此人的灵魂转世并且拥有前世的记忆。数学上对立方的理解为三倍或三次。本书中的主人公灵魂历经三次转世，并且每次转世都拥有前世的记忆。这本书再现了带有特定人前世记忆的每个角色的经历，每个灵魂极端欣喜的交汇证实此名言为真理：当你离世时你所能带走的只有你所给予与经历的爱意。"

作为译者也作为读者之一， 我们对此书的解析可以理解为作者对于一些特定人物的内心性别角色经历转换的描述："故事围绕一位天才钢琴家以及他渴望去告诉他唯一的爱人他的感受而展开。但当他快找到机会去向爱人表白时，他却不幸离世，转而存活在不同的身体里，悲剧把他们分离得更远。到了最后，他历经三次死亡从而转世成为记得前世所有的一切的女人，灵魂感知到他（她）延绵不绝的爱意，但他（她）心爱的人却转世为一个男人，幸好，她（他）还记得一切，两人互相寻找着对方，从而成为灵魂伴侣。”

书中的主人公每一次离世重生，都以改变性别为主要标志，可见改变性别是灵魂转世的重要意义所在。所以从整体来看，不得不让读者浮想联翩，暗自揣摩，作者是想表达主角在探索、寻找灵魂伴侣的过程中，不断变换角色，试图以更高的感知度来寻找灵魂伴侣，也逐步揭示了本文的主旨：外在，或者说，肉身，在刻骨铭心、深入灵魂的爱情面前，显然已经不那么重要。你所给予与经历的爱意，是你离世时所能带走的唯一。

作者在描述故事的过程中，试图让读者了解他写作的更深层的更重要的目的。“有时，新闻工作者利用幽默讽刺来激发社会意识，我希望我的写作也能达到同样的结果。”

作者希望以更加精彩的写作手法，来诠释他对整个世界、对人与人之间的关系的理解和感知。故事里有暗示、有比喻，虽然他不是很明确地表达出他的意图，但他确实希望读者能从字里行间中感知到、意识到，并能有所理解。

如果诸位读者确实从他的表达中感知到并理解了他的意图，他将获得很大的成就感。他说：“我宁可我的工作是画了一幅蓝图，从而引发人们对生命的思考。”

目　录

第一部分

第一章

问世间灵魂为何物？有人说，它是寓居于躯体的生命力，是一种精神，可以用来定义一个人的道德品质和情感维度。还有人认为，灵魂具有宗教、哲学和神话般玄妙的含义。有神父说，人死后，灵魂会交给上帝，由他来审判人在世时的罪过。而哲学家说，当人体濒临死亡或死亡时，人往往才会想到灵魂；躯体死亡后，灵魂会去往永生的地方。神话理论家则认为，灵魂和身体是两个独立的实体，二者优劣互现，即灵魂给了躯体战斗的意志；身体弱，而灵魂强。还有人相信灵魂可以判定正确与错误、真理与谎言。库尔特·冯内古特提出了“有道德的灵魂”这一说法。他说：“道德，是判断正确与错误、正义与不公的能力，它源自于灵魂，两者相互依存。若没有了灵魂，一个人就没有道德判断力。”

其实，当涉及灵魂的话题时，许多人往往搞不清话题的目的和意义。但灵魂的确存在着，这是不可辩驳的事实。

本篇故事从一个名叫达瑞斯·戴维斯的非裔美国小男孩讲起。他出生在美国加州，在洛杉矶南部长大，离著名的南加州大学不远。达瑞斯是一个有音乐天赋的孩子，很小就开始学弹钢琴。他的父亲是一位爵士音乐家，从小就有意识地培养他的音乐才华。十岁时达瑞斯的钢琴弹奏水平就已相当了得了，无论什么曲调，他只要听一遍就能弹出来。但钢琴并不是达瑞斯的最爱，他更喜欢小提琴。在他十岁的时候，他的小提琴已经拉得非常娴熟。他父亲送给他一把小提琴作为生日礼物，这是他父亲去意大利旅行时在拍卖会上买的。达瑞斯给这把小提琴取名“麦当娜”。

达瑞斯一直笃信，是乐器选择了他，而非他选择了乐器。当他演奏小提琴时，他可以感觉到音符的跃动，领悟到作曲家的情感和思想，他认为音乐在通过小提琴与他对话。到十二岁时，达瑞斯让许多听到他的演奏的人感到了灵魂的悸动。达瑞斯的父亲，马萨利斯·戴维斯，在达瑞斯十二岁时去世了。戴维斯先生患有被称为“毛细血管扩张综合征（OWRD，下文同）”的心脏病，这病波及了他的部分大脑。他在“蓝调之家”音乐会演奏时，突发疾病而去世。许多人参加了葬礼，包括著名的琼斯。达瑞斯的母亲简·戴维斯——雪松医院的一位护士——很担心她的儿子可能遗传了这种疾病，因为她知道此病一代只传一人，而她的女儿没有遗传这种疾病。达瑞斯像普通的十几岁的男孩一样，在学校会和朋友打打闹闹，会有邻家女孩爱慕他，特别是崇拜他的音乐才能。他也喜欢偶尔与朋友打打篮球，但对运动并没有什么深厚的兴趣。达瑞斯十五岁上十年级时，已经是学校的乐队和音乐部助理部长。去年达瑞斯的音乐作品在年度音乐艺术节上获得了一等奖。今年，他接到了为高中乐团创作一部音乐作品的任务。学习之余，他都会练习演奏。有时他的母亲会敲他的卧室门，试图让儿子放下乐器，休息一下。她进入他的房间时，会开玩笑说："你闻到烟味了吗，孩子？让麦当娜休息会儿吧。你会烧掉我们房子的，你把琴弦拉得要着火了！"

"哦，妈妈！"达瑞斯抱一抱他的妈妈，问，"晚饭吃什么？""蔬菜炖牛肉。"她回答。这是达瑞斯最喜欢的食物。达瑞斯会跑进厨房，给自己倒一杯韦尔奇的葡萄汽水，然后坐在桌边吃饭。他和姐姐戴安娜，像普通十几岁的孩子一样，时常会相互吵架打闹。晚饭后，戴安娜的任务是洗碗，而达瑞斯的任务则是倒垃圾。

通常，做完家务和家庭作业后，戴安娜就和妈妈看电视，而达瑞斯会回到房间，戴上耳机，听收音机播放的流行音乐或DJ 混合磁带，以激发创造力。然后练习一个小时电吉他，之后他会开始练习小提琴。

高中学校会每年组织学生集体外出一次，让学生去了解艺术和文化。今年有洛杉矶爱乐乐团与来自中国的著名音乐指挥家的合作表演。学生要去参加活动，必须得到父母的许可。年轻的达瑞斯得知这个消息后，一整天都处于兴奋中，他忍不住想象着自己会问那位来自中国的著名指挥家什么样的问题。在课堂上，他的老师提问上课的内容。达瑞斯言不对题的答案暴露了他的心不在焉，他的同学嗤嗤发笑。课后，几位任课老师把他叫到一边询问他为什么分心。他连声道歉，承认自己是因为即将到来的出游太兴奋了。跑回家后，他让妈妈给他签字，却忘了自己把签字条放在课桌里了。在包里翻了半天没找到，他才发现忘拿了。他失望地跑回房间，颓然地躺在床上。那一晚他没吃晚饭。他姐姐戴安娜回家后发现他心情不好，询问发生了什么事。妈妈告诉了她。她从书包中拿出了自己的签字条，让妈妈签字。戴安娜把签好字的签字条塞进达瑞斯的卧室门缝。那天晚上，达瑞斯慢慢打开门，发现踩到一张纸。他打开房间灯，注意到这是一张签了字的许可条（姐姐把自己的签字条让给了弟弟）。

第二天早上，俩人又开始嬉笑打闹。戴安娜尖叫道："妈妈，达瑞斯不让我走！"

他的母亲喊道："达瑞斯！"达瑞斯回答说："妈妈！我只是想给姐姐一个大大的湿吻！"

戴安娜尖叫着："讨厌，滚开！"他们的母亲回答说："行了，行了，快让你的姐姐走吧。你们上学要迟到了。"

他们推搡着出了门，谁也不让谁。随后门"砰"地被关上了。终于安静下来，他们的母亲叹了口气。

沃特·迪斯尼音乐厅一直是洛杉矶爱乐乐团的主场。艺术和音乐爱好者们涌入音乐厅，聆听新艺术家的演奏。这些平时难以听到的音乐作品，能激发创作灵感。鲜艳的黄黑色巴士在停车场停下，孩子们涌入音乐厅广场，分好组，脖子上挂上牌子。这天，达瑞斯学校的九至十二年级的学生都参加了此次活动。达瑞斯四处张望，希望能看到姐姐从一辆车上下来，但他很快就明白，她错过了机会，因为她把自己的签字条给了他。他加入自己的小组，由导游带领着进入音乐厅。一阵失望的感觉袭来。厅里，一群一群的学生、老师和导游交头接耳，嘈杂喧闹声充斥着大厅。远处，音乐家练习演奏古典乐曲的声音盖住了喧闹的背景声。突然，达瑞斯听到了他非常熟悉的巴拉基列夫（Balakirev）的《东方幻想曲》里的一段乐曲。仔细听着，他忍不住和着音乐小声哼哼，手指随着乐曲动作，仿佛在钢琴上弹奏。

厅里有一片区域被隔开了，立着牌子：练习场地，请勿打扰。几位迎宾员巡视着大厅。但是这并没有阻止达瑞斯离开小组，穿过音乐厅，蹲到舞台幕布后面凑近去听，这道帷帘将舞台和音乐厅后半部分隔开。达瑞斯从幕布后面偷看，注意到有人在向一个中年钢琴师演示弹奏巴拉基列夫的《东方幻想曲》中一个非常复杂的曲段。闭上眼睛，达瑞斯沉浸在音乐中，然后突然惊讶地睁开眼睛，再次窥视幕布后面。指挥敲了敲台子，钢琴师把这支曲子又弹了一遍，指挥又一次敲了下指挥台。看起来钢琴师对弹奏这段音乐的某一部分有困难。指挥说的是中文，达瑞斯可以看出他有点恼火了。指挥从指挥台快速走下来，坐在钢琴师旁边，开始弹奏。当指挥演奏这段复杂的乐曲时，钢琴师仔细地观察和倾听着。指挥漂亮地弹完了这支曲子。达瑞斯听懂了这首作品。

钢琴师按照指挥建议的方式演奏了这首曲子。指挥点点头，演奏员走下舞台。指挥再次坐在钢琴长凳上，开始弹奏《钢琴演奏艺术》（*Opus Clavicembalisticum*），索拉布吉（Sorabji）的一首曲子。达瑞斯很高兴听到这首作品，因为这是他经常用来作为小提琴热身练习的作品之一。他闭上眼睛，欣赏着音乐，旋律穿过他的身体，他用手模拟着弹奏这些音符，没有注意到自己的手从幕布后面伸了出去。突然，音乐停止了。一个严厉的声音大喊："喂，你是谁？过来！"

他犹豫着是逃走好，还是顺从好，他慢慢地从幕布的后面把头探出去。一个灰白头发、清瘦高大的男人严肃地看了他一眼。

"过来这里，年轻人！"他吩咐道。达瑞斯犹犹豫豫、战战兢兢地站了起来。

"你不知道除了乐队成员，外人不可以到这里来吗?！你没有看到牌子吗?"指挥斥责他。

"你喜欢音乐吗？你能演奏吗?"

达瑞斯犹豫地点点头。

"好吧，让我们听听你会些什么！"指挥指着钢琴命令道。达瑞斯紧张地坐在钢琴边的长凳上。神经紧绷，手指开始颤抖。把手指放在白色的象牙琴键上，达瑞斯闭上眼睛，想象着父亲教给自己的许多东西，放松神经。大约一分钟过去了。指挥有些不耐烦，清了清喉咙。突然，达瑞斯开始弹奏巴拉基列夫的

《伊斯兰》。他的手指像一只蝴蝶一样在象牙琴键上上下飞舞，美丽的音乐吸引了指挥。指挥的眼睛紧盯着达瑞斯。他很惊讶，不禁在想，这样一个年轻男孩如何能掌握巴拉基列夫的音乐。突然音乐停止了。达瑞斯静静地坐在琴凳上，他的头低垂着。汗水从他的前额和脸颊滴落。指挥从椅子上站起来，走向达瑞斯，给他鞠了一个传统的中国式的躬。突然，传来骚动声，一个胖女人蹒跚着爬上舞台。她一边向那位著名指挥道歉，一边骂达瑞斯。她抓住这位年轻的音乐天才的耳朵，把他领下舞台。她再次向指挥道歉，然后消失在帷幕后面。

音乐在音乐厅回荡着。这是达瑞斯永远不会忘记的一天。他听了古典和当代音乐作品，沉浸在音乐中，各种音乐渗入他身体里的每一个细胞。音乐仿佛是一封密码信，达瑞斯诠释着每一个音符及其目的，好像他能理解作曲家藏在每串音符背后的思想和意义。那天晚上，达瑞斯难以入眠，这一天的经历挥之不去，音乐继续在他的脑海和梦中回响；这种状态持续了好几天。学期末临近了，达瑞斯还没有完成音乐艺术节的音乐作品。学习功课和练琴占用了他的时间。音乐作品要求包含两个协奏曲，要有钢琴和小提琴演奏。达瑞斯会演奏小提琴，但还没有找到一个熟练的人来演奏钢琴协奏曲。试演的压力很大，琴弦很快变成了负担，达瑞斯头痛欲裂。只有弹奏音乐，头痛才会渐渐消失。

上课铃响了，学生们匆忙到教室开始上上午的课。达瑞斯跌跌撞撞地跑过走廊，赶着去上头节课。走廊空荡而安静。他经过学校礼堂时，听到一段非常优美的音乐，他停下了脚步。

慢慢退回来，从礼堂的门缝往里窥看。一个年轻的亚裔女孩正在弹《梦幻曲》（*Traumerei*）《莫扎特 K·545》和《莫扎特 K·330》，这些被公认为是最复杂的古典音乐。她的激情演奏吸引了达瑞斯，使他忘了时间，忘了要上课。他悄悄进入礼堂，坐在后排聆听。学校的校长、音乐总监以及一对年长的夫妇——达瑞斯认为可能是弹琴女孩子的父母——都坐在礼堂前排，听女孩演奏。

这个女孩叫贾凌平，她出生在一个叫台里的小镇，位于中国北部黑龙江省。她的父亲在一家大型跨国公司工作，但其美国工厂需要一个新总经理，所以他被调到美国。他别无选择，只好背井离乡，举家搬到美国。当然，搬到新的国家，离开中国的家人和朋友，对于贾先生和他的家人来说，都是一个巨大的改变。但贾先生认为这是他女儿的一个机会。贾凌平的钢琴演奏技能高超，在她所在的省份出类拔萃，在中国获得过许多荣誉。

当校方开始与女孩的父母谈话时，音乐停止了。听到下课的铃声，达瑞斯吓了一跳，他看了下手表，冲出礼堂，加入到走廊上来来往往的学生中。匆忙赶到班上，教室门在他面前被猛然打开，让他一下子停下了脚步。达瑞斯侧着身子走进门，面对他的班主任，卡特先生。

“达瑞斯，很高兴你终于到学校了。不幸的是，你错过了第一节课。我很想知道你这次遇到什么生死劫难，导致你迟到了。”

达瑞斯一声不吭地站在那儿接受卡特先生的责骂，卡特先生继续说：“好吧，年轻人，你今晚留校吧。”

“哦。但是卡特先生，我有……”达瑞斯试图辩解。

“对不起，达瑞斯，我们可有言在先的。”

达瑞斯沮丧地低下头。他从卡特先生身边溜过去上第二节课。几分钟后，达瑞斯听到通知：“达瑞斯·戴维斯，请到校长办公室来。”

这个通知是用有线广播发送的。达瑞斯以为卡特先生把他没上第一节课的事报告给了校长，有点担忧，他犹犹豫豫地从椅子上站起来向教室门口走去。到了行政办公室，他走进去，注意到那对中国夫妇和他们的女儿也在。校长坐在办公桌后，他透过玻璃窗示意达瑞斯进去。达瑞斯慢慢打开门，走了进去。校长站起来说：“这是达瑞斯，他是我们学校的乐队和音乐部助理部长。”

校长带着自豪和灿烂的笑容，把手放在达瑞斯的肩膀上，领着他来到亚洲女孩和她的父母身边。达瑞斯和他们握手。小女孩脱口问道：“你是音乐总监?”话音未落发现这个问题有些好笑，她忍不住笑起来。她的父亲用中文责备了她几句，并向达瑞斯道歉。校长开始向这家人介绍达瑞斯在学校取得的成就，说他是一个了不起的音乐家。女孩和她的母亲静静地坐在那儿听着，她父亲微笑着对达瑞斯的成就表示祝贺。

校长补充说：“达瑞斯，我想让你带贾凌平转转。她是一名国际学生，将加入我们一段时间。”达瑞斯觉得女孩子很迷人，对这个要求感到有点紧张，努力地想找点话说。让他更紧张的是，他透过玻璃窗看到卡特先生站在接待台那儿。突然，他们的目光相遇，卡特先生双臂交叉，倚靠着台子，眼睛瞪着他。

校长脱口说出："啊，那是你的班主任老师。"他用手示意卡特先生过来。卡特先生进了办公室。"卡特先生，这是贾凌平一家。"双方握了握手，"他们的女儿贾凌平会加入你的班级。"

卡特先生回答说："哦，很高兴见到你，欢迎！"并握住了那个小女孩的手。达瑞斯默默站着，身上直冒冷汗。校长继续说："我刚刚要达瑞斯带贾小姐在学校里转转。贾小姐在中国是一名非常优秀的钢琴演奏家。"

卡特先生回答："我明白了。"他把目光从达瑞斯身上转向校长，"嗯，您先忙，我以后再找机会跟您谈。请允许我和达瑞斯说几句话。"

卡特先生搂住达瑞斯的肩膀，带着他从校长办公室出来："好吧，达瑞斯，你今晚不用留校了。别再迟到了，要不然我会去见你的母亲的。"

达瑞斯高兴起来，兴奋地谢过卡特先生，转身进入校长办公室。几分钟后，贾凌平和达瑞斯来到音乐中心。想起音乐艺术节，达瑞斯给凌平说了说关于这个节日的事和他创作的作品。他想，她演奏他的作品再完美不过了。她又一次咯咯笑道："这部作品叫什么?"

"我还没有想好名字。" 达瑞斯微笑回答。

"你创作的?"贾凌平轻蔑地问，带点嘲笑。

达瑞斯回答说："是的!"

"好吧，弹给我听听。"贾凌平要求道。

达瑞斯说："有一个条件。想听我弹的话，你得参加。"

她犹豫了一下，回答说：“不，不行！”

“你的琴弹得那么好，为什么你不自己弹呢？”贾凌平接着说，“如果你不喜欢弹钢琴，你怎么当的音乐总监？你现在还说你创作音乐！”

她的窃窃私笑很快就变成了放声大笑，她转过身向音乐中心门口走去。达瑞斯转身走向钢琴，坐下。他开始弹一首被公认难弹的曲子，莫扎特的《C大调钢琴奏鸣曲》第二至第三乐章。达瑞斯的手指在象牙琴键上跳跃。贾凌平停下脚步，她慢慢转过身，低呼：“天啊！”贾凌平被达瑞斯的优美弹奏迷住了，慢慢走过来，静静地坐在他身边。他的手指优雅地在琴键上跳舞。他闭上眼睛，仿佛他演奏的音乐是他自己创作的。音乐在大厅回荡，传入临近的行政办公室，打断了贾先生与校长的谈话。

“快跟我来！”校长说。他带着这对亚洲夫妇匆匆从办公室出来，前往音乐中心，他们也被年轻人的美妙演奏吸引了。贾凌平注意到她的父母进来了，跑过去拥抱贾先生。“哦，爸爸，”她用中文说，兴奋不已，“我留下来！我要留在这儿！”她紧紧抓住贾先生的手。他们走到音乐中心的前面，坐下听达瑞斯完美地演奏完几首曲子。最后，达瑞斯的头垂在琴键上，汗水流过他的脸颊，滴在象牙琴键上。突然，校长开始鼓掌，那家人也鼓起了掌。回到舞台，贾凌平坐在达瑞斯旁边说：“你真是太棒了！”她擦了擦他脸上的汗水，然后带着温暖的微笑对他耳语道，“嗯！我要在音乐艺术节为你演奏。”

她的父亲站起来，犹豫地走向钢琴，用中文对他的女儿说：

“我很高兴你决定了进这所学校。我跟你国内的音乐老师谈过，他告诉我，他在一场音乐会上遇到了一个令人印象深刻的年轻男孩。我相信就是他。这也是我把你带到这所学校的原因。好好向这个男孩学习吧，这样一个天生具有音乐才能的男孩，有哪个老师比他更棒呢？简直是天才。”

凌平无法理解贾先生的话，她转向达瑞斯，笑着说：“我父亲喜欢你，认为你是一个音乐天才！”

很快几个月过去了，还差几个星期就是音乐艺术节。许多个晚上，两人一起努力完成音乐作品并练习演奏，直到他们觉得练得很完美了，弹奏出来的声音正是达瑞斯想象中的旋律为止。在此期间，达瑞斯和凌平变得非常亲近。

这种关系激发了达瑞斯的创造力。他花了大部分时间在家里或学校的音乐中心演奏和练习音乐。凌平甚至影响了达瑞斯的学习习惯，他不再独自学习，而是经常两人一起。凌平最喜欢去的地方是唐人街，她很喜欢一家小小的中国艺术和文化画廊。他们会在唐人街手牵手溜达几个小时，她向达瑞斯介绍一些自己国家的文化、传统和历史。他们在画廊里流连忘返，她经常忘了达瑞斯不会中文，耐心地向他解释一些艺术作品，激情洋溢。那些故事相当浪漫、缠绵悱恻，而有些绘画描绘的是中国战乱时期的场景。

她拉着达瑞斯跑到画廊的另一边，让他看来自她的故乡的画。手工艺品栩栩如生，精巧的木雕把达瑞斯带到他从来不知道的另一个世界。

突然，她从他身边消失了，当她回来时，穿着她在家乡时常穿的传统服装。她开始旋转，达瑞斯被她的美丽惊呆了，说不出话来。她以一种中国古典舞蹈姿势结束旋转，翩然而立，裙袂飘飘，随后她消失在隔断后面，达瑞斯开始鼓掌，就像在看一场舞台表演。

达瑞斯在画廊里漫步，看展示的作品。他注意到一个手工制作的竹子人物以一种奇怪的姿势站着。人物的一条腿抬起，在膝盖处弯曲；弯曲的那条腿的脚跟搁在站立的那条腿的膝盖上方，构成了一个侧面三角形，而双手紧握，高举到头顶上方。

这件作品引起了达瑞斯的注意，因为他看到凌平曾多次以这种姿势站立，但他从没想过问为什么。他注意到她做这个动作时似乎很放松、很舒适。他继续浏览，注意到一些古老的文字，他身后有个声音在用中文朗读这些文字，并告诉达瑞斯这些文字的意思：浪子的回归。达瑞斯转过身去看这个声音是谁发出来的，发现是一名中年中国女性。她指指另一幅，凌平翻译道：生死与共。然后他看到那位年长女性微笑着点了点头，心想也许她是画廊的主人。他注意到她穿的鞋子很奇怪。

达瑞斯指指竹子做的人像。“哦，这个啊，这是一件伟大的作品。这是一个瑜伽站姿，这种姿态是用来引导能量通过身体的。”中国女人解释。

然后，她转过身，轻轻地触碰达瑞斯的心脏所在的位置，并停留了几分钟，说：“你有一颗充满正能量和奉献精神的心。”

听到中国女人说的话，凌平对达瑞斯笑了笑。凌平和那女人用中文聊了几分钟，然后便拉着达瑞斯的手跑出了画廊。

“我们要去哪里？”达瑞斯叫道。

凌平大声回答："一会儿你就知道了！"

他们穿过唐人街繁华的街道，最后来到一家中式餐馆门前。门很大，挂着红色的皮革。门的外侧绘着精致的色彩艳丽的龙。达瑞斯觉得这个地方很神秘。凌平拉着他的手，双双走进去。

进去后，达瑞斯立刻被舞台上奇怪的音乐所吸引，并很快注意到他们正在弹奏的乐器不像以前他见过的任何乐器。两个表演者的脸都涂成白色，穿着彩色的长衫。

凌平倾身告诉他："这是京剧，就是中国戏曲的意思。"

达瑞斯马上问道："他们演奏的是什么乐器？"

"那是中国的'吉他'。那个坐着的人在拉二胡，而那个涂脸的女人在弹琵琶。"凌平回答说，"这是一首非常传统的中国戏曲，叫《霸王别姬》。"

音乐和表演吸引了达瑞斯，他坐在那儿听了起来。凌平用中文向餐厅服务员订了一张桌子。

虽然达瑞斯不懂这门语言，但他能够欣赏音乐和表演，通过故事讲述者，他将到达脑海中浮现的神秘的地方。

华人服务员把他们领到靠近舞台的桌子。几分钟后，服务员上了几道中国菜，没有勺子或叉子，贾凌平注意到达瑞斯脸上困惑的样子，她意识到他不会使用筷子。

她来到他身边，指导他的手指如何抓住这两根棍子。但她离得太近了，手碰到他的手，他无法集中注意力。达瑞斯心神恍惚，她的指导，他一句也没听进。凌平长长的头发掠过他的脸，他把一块滚烫的食物掉到腿上，烫得他从座位上跳起来，引起一阵骚动。一名服务员在边上看着，哈哈大笑。

达瑞斯感到很尴尬。一个中国男士看到此情况，他理解达瑞斯的窘态，微笑着走过来，递给他一把叉子。达瑞斯给了他一个温暖的微笑。他轻轻拍了拍达瑞斯，说："我第一次和我妻子约会时，感觉也是这样的。"

凌平脸红了，他们开始享用食物。达瑞斯喜欢那种面团布丁，凌平称之为"饺子"。她把饺子在辣酱里蘸一下喂到达瑞斯嘴里。对达瑞斯来说这太辣了。他马上喝了一大口水。凌平大笑起来。

达瑞斯和凌平过了一个很开心的晚上，共享了美好的时光，虽然达瑞斯出了一点洋相。

凌平的电话响了，她拿起电话。"喂？"——这意思是你好。来电的是她的母亲。她们用中文交谈了几分钟后便挂了电话。凌平告诉达瑞斯，她母亲会来接她。达瑞斯伸手从口袋里掏钱买单。但凌平阻止了他，咻咻笑着说："这是中国人的事，不用你付钱。"

他们一离开餐厅，达瑞斯就紧紧抓住凌平的手。他很紧张，她可以感觉到他的手在颤抖。他们沉默地走了几分钟，等待凌平的母亲到来。她母亲的车突然停下，凌平转身走向车，但他们继续握着手，不想分开，直到最后一秒才松开。

达瑞斯回头看了好几眼才转身准备回家。凌平叫他，跑回来，亲吻他的脸颊。"我过得太开心了，谢谢你。"凌平带着温暖的笑容说。达瑞斯心花怒放，在街上跳跃着，大喊大笑。

贾太太对于这段恋情并不看好，经常与女儿争执。而凌平的父亲贾先生相当喜欢达瑞斯，经常提起达瑞斯的音乐天分。

后来凌平有点恼了，她觉得父亲对达瑞斯感兴趣只是为了利用达瑞斯的天分来帮助她提高琴技，而不一定是因为达瑞斯的人品。她们用中文争吵。“你对他知道什么?”贾太太质问道，“他的文化和你的文化完全不同，我们有自己的传统和习俗，我们有自己的价值观，最重要的是他不是中国人。”

而凌平回答：“妈妈，我不是要嫁给他！我只是喜欢和他在一起。”

凌平和贾太太都向贾先生求助，但他默默地坐了几分钟，然后回答说：“拥抱新事物是一个很好的经历。我们离开了我们在中国的家人和朋友，现在住在美国。尽管在这种经历中，我们也要拥抱新的东西，但这并不意味着我们应该忘记我们的习俗和传统。我们应该拥抱新的经历，并从中成长。”

他们开始吃晚饭，沉默笼罩着餐桌。突然而来的电话铃响打破了沉默。是达瑞斯。贾先生从凌平的手中抢过电话。他用带着浓重的中国口音的英语说：“小达瑞斯吗?”

达瑞斯紧张地回答：“贾先生，你好!”

“你妈妈在家吗?”贾先生继续说。

“在的，先生，”达瑞斯答道，然后叫他妈妈来听电话，达瑞斯小声说：“这是贾先生。说 Ni hao（你好）。”

“你好。”戴维斯夫人说。

贾先生说：“戴维斯太太，晚上好。不知您和您的家人能否来我们家共进晚餐？我将不胜荣幸。”然后他问，“这个周末怎么样?”

戴维斯夫人犹豫了一下，回答说：“嗯，您太客气了，贾先生。我星期六要上班，星期天有空。”

“星期天没问题!”贾先生回答说。他们确认了时间和地址，然后挂了电话。达瑞斯很好奇他们在电话里说了什么，他询问他妈妈。

“哦，贾先生刚刚邀请我们吃晚饭。”戴维斯夫人回答。听到这意想不到的消息，冷汗从达瑞斯的后背冒了出来。

同时，贾太太对她丈夫做的事也颇感意外，大声喊道：“讨厌!”贾先生走进客厅，坐在沙发上看报纸。凌平对她父亲的行为也感到惊讶。她跑过去倚着双人沙发，紧紧抱住她的父亲，然后亲吻他的脸颊，感谢他的果断行为。贾先生迷人的脸上浮起温暖的笑容，很自豪不用选择任一方就解决了家庭的争论。

那天晚上，达瑞斯继续练习他的音乐，但他心里对这个奇怪的邀请感到困惑。有人敲他卧室的门，戴安娜喊：“电话!你女朋友的!” 达瑞斯把小提琴放在床上，急忙走出房门去接电话。电话交谈让达瑞斯明白了缘由，他平静下来，他们说“明天见”后结束了通话。回到他的房间，音乐变得活泼而轻快。听到音乐，他的母亲和姐姐笑了笑，然后笑声越来越大。

音乐艺术节的前夕，家长、老师和学生簇拥在走廊里。这是最后一天的准备了。说话声、大笑声充斥着走廊，学生们一遍遍试着演出服，为活动节目做最后的准备。舞台背景、展品和展台被运送到格里菲斯公园。终于完成作品，达瑞斯和凌平忙于最后的准备，与管弦乐队一遍又一遍地排练音乐作品，直到达瑞斯觉得没问题了。这天放学后，贾夫人接上凌平和达瑞斯，朝格里菲斯公园驶去。当他们到达那里时，一切都已经就绪，看起来很漂亮。学生、家长和园区助理正在把展品放到展位，把布景摆上舞台。达瑞斯调整好情绪，紧张地伸出手，轻轻握着凌平的手，他们漫步在让人眼花缭乱的花园里，滑过临时的冰池，在人造的片片雪花间互相追逐。他们拥抱，达瑞斯注视着她美丽的眼睛。

“《中国花香》。”达瑞斯轻声低语。

“什么?”凌平害羞地问。

“你曾经问我这部作品的名字。它叫《中国花香》。”他肯定地说。凌平温柔地微笑。他们正要亲吻的时候，灯亮了起来，两人立即分开。随着公园管理人员和工作人员涌入该区域，他们立刻偷偷溜走，以免被人注意。贾夫人已经从杂货店购物回来，在公园的候客区等候。凌平进了车的前座，而达瑞斯坐在后面。贾夫人送达瑞斯回家。那天晚上达瑞斯累坏了。他快步走进房间，脸朝下躺在床上，很快睡着了。

一声尖叫响彻了整个房子，把戴维斯夫人从睡眠中惊醒。戴安娜也被吵醒了。戴维斯夫人急忙去了达瑞斯的房间，戴安娜紧随其后。她们发现达瑞斯匍匐在地板上，汗流浃背，控制不住地颤抖和抽搐。戴维斯夫人跪在她儿子旁边，抱着他。她对所看到的情况并不陌生，有关她丈夫犯病的记忆又回来了。她哭泣着，眼泪从脸颊上流下。戴安娜站在门口，也记起了父亲犯病时的痛苦时刻。看着弟弟在地板上颤抖抽搐，她开始哭泣。戴维斯夫人喊戴安娜叫救护车。他们等待的时候，戴安娜急忙取来冷毛巾，放在达瑞斯的额头上，希望能降低他的体温。

突然，达端斯的身体再次开始颤抖，类似于癫痫发作。戴维斯夫人用力地把一块毛巾塞进他的牙齿之间，试图阻止他咬伤舌头，达瑞斯的眼睛开始翻白。戴安娜哭泣着喊道："请不要死！请不要死！"

戴维斯夫人在儿子身边跪下，从地板上抬起达瑞斯的头。几分钟后，痉挛停止，达瑞斯晕厥过去。远处听到了警笛声。医护人员匆忙进入房间，用担架把达瑞斯抬出来，送上救护车，而警察在和戴维斯夫人说话。几分钟后，救护车离开路边，鸣着笛快速驶往雪松医院。戴维斯夫人在一个邻居的陪伴下坐在救护车的后部。医护人员在救治达瑞斯，把多个管子连接到他的身上。记忆再次涌入戴维斯夫人的脑中，她知道，恐惧还没过去，这只是开始。

裴琦·马丁（Peggy Martin）医生（神经病学博士）和克里夫·哈珀（Cliff Harper）医生（儿科医生，从戴安娜出生以来一直是戴维斯家的家庭医生）等在那里。几个护士挤在一起，等待着救护车的到来。担架沿着长长的走廊被推过来，穿过双层门。达瑞斯被送到手术室。几名医生戴着绿色口罩，穿着绿色的手术服，进入救护室。耀眼明亮的灯光照下来，医生们在拥挤的房间里忙碌着，他们脱掉达瑞斯的衣服，在他身上连接各种管子和仪器。他们相互交流的声音很低，但彼此都能理解。嗡嗡声在房间里回响。房间里的温度很低，放着莫扎特的背景音乐。突然，一个像电动剃须刀的嗡嗡的声音，淹没了达瑞斯脑子里面的协奏曲。然后，各种声音和焦点慢慢消失，就像火车离开车站，沉默和黑暗占据了它的位置。

几个小时过去了。在医院候诊室等待的有达瑞斯的母亲和姐姐，以及学校校长和几个朋友。贾先生从电梯上下来，牵着凌平的手。凌平的眼睛哭得红肿。戴安娜和凌平互相拥抱，她俩又开始哭泣；贾先生走过来和戴维斯夫人的家人及朋友握手，说些安慰的话。不久，马丁医生出来了。

“我们在他的大脑里发现了出血的情况，这导致了癫痫发作。他的大脑内层有炎症，这是由异常的组织生长引起的，这种异常导致了感染，感染使得体温升高。抑制感染，又导致过度出汗。我们能够阻止出血，消除异常组织的生长，并应用必要的药物来控制感染。但是我们将让他在 ICU（中文名：监护病房，以下同）密切观察几个小时。”

“他会好起来吗？”戴维斯夫人问。

马丁医生回答：“简，我们都知道这是开始阶段，对吧？这种疾病对你的家人来说并不陌生。”

马丁医生用柔和但坚定的声音继续说，“你的儿子与马萨利斯（父亲）的状况相同。现在与过去几年相比，这种类型的疾病有许多突破。医院可以提供给你几种不同的治疗方案，你应该考虑下。本周晚些时候安排个时间来见我。”

戴维斯夫人回答说：“好吧，我们什么时候能看他？”

马丁医生回答说：“我们把他清理干净，你大约一个小时后就能去看他了。”

说完，马丁医生转身回到手术室。戴安娜和家人互相拥抱。

几个小时过去了，哈珀医生走出手术区。戴维斯夫人匆忙跟过来，叫住他询问怎么这么长时间还不能见病人。哈珀医生有些吃惊，立即给 ICU 打电话，问延误的原因。挂掉电话，哈珀医生回复说：“他们需要为实验室取一些血液和组织样本。他在 ICU 病房中很稳定，一会儿 ICU 护士会下来带你上去。”

他刚说完，电梯门就打开了，ICU 护士把他们带到达瑞斯的房间。看到躺在病床上的达瑞斯，戴安娜转身跑出去哭泣。达瑞斯面颊深陷，头顶裹着绷带。两侧头发被剃光，皮肤苍白，看起来非常的虚弱。他的眼睛紧闭着，房间里只有仪器的嘀嘀声。戴维斯太太坐在他身边，一边流泪一边握着他的手。凌平站在房间外面，透过玻璃往里看，用手绢擦拭着眼泪。家族的其他人陆续走进病房。房间就像一个夜班室。过了几个小时，家人开始离开。

凌平慢慢地走进房间。她俯下身，轻轻地吻着达瑞斯的脸颊，用中文在他的耳边低声说：“亲爱的，醒来吧。不要离开我。”

许多学生和家长听到达瑞斯的消息，都表达了慰问。他们在衣领上别了一朵黄色的花。凌平穿着长长的黄色晚礼服，用钢琴弹奏奏鸣曲。她刚要开始演奏，著名的中国音乐指挥家就出现在舞台上，观众站起来，用力鼓掌。他过来陪他的得意门生贾凌平。凌平给了他一个大大的拥抱，俩人走向钢琴。凌平演奏了她那部分，而那位中国音乐指挥家在第二架钢琴上演奏了达瑞斯的部分，以致敬达瑞斯。这是音乐艺术节美妙的结束。人群开始欢呼、吹口哨。格里菲斯公园礼堂充满吹呼声。

一天天、一周周过去了，达瑞斯终于出院回家了。家人和朋友，以及贾先生及其夫人都在他家，迎接达瑞斯回家。大伙儿纷纷讲着音乐节的事，说着支持和投票率有多高，达端斯有点失落，他错过了音乐艺术节。房间里放满了鲜花和横幅，还有各地朋友寄给他的慰问卡。达瑞斯说了声抱歉，回了房间，躺在床上哭泣起来。过了一会儿，他的母亲走进来。戴维斯夫人说："儿子，我知道错过了这样一件特别的事，你很失望，你准备得那么辛苦……"

达瑞斯打断她："这是我的命吗？我要这样生活吗？为什么会发生在我身上？"

戴维斯夫人沉默地听着。达瑞斯把他虚弱的身体从她身边挪开。陷入悲伤的戴维斯夫人往卧室门外走去。她在门口停住脚步擦了擦眼泪，然后关门离开。

戴维斯夫人对客人们说："达瑞斯觉得有点累了，想休息一下。过来吃点东西吧，我很高兴我的儿子回家了，欢迎大家。谢谢。"

几天过去了，达瑞斯躺在床上，自怜自艾。一天中午，房间里空荡安静。戴安娜去上学了，戴维斯夫人赶去药房了。达瑞斯站在镜子前，慢慢解开头上的绷带，露出了手术疤痕，这道疤把他的头分成两个半球，像电影里跑出来的科学怪人。他用手指轻轻地划过疤痕，可以感觉到头颅柔软的部分。电话响了几次，他才去接听，是凌平。

"我想见你！"她急促地说，"我过来了！"随后挂了电话。几分钟后，后门打开，戴维斯夫人进屋，看到达瑞斯起来了，正走来走去。他转过身来，说："凌平要过来。她刚打了电话。"

他回到房间，用一只手提住睡裤，伸出另一只手去扶住附近的墙来稳住身子。戴维斯夫人急忙过来帮他，但他推开他母亲的手拒绝让她扶。门铃响了，是凌平。

“你好，戴维斯夫人。”

“嗨，凌平，进来吧。”戴维斯夫人回答。

“他怎么样？”凌平问。

“唉，我多希望能有一个让人高兴的回答。”

凌平走到达瑞斯的房间，敲门。从闭着的门后传来一声低沉的声音。她慢慢推开门，先把头探进去，然后走进去。房间很暗，厚厚的长窗帘阻挡了阳光，有股发霉的味道。她走到窗前，抓起窗绳，达瑞斯突然喊道：“不要拉开窗帘！”

“你这是打算在黑暗中度过你的余生吗？害怕？恐惧？”凌平冲达瑞斯喊道，“你以为发生在你身上的事只会影响你？看看你的母亲，看看你的姐姐，还有我！你有没有想过对我的影响？你以为你是唯一受到伤害的人吗，达瑞斯？你是这么想的吗？我听说过你父亲的事情，知道他是如何同疾病战斗，追求梦想，抗争到底的。”

“住嘴！”达瑞斯打断她，大喊道，“我不是我的父亲，好吗？”

“你真是个失败者！”凌平抓起书包，冲出他的房间，跟戴维斯太太说了声再见，冲出了屋子。望向窗外，戴维斯太太看到凌平非常生气，在车上流着泪对她父亲说着什么，她可以听到嚷嚷声。过了几分钟，贾先生来到门口，按响门铃。戴维斯夫人打开门。

“对不起，戴维斯夫人。” 贾先生稍稍停顿，鞠了一躬说，“我想为我的女儿道歉，我们的邀请仍然作数。带小达瑞斯来也许有好处。”

星期天早上，全家人去了教堂。教友们很高兴看到达瑞斯，虽然他们找了一个新钢琴师代替他。达瑞斯和家人坐在座位上，默数着新琴师弹错了多少音符，这使他感到有些好笑。由于他的身体状况，他没站起来唱圣歌。做完礼拜，牧师很高兴见到他能起来活动活动了，并欢迎他身体好转就回来弹奏。戴维斯夫人回家后，接到贾先生的电话，他来确认晚宴邀请，她向贾先生保证达瑞斯会参加。戴维斯夫人对他坚持要达瑞斯去参加晚宴感到很好奇，但是没有询问原因，她认为任何有助于她的儿子回到原样的东西都值得一试。

当晚，达瑞斯戴着一顶黑色礼帽，帽子内缘几乎盖住他的眉毛，后脑被全盖住了；一件黑色的西装外套，穿在他身上松松垮垮的，看起来太大了；白色的衬衫纽扣一直扣到领部，从宽松的西装外套的翻领部分露出来；一条牛仔裤配一双黑色耐克运动鞋。戴维斯夫人和戴安娜穿着礼服。在洛杉矶西部贾先生的家门前停下车，一种不安的感觉使戴维斯夫人嗓子发干，不知道晚上会有什么事发生。达瑞斯也很紧张，因为上次他和凌平见面时发生了争执，她气冲冲地走了。听到车子驶入车道的声音，贾先生走出大门，来到过道，迎他们上楼。达瑞斯注意到车道上停着许多漂亮的汽车，意识到邀请的不光是他们一家人。穿过前门，拱形天花板上悬垂着一盏大吊灯，灯光照亮了门口的地板和通往二楼的旋转楼梯。主层分为四个区域：起居室、客厅、餐厅和餐厅后面的厨房。几个着装漂亮的人坐在起居室的沙发上，还有一些人在聊天。厨房里传来说话声，人们在餐厅和起居室之间来来往往。达瑞斯听到起居室传来钢琴演奏声，但人们挡住了他的视线。贾先生接过他们的大衣，领着戴维斯一家来到客厅。戴维斯夫人有点紧张，紧紧握着戴安娜的手。戴安娜感受到了压力，知道此刻母亲非常不安，她把她的手从母亲的手中抽出，挽住母亲的胳膊。他们进入起居室，凌平停止弹钢琴，朝戴维斯一家走去，优雅地鞠了一个躬，走出起居室。达瑞斯为她的美所惊叹，但是不敢接近她。他努力不回头看她，试图把注意力放在陌生人对他的赞美上。

突然，一个陌生又熟悉的声音响起："年轻人!"他转过身，认出是那位著名的音乐指挥。达瑞斯很高兴见到他。他朝着达瑞斯走来，同达瑞斯握手。他用手臂搂着达瑞斯的肩膀，一起走出客厅，进入贾先生的书房，在那里他们坐着聊了几个小时。

戴维斯夫人则进了厨房，几个女人在里面忙碌，准备菜肴。戴安娜很惊讶地看见了她的合唱班老师，便走过去，两人聊了起来。吃饭时间到了，客人们纷纷走进餐厅坐上餐桌。贾先生举起酒杯欢迎贵客。席间杯盏交错，欢声笑语，中英文混杂。

贾凌平坐在贾先生旁边，正对着贾夫人，而达瑞斯坐在音乐指挥旁边。戴安娜旁边是戴维斯夫人，再旁边是合唱班老师和她的丈夫。桌上其他人都是贾先生的客人，包括谭盾、盛光明等人。音响里播放着中国古典管乐伴奏的《黄河大合唱》。桌上混搭着亚洲和美国菜肴。达瑞斯很开心，大家看到他在同音乐指挥说话时脸上有了笑容。注意到达瑞斯的变化，戴维斯夫人和戴安娜也很开心，她们彼此微笑着看看对方。指挥靠在椅子上，问达瑞斯能否赏光给他们弹一曲。达瑞斯犹豫了一下，点了点头，手指在桌子下攥紧，想起自己好长时间没弹过琴了。事实上，自打出院，他就没有弹过琴，也没有想弹的冲动。晚饭后，指挥站起来，宣布达瑞斯要为他们演奏。这一宣布引起了戴维斯夫人的紧张，戴安娜能理解为什么母亲的脸上会露出担心的神色。她瞥了一眼她弟弟，冲他摇摇头。凌平快速站起来用中文说："我来把我从达瑞斯那儿学到的东西给大家表演一下吧。"

当然，指挥不能拒绝，对这个提议表示欢迎。瞥了眼戴安娜，凌平知道让达瑞斯演奏不是个好主意。戴安娜的脸上露出感谢的表情。达瑞斯听着凌平的演奏，他感觉到自己身上有些东西失去了。他听着这些音符，突然意识到他想不起来这弹的是什么曲调。他无法辨别演奏的是对还是不对，好还是坏，有没有漏掉音符。他都记不起来了。

自己只是一个听众，而不是一个演奏者，但即使是一个听众也可以听出弹奏的好坏，他想。最后，他得出结论，他的天赋已经失去了。他被这个结论吓到了，猛然冲向钢琴，把凌平从琴凳上推开。客人们惊住了。他试着去弹奏，却完全是乱弹，错漏百出，就像一个初学钢琴的学生。突然，他冲出了房子，跑到马路上。指挥悲哀地看着，对贾先生说非常抱歉。合唱班老师的丈夫、戴安娜和凌平追着达端斯跑了出去。戴维斯夫人跳进车，汽车冲出车道发出刺耳的声音，她跟在合唱班老师后面，寻找她的儿子，她尖声叫着："达瑞斯！达瑞斯！"他们继续追着达瑞斯，眼看着他消失在繁忙的十字路口，突然达瑞斯的身体在一辆超速的十八轮卡车面前消失了，他的身体被巨大的轮子碾压而过。轮胎因为紧急刹车而发出尖锐的摩擦声，冒起烟雾，烧焦的气味弥漫在四周，司机匆匆下了卡车。他跪在地上，哭泣起来。路人停下来，看着这可怕的事故。戴安娜推开拥挤的人群，看着达瑞斯残缺的身体，她扑倒在地，疯狂地尖叫；凌平站在那里，惊恐地盯着眼前的一切；合唱班老师的丈夫看了一眼，急忙抱住戴安娜，试图安慰她。简从人群中钻过来，瘫软在地。她张开嘴，但没有声音，然后突然大声号哭。她颤抖着伸出双手想去触摸儿子的身体，但犹豫了一下，又收回了手。最后歇斯底里地大声恸哭。

“今晚头条新闻：今天傍晚，音乐天才，已故爵士音乐家马萨利斯·戴维斯的儿子被一辆十八轮卡车撞击身亡。现场目击者报告说，男孩跑上马路，卡车司机没有看到这个少年，来不及刹车，撞上了这个男孩。卡车司机心脏病发作被送往医院。戴安娜·戴维斯，已故马萨利斯·戴维斯的女儿，目击了事故也被送往医院。达瑞斯·戴维斯的身体在十八轮卡车的车轮下被严重肢解。警方仍在现场调查导致男孩跑上马路的原因。我们将随时为您带来最新的报道。这里是 CBC-5 新闻频道，史蒂夫·拉瑟尔为您报道。”

第二章

达瑞斯·戴维斯死后二十年了。一辆黑色加长轿车在卡耐基音乐厅的后门停了下来。粉丝们蜂拥着上前，围着轿车，保镖和卡耐基音乐厅门卫清出一条通道，让这位著名的艺术家穿过人群进入大楼。大楼里，演唱会制作人和其他工作人员纷纷和著名艺术家打招呼，簇拥着她来到化妆室。在房间里，她的私人助理给她做脚部按摩，帮她准备演奏会。“请谢夫人上台！”一个声音从紧闭的门外传来。几分钟后，这位艺术家的经纪人把她带到一个藏在舞台下面的玻璃电梯里，聚光灯亮起来，她随着电梯升上舞台，乐队开始演奏。当她从玻璃电梯出来，走上舞台鞠躬时，掌声雷动。她走到巨大的钢琴前坐下，演奏的第一支曲子是达瑞斯·戴维斯写的《中国花香》。演奏以马萨利斯·戴维斯爵士创作的一曲爵士乐结束。人群欢呼，起立鼓掌，一个卡耐基音乐厅的工作人员走上舞台帮助谢夫人站起来并护送她走到舞台边向观众鞠躬。她走动时衣衫下隆起的腹部显示出她已身怀六甲。舞台灯光暗了下来，他俩转身走下舞台。她从舞台后面匆匆走出大楼，坐进轿车扬长而去，前往月牙酒店，后面跟着的一辆黑色林肯车上坐着凌平的父母贾先生夫妇和凌平的丈夫乔恩·谢（Jon Xie）。走进房间，五彩缤纷的鲜花摆满了酒店套房的桌子和起居室。凌平的私人助理帮她脱下衣服，开始按摩她的脚。几分钟后，乔恩和父母走进了房间。电话铃响了。

“喂！”凌平接听电话。

“祝贺你在卡耐基音乐厅的音乐会圆满成功！”电话另一端的人恭贺道。

“非常感谢你，姐姐！”凌平回答，露出微笑，她继续说道，“阿姨怎样了？”

“你知道的，达瑞斯死后她就有些神志不清了，不过还好。我下周去看她。”另一端的声音回答道，“你呢？你感觉怎么样？”

“嗯，他现在非常活跃，但我发现他一旦听到音乐就安静下来了，就好像他不在我的子宫里一样。”凌平回答。

“哇！这很有趣，”另一端的人回答，“还做噩梦吗？夜里还疼吗？”对方继续问道。

“你给我开的睡眠处方似乎有帮助，但我早上醒来感到很疲倦。”凌平回答。

电话另一端的人继续问：“你还有几个星期就要临盆了，对吧？”

“还有大约四周，”凌平回答，接着又问道，“孩子们怎么样？”

“他们都很好。”对方回答。

“我下周要在洛杉矶开演奏会。我会顺便过来的。”凌平说。

“好吧，不过提前告诉我一声，这段时间医院的工作让人很抓狂。”

电话结束了，贾先生用中文问她是不是戴安娜，她怎么样了。凌平回答说是的，然后开始收拾整理。

贾夫人插话说：“她是个好医生，但她给你开的药会伤着孩子的！中药更好！”

丈夫乔恩扶凌平上床睡觉。贾先生开口说道：“戴安娜已经长大，成为一名受人尊敬的女医生，她的父亲和兄弟的死亡深刻地改变了她的生活，她现在致力于脑疾病的研究。我为她感到骄傲。”他像一位自豪的父亲一样为戴安娜辩护。

他亲吻了一下女儿的额头，说：“晚安。”

大约凌晨 1 点 30 分，阵痛让凌平尖叫起来，好像马上要分娩似的，把她丈夫从睡梦中惊醒，他赶紧跑进房间。胎儿在腹中躁动不安，拳打脚踢，让凌平疼痛难忍。她伸手去抓药片，乔恩拦住了她。他立即拿起电话联系戴安娜。戴安娜用中文问了几个问题，乔恩一一回答。戴安娜和凌平夫妇与在洛杉矶的医生进行了三方通话，医生向乔恩提供了一些家庭治疗方法，可以帮助凌平度过这一晚。然后，他向乔恩推荐了一位纽约医生，让他第二天一早就把凌平带到医生那儿去。

第二天，在诊室里，贾氏夫妇和乔恩夫妇坐在那里等医生检查的结果。最终，医生建议说："胎儿没有什么问题。但我们认为胎儿是在做梦。有一些最新的研究，证明胎儿会做梦。但不确定是什么原因导致的。这意味着你的饮食、工作压力或腹中胎儿可能感受到的任何东西都是可能的因素。所以你迫切需要深度睡眠。"

医生继续说："我认为你不应继续服用戴维斯医生开给你的褪黑素和抗抑郁的药物了，我给你开点乙酰氨基酚缓解痛苦，并服用几个星期低剂量的曲唑酮。"

贾夫人立即表示反对，她用中文说："他想杀了你和胎儿，这个人是个江湖医生！"

医生听不懂，问道："有什么问题吗？"

凌平和丈夫很有礼貌地回答说："她是担心这类强效药会对胎儿的健康有影响。"

医生回答："是的，她的担心有道理。但是目前没有可以帮助睡眠的妊娠期B类药，所以我建议短期使用温和剂量。"

凌平和丈夫点头认可医生的建议，医生开了处方。乔恩搂着凌平的腰，领着她从诊室走了出来，而贾氏夫妇紧随其后。司机迅速打开门，他们把挺着大肚子的凌平扶到车后座，急速赶往机场，赶去乘坐飞往加利福尼亚的飞机。频频有电话打来，让乔恩应接不暇。乔恩是名古典音乐制作人，旗下有纽约、加利福尼亚、英国和意大利的几位音乐巨星，排在头号的是他的妻子凌平。在去机场的路上，凌平母亲嘀咕着药物和婴儿的健康。凌平闭上眼睛，想睡一会儿。不久，她丈夫的声音把她从睡梦中惊醒。

乔恩挂断电话后，她立即询问何事。她丈夫用中文说："新闻报道了你怀孕的事。一些粉丝对你在这种情况下演奏感到不安，经纪人担心事故和收视率，建议取消几场演奏。"

私人飞机正等着凌平和她的家人，几分钟后，他们就要飞往洛杉矶。

"电台 kvet106，你已接通！"

"嗨！我很高兴出席了纽约的音乐会。凌平显然怀孕了。看到她在那种情况下演奏我感到很震惊。"一个来电者说。

电台节目主持人说："也许在中国，妇女会一直工作到临盆？"铃声和口哨的音效缓和了一些刻薄的语气。

主播接进了第二个电话。

"第二位来电者，你已接通！"

"嗨，她破产了吗？孩子马上快出生了，她为什么还出来演出？"

"对她的经纪人来说这是个好问题。也许你应该做她的经纪人。"广播主持人回答。

凌平的公关发言人很快处理了公众对凌平身体状况的担忧，粉丝们马上又支持凌平出来演出了。

在凌平进入洛杉矶的住宅大门的时候，狗仔们站在她的大门外拍照。她的日程安排冗长而乏味。由于睡眠不足和旅途劳顿，她感到疲惫不堪。她已经通知改期彩排。凌平躺在床上试图入睡，但胎儿在她的子宫里动来动去让她感到不安和痛苦。她伸手去拿电话，打给戴安娜。她们一会儿中文，一会儿英文，说起胎儿的情况和媒体的负面报道。戴安娜建议她取消一场音乐会，试着休息一下。但是签下的合同使她处于不利地位。

那天晚上，凌平被床头闹表的铃声惊醒了，竟不知她居然睡着了。她在床上舒展了一下身体，听到床单摩擦的“沙沙”声，她的私人助理急忙进来帮她起身，把她扶到洗浴室。他们开始准备晚上的彩排。

戴安娜过来看凌平，她把鞋子脱下放在门口，走进屋里。她拥抱了一下贾夫人，微笑着与贾夫人用中文互相寒暄了一会儿，之后贾夫人领着戴安娜穿过大屋子来到凌平的房间。戴安娜的目光扫视着路过的一个个房间，最后来到一个灯光明亮的屋子。这时，一个熟悉的声音叫她：“姐姐！”她加快脚步，进了卧室，凌平坐在镜前，助理正在为她梳妆打扮。

“哇！看看你，真漂亮啊！”戴安娜称赞道。凌平笑了笑，向她送了个飞吻。“你感觉怎么样？”戴安娜问道。

凌平用中文回答说：“我感到筋疲力尽，我的脚也肿了。”

注意到桌面上放着的药瓶，戴安娜伸手拿过瓶子看了下上面的标签，说：“嗯，这类药会有一定的副作用，比如水肿。”

戴安娜继续道：“纽约的医生发了如何用药的信息给我，说你只是短期服用。”凌平点了点头。

"希望情况会好转。"戴安娜补充道。

接着她们聊起戴安娜的家人，房间里充满了笑声。私人助理听不懂她们的对话，很惊讶戴安娜的汉语说得如此流利。

电话铃响了。是乔恩打来电话问她是否准备好了，几分钟后他会到家接她。私人助理陪凌平走出房间，戴安娜跟在后面。贾夫人从厨房里出来，加入她们的行列，笑声和谈话还在继续。

突然，凌平的手机响了，"喂！"凌平的脸变得严肃起来，她抚摸着肚子。来电说她父亲心脏病发作了。听到这个消息，凌平哭了起来，用手托着她的肚子。

戴安娜冲过去接过电话。"你好！"戴安娜说。

"你好，我是钟医生。贾先生心脏病发作了，他现在在荣军医院。很遗憾给你们带来坏消息。"他问，"请问您是？"

"哦，我是雪松医院的戴安娜·戴维斯医生。"

"他的状况如何？"她问道。

"呃，他中风了。我们还在等待检查结果，不过他目前情况还算稳定。"钟医生回答。

然后两个医生之间的谈话变成了专业讨论。贾夫人坐在地板上，安慰着女儿，两人的脸上都带着悲伤和眼泪。戴安娜挂断电话，然后敦促私人助理打电话给乔恩，告诉他发生的事。之后立即送贾夫人去医院。在路上，戴安娜不禁回忆起她父亲和兄弟，泪水滚滚。她在换挡间隙，握住贾夫人的手。贾夫人默默地流着泪，她的记忆回到了中国，她第一次见到贾先生的时候、他们举行婚礼的那天，以及他们女儿的出生，回忆起他们在美国一起经历的事情，想着如果她要独自在美国生活那该怎么办。

而在家里的凌平，她的状态持续恶化，沉重的消息让她腹痛难忍，她失声痛哭。

乔恩从前门进来，边跑边喊他的妻子。他在浴室地板上发现了她，看见她身下一滩血，他立刻抱住她，试图让她在地板上躺得舒服点，但阵痛越来越严重，他把她抱到车上，然后指示凌平的私人助理立刻与凌平的医生联系，他载着凌平向医院疾驰而去。

到达医院后，戴安娜和贾夫人急忙到登记处询问贾先生的情况。两人很快被带到 ICU。贾先生躺在病床上，许多管子把他的胳膊和身体与一台台机器连接起来。看到丈夫这种情况，贾夫人忍不住哭了起来。她走到贾先生的床边，握着他的手。戴维斯医生和贾先生的主治医生钟医生反复讨论贾先生的病情。贾夫人用中文对丈夫耳语，讲述着桩桩往事，她还告诉他凌平发生了什么，她有多么需要他。突然，贾先生的手指抽搐了一下，贾夫人悲痛欲绝的脸上现出温柔的微笑。钟医生走进房间仔细看了看，发现贾先生正在慢慢恢复意识。戴安娜站在贾夫人的旁边，贾夫人伸手抓住戴安娜的手。

“好了，我们要把他从 ICU 移出去，他正在恢复意识。”钟医生说。

戴安娜和贾夫人离开病房下楼去，等待贾先生转到住院部。走出电梯，他们迎面碰上乔恩，他的眼睛充满血丝。戴安娜问：“发生了什么事？凌平在哪儿？”

“胎儿快要了她的命了！”他脱口而出。“他们必须催产分娩。”他们急急出了电梯，跑向凌平的病房，但他们来迟了一步，凌平已经被带到手术室。匆忙赶到候诊室，戴安娜看了看表，告诉乔恩，他听到任何情况，都要立即打电话给她，然后又陪贾夫人上楼去看她丈夫。他们一进电梯，戴安娜的电话就响了。是她的小儿子迈尔斯打来的，想知道她在哪儿。

她回答说：“亲爱的，凌平阿姨病得很厉害，我和凌平的妈妈在医院里。我一会儿就回去。”他们挂了电话。几秒钟后，电话铃响了，是乔恩。

“孩子没事!”他说。戴安娜宽慰地看着贾夫人，然后询问凌平的情况。

乔恩回答说：“她失血过多，目前还没醒，他们将继续观察她。”

在二楼，贾先生平静地躺在一间单人病房里，他的身体和四肢都插着许多管子。贾夫人走到他身边，开始用中文和他说话。她低声说着发生的一切，包括凌平和婴儿的情况。

与此同时，凌平的状况和所发生的一切给她的事业造成了巨大的灾难。乔恩和凌平的公关团队试图通过重新安排演奏会和门票退款来控制公关噩梦，但这更激怒了演出场馆。最终，凌平决定暂时放下事业，全身心抚养她的孩子谢郎。

几个月后，贾先生出院在家。由于中风，他右侧肢体的活动有些不便，医生嘱咐他使用拐杖，再辅以物理治疗以恢复功能。

谢郎是一个健康的男婴，但常做噩梦。乔恩发现在谢郎睡觉的时候放些古典音乐，可以让他镇静下来，不再做噩梦。不过，凌平和戴安娜还是担忧谢郎的状况，开始寻求国内外专家的帮助。几个月过去了，虽经许多名医诊治，谢郎做噩梦的情况却变得更严重，且毫无规律。戴维斯医生亲自上阵，开始了自己的研究。

孩子开始表现出过人的天赋，两岁时，他已经开始弹奏钢琴和弦和简单的童谣。只要听过一次电话的铃声，他就能哼出来。一次凌平开车带他去超市，谢郎坐在汽车座位上，车上播放着《中国花香》，郎开始跟着音乐哼唱起来。凌平很惊讶，简直不敢相信她听到了什么。她慢慢地把音量关小，继续观察，谢郎继续哼着乐曲。她仔细一听，发现她儿子开始哼唱 CD 中没有收录的部分。这吓坏了她。她想起最后一个像她儿子这样哼出这段音符的人是达瑞斯。事实上，由于制作的限制，这个特殊部分没有被录在 CD 上。这支曲子太长，无法全部录制。她惊讶于她所听到的，不禁疑惑他是怎么知道的，他是从哪里听到的。凌平马上拿起手机，录下她儿子哼唱的歌曲。她的脸上浮现出温暖的、充满爱意的微笑，她和达瑞斯的回忆涌上心头，泪水盈眶。那天晚上，凌平和丈夫躺在床上，她拿出手机让乔恩听。听到儿子哼着《中国花香》的曲子，父亲脸上露出骄傲的微笑。他开始赞美他的儿子，凌平打断了他的话："嘘！听!"

乔恩有点担心，不知到底要他特意听什么。她很快倒回去再放了一遍，把手机拿得离乔恩更近一些让他能听到。"哎呀！怎么可能呢?！他从哪里听到的?"乔恩用中文问道。

“我不知道啊，我还希望你能告诉我呢。”凌平回答。

乔恩说：“由于CD长度有限，我们没有把原作全录制进去。”

贾凌平说：“是啊！我知道，我也已经很多年没弹过了。”

噩梦又造访谢郎（以下简称郎），他尖叫着，把凌平从睡梦中惊醒。她立即跑到儿子的房间安慰他。郎哭喊着，看起来像是受到惊吓或感到痛苦。凌平伸手打开他房间里的音响，很快，古典音乐让郎平静下来。他躺在母亲的怀里，凌平轻轻地摇着他。这到底是怎么回事？她很想知道。突然间，她想到了达瑞斯和他的父亲以及他们所患的疾病。会吗？她不知道。几个小时后，郎睡着了，她轻轻地把他放在床上。她往主卧瞥了一眼，乔恩还睡着。她蹑手蹑脚地走进书房，关上了门，此时大约是凌晨3点30分，她抓起电话给戴安娜打过去。电话响了好几次。

终于，有人拿起话筒，“喂？”

“你好，姐姐！”凌平说。

一个睡意朦胧的声音回答：“你好！”

“你好，是姐姐吗？”凌平又问了一次。

“是的，现在几点了？出什么事了吗？”戴安娜一下子清醒过来。

“对不起，亲爱的，我不是故意吵醒你的。”凌平道歉道。

“真的没关系！我只是睡得有点晚，连做了两台手术。怎么了？”戴安娜问道。

“是郎的事。我刚把他哄睡着，但我想知道他是否可能患了毛细血管扩张综合征？最近，他有一些非常不寻常的行为。”凌平担心地道。

“真的吗？比如？”戴安娜问道。

凌平开始告诉她关于郎的哼唱和他非凡的钢琴演奏技能。

戴安娜下了床，走进书房，在她零乱的桌子上搜寻。她找到了一个文件夹，她一直非常完整地记录着郎从被孕育到出生的情况。凌平告诉她的事情她得赶紧记录下来。

“嗯，当我开始研究郎的情况时，我就是从毛细血管扩张综合征及其症状开始的，但郎身上的症状还难以确定，因为他太小了。”

“但现在你告诉了我这些，也许是时候重新进行评估了，”戴安娜回答说，然后继续道，“我们在下周安排一次造影扫描看看。我记得达瑞斯在大约四五岁的时候开始有可怕的头痛，但郎只有两岁，不过他的噩梦和非凡的能力可能来得更早些。至少，应该先查一查。”

“好的，”凌平回答说，“我担心的就是这个。没有音乐他似乎就睡不着。如果那不是噩梦，而是头痛呢？”

戴安娜回答说：“是的，这就是我们应该查一查的原因。我也会和我的同事讨论一下这个问题，看看他们有什么想法。好吗？”

“谢谢你，姐姐！我们下星期见！”凌平回答。当她挂断电话，走出书房时，看到了她的父亲贾先生，她吓了一跳。

“爸爸！你在干什么？”她问道。

“你觉得郎患了毛细血管扩张综合征？”她的面部表情回答了他的问题。他慢慢地走到厨房，坐在桌子旁，他们开始用中文讨论这件事。凌平讲了她的恐惧，她与达瑞斯及其家人所经历的一切，以及引起她警觉的郎不同寻常的睡眠状况和行为。

她还告诉贾先生戴安娜所说的情况，以及造影扫描安排。过了一会儿，乔恩走进厨房，听到了谈话的结尾。他不喜欢听到这些，他觉得凌平把情况想得过于严重了。他还是觉得他的儿子不可能得 OWRD，因为，据他所知，他的家族没有这类疾病史。他看看凌平的父亲，贾先生马上回答说：“我目前尚不清楚，但谁能说得准呢？”

凌平对她丈夫说的话以及他的暗示感到不快，俩人用中文争执起来。更过分的是，乔恩觉得，如果郎真的患有 OWRD，那也不是源自他的家族，而从她父亲刚才所说的那番话来看，有可能遗传自贾氏家族。激烈的争执吵醒了贾夫人，她走到厨房一探究竟。贾先生静静地坐着，凌平和乔恩在争吵。贾夫人要他们小点声以免吵醒孩子。询问之下，凌平跟她诉说了乔恩说的话，乔恩对家族遗传和 OWRD 的看法，而且他还拒绝让郎去做 CAT 扫描检查。

贾先生果断地说：“怀疑很快就能通过证据解决。让戴安娜检查一下孩子。如果有什么问题，我相信她会发现的。现在我们睡觉去吧。”

他们在沉默中离开厨房回到各自的卧室。

CAT 扫描过去好几天了，凌平一家惴惴不安地等着结果。门铃响了，乔恩拿起听筒。是戴安娜。凌平在门口拥抱戴安娜，并用中文进行了简短的交谈。他们进入起居室，乔恩正在看音乐视频。听到戴安娜的声音，贾氏夫妇走进房间。戴安娜伸手从包里拿出大堆医疗档案。

“好了，好消息是他没有患 OWRD，但 CAT 扫描显示他大脑的一部分的确有异常活动，这是很罕见的。导致这一活动的原因还无法确定。至于异常的睡眠障碍，实际上就是噩梦引发的头痛。开的药会帮助他减轻头痛。造成这种情况的原因也尚不确定。我们仍在研究这两点，这也是你们没有早点听到我的消息的原因。”

听到戴维斯医生带来的消息，凌平一家大松了一口气，房间里又充满了快乐的笑声。

一年又一年，时光飞逝，郎已经七岁了。凌平又开始了古典音乐会巡回演出，忙得不可开交。她的新私人助理，一个香港的亲戚——毛太太，成了郎的保姆。郎的噩梦和头痛没有停止，但已不像小时候那样随意频繁。他的音乐能力已经提升到极高的水平，他的演奏迷倒了一群人，在演奏莫扎特的几首曲子时完美地展示了非凡的技巧。他对小提琴也表现出了浓厚的兴趣，大部分时间都在演奏钢琴和小提琴这两种乐器。之后，他开始作曲，并且很快就掌握了古典音乐作曲的规则。最近几年发生在郎身上的一切都使凌平和乔恩感到惊恐。他很少和父母说话，大部分时间都是独自和音乐度过的。他的自理能力很强，他不需要花很多时间做课堂作业，学习任务对他来说不是什么难题。学校安排过几次家长教师会，但乔恩和凌平都没有时间参加。

最终，郎和他父亲渐行渐远。到了十六岁，他在高中学校附近有了自己的公寓。学生们称他为“怪人”，因为他从来不梳头发，看上去总是一副不脱衣服就睡觉，从床上爬起来就出门的样子。但郎在弹钢琴或拉小提琴时所显露出的天分激起了人们的兴趣。他很早就完成了高中学业，只需几个小时他就能掌握几首难度很高的音乐，只要听一段，他就能完美地演奏整个乐曲，并修正音乐作品中缺失和错误的部分，他对此乐此不疲。他的能力多次得到检验，比如，只给他一曲约翰·塞巴斯蒂安·巴赫的音乐片段，他就能完成完整的音乐作品。把他演奏的作品与原作品相比对时，人们发现这两首乐曲完全相同。历史上没有哪位古典音乐家能做到这一点。

到了十七岁，郎在古典音乐和现代音乐界名声大噪，被誉为“音乐魔术师”。然而，他没有与他的母亲或父亲联系，拒绝私人或个人的采访。他的梦游和噩梦仍在继续，且越来越严重，郎有时醒来发现自己在私立学校的校园或是墓地，有几次在格里菲斯公园。最近他开始特别喜欢韦尔奇的葡萄汽水。不久前在又一场梦游后，他穿着肮脏的睡衣，光着脚往自己的公寓跑，这时，一辆银色敞篷奔驰轿车停了下来，车窗摇了下来。

“郎？是你吗?!”他瞥了一眼，发现那是他的姨妈戴安娜。

“上车!”她命令道。

“我的天啊，你怎么了?”她惊慌地问。然后抓起电话，立即打电话给凌平，但电话转到了语音信箱。她瞥了郎一眼，他像个胎儿般蜷缩在后座上。她转身去轻轻地抚摸着他的头发。

“没关系！亲爱的，一切都会过去的。”她说，悲伤和痛苦吞噬了她。

“你住在哪里?”戴安娜问，但没人回答。然后她试图打电话到凌平家，毛女士接了电话。戴安娜用中文告诉毛女士，她发现郎在街上游荡，神情恍惚。

毛女士厉声打断她说："不行，谢先生不想让郎来这里！"

"什么？！为什么！"电话被挂断了。戴安娜又打电话给凌平，终于有人接了电话，但是嘈杂的声音使人听不见对方在说什么。

"凌平！凌平！你在吗？我是戴安娜。"

电话里的声音喊道："我听不见你在说什么，我会回你电话。"然后电话被挂断了。

戴安娜心里想：到底发生了什么事？这个家庭发生了什么？他们为什么抛弃了他们唯一的儿子？突然，她的电话响了。是凌平。"姐姐！你好！好久不见了。"

"凌平，我发现郎穿着睡衣，神情恍惚地走在街上，情况很糟糕。"戴安娜急促地说。

"什么！他现在在哪里？！"凌平询问。

"我让他上了我的车，他现在躺在我的车上。"戴安娜回答。

"什么！带他去家里吧！"凌平敦促道。

"不行！毛女士说不允许他回那里！"戴安娜回答。

凌平惊慌了，回答说："什么？！我一会儿再打给你。"戴安娜失望地挂断了电话。几分钟后，毛女士打电话来向戴安娜道歉，请求她把郎带回家。

与此同时，在意大利的佛罗伦萨，在古典音乐剧院，凌平坐在她的化妆间里，乔恩走了进来。

"你怎么能这样对待我们的儿子？你怎么能这样！"

乔恩沉默地站着。

"我试过和他谈谈！但他选择了住在外面，凌平！他故意和别家唱片公司签约。他羞辱我！”乔恩生气地继续说，“我恳求过他不要这样做。但是他无视我对他的职业生涯的每一个忠告。他只是嗤之以鼻，因为他不喜欢自己的天赋。其他人得多努力才能得到他所拥有的一切啊。有的人甚至一辈子也得不到他所拥有的。他很幸运有这种能力，但他所做的只是挥霍浪费自己的才能。现在，他还以傲慢的态度和我对抗！”

“戴安娜发现他穿着睡衣走在街上，情况很糟！”凌平气愤地回答道。

乔恩脱口骂道：“神经病！”

凌平立即给了他一个耳光，然后冲出了化妆室。乔恩一手撑靠着梳妆台面，一手抚摸着脸。他想着刚才发生的事。然后，他给戴安娜打了个长途电话。

“你好！戴安娜，谢谢你找到我的儿子。他现在在哪里？”

“他和我一起在家里，他正在洗澡。”戴安娜回答。

“谢谢你。”乔恩客气地回答，然后挂断了电话。他从化妆室里跟着凌平走出来，跟着她坐进了豪华轿车。他们沉默地坐了几分钟，乔恩低声下气地道歉，凌平泪流满面。他握住她的手说：“这次巡演后我们应该休息一段时间，看看我们的儿子。”她慢慢地转过头去看他。“我们不应该把事业置于家庭之上。如果没有家，这一切，我们所做的一切都毫无意义。”

淋浴使郎焕然一新。他看上去好多了，心情也不错，愿意交谈了。戴安娜问：“午饭你想吃点什么吗？”

郎背对着戴安娜，俯身看了看冰箱，说：“嗯，来点蔬菜炖牛肉怎么样?”然后他轻声笑了笑。

“什么!”戴安娜说。

他重复道:“是的,我想吃点东西,蔬菜炖牛肉!还有韦尔奇的葡萄汽水。”郎转身面向她。

戴安娜靠在台面上,从震惊中恢复过来,不让自己晕倒。

“怎么了?”郎问道,他很明白自己在说什么,“戴安娜!是我!”

“什么!‘是我’是什么意思?”

“‘我’指的谁!?”戴安娜激动地问。

“是我,达瑞斯啊!”

“别说了!别说了!这不好笑,郎,这不好笑!”戴安娜生气地回答。当她转身冲出厨房时,郎突然在钢琴上弹奏了一首熟悉的曲子。事实上,这是一首戴安娜的父亲在她小时候用小号给她吹奏的歌曲,当达瑞斯惹她生气时,他也经常为她演奏这首曲子。听到这首曲子,戴安娜泪流满面,她慢慢地走回钢琴室,斜靠在门口听着,忍不住哭了起来。戴安娜看着郎,她看到了与达瑞斯弹奏时相同的动作和姿势。不禁想,这可能吗?她疑惑,这怎么可能呢?

突然,他转过身来看着她说:“第二次机会,姐姐,第二次机会。”他的话吓坏了她。

她从钢琴房里冲了出来,从厨房的桌子上抓起钱包,然后抓住郎的手,拉着他,说:“跟我来!”

郎问道:“你要带我去哪儿?”

戴安娜默默不语地开着车,直到来到一个墓地。

“我以前来过这里。”郎说道。

这让戴安娜非常惊讶。她问：“什么时候?”

“多次。我在这里醒来。”郎回答。

他们离开汽车，走进了一座公墓。戴安娜说：“这是我兄弟和父亲安息的地方。”

“是的，我知道，”郎回答说，“你还记得在父亲的葬礼上，我掉进了坑里，没人能找到我吗？妈妈以为有人绑架了我。当弗兰克叔叔发现我的时候，我的衣服好脏啊。”

当郎笑着讲述这个故事时，戴安娜发现自己也在心里复述完了这个故事，但她没有笑，因为她不敢相信她听到的话，郎不可能知道这个故事。看着郎，她震惊地说：“这怎么可能呢?”

郎沉默地站了会儿，然后说：“你错了，姐姐！我回来了，我的病也回来了。我患有 OWRD。”

“但是我们检查了，没有任何迹象啊！”戴安娜回答。

“这是关键，姐姐，这就是关键。”

“什么的关键?”戴安娜问道。

“让这一切成为可能的关键。”郎回答。

戴安娜转身走远。这有违常理，科学家也不可能对她听到的这一切给出解释。这是不可能的，这不可能，戴安娜不停地告诉自己。他是个天才，他可以和我玩心灵游戏，她想。

“对不起，郎，但我觉得这很难令人相信！这对我来说太离奇了。我需要时间。”戴安娜勉强镇定地说。

“带我去找妈妈！”郎坚持。

“什么？不！她接受不了这事的，达瑞斯！”没有意识到她叫他达瑞斯了，戴安娜接着说，“自从达瑞斯死后她就不一样了！她神志不清，精神抑郁。她总在责备自己。”

“没关系！带我去见她，你就叫我达瑞斯好啦。”郎回答说。

戴安娜马上守住防线：“不行！我做不到！”

“行的，你可以做到的！”郎回答说。

“不！我不能！”戴安娜喊道，他们边来回拉锯式地说着这些边朝车子走去，就像他们儿时常做的那样。

前门开了，他们两人同时试图进入车内。戴安娜微笑着，回忆起他们小时候的相同行为。她后退一步，让郎先进去。然后驱车行驶。

“妈妈！”戴安娜大叫着，穿过小走廊，扫视了一下卧室。

“妈妈！”郎也大声喊道。戴安娜惊讶地回头看了他一眼。就在刚才，郎的声音听起来就像达瑞斯。走进厨房，一位六十多岁的老太太满头银发，戴着眼镜，带着温暖的微笑看着他们。戴安娜朝老妇人走去，俯下身，吻了吻她的脸颊。“你好，妈妈！”她说。

郎站在门口，老妇人抬头看着那个小男孩。“妈妈！是我！”老妇人脸上带着困惑的表情看着戴安娜，但什么也没说。郎走近了些。

“妈妈，是我！达瑞斯！”她的手开始颤抖，但仍沉默地坐着。她只是看到一个亚洲男孩叫她妈妈。戴安娜静静地站着，看着她母亲的反应。郎快步跑进客厅，从沙发上抓起毯子。他把毯子盖在头上遮住脸和身体，对着母亲说话。突然，她手上的刀掉了下来，马铃薯也从她手中滚落下来。她大声喊道："达瑞斯！"她认得她儿子的声音，眼泪从她的脸上流了下来。她慢慢地站起来走向这个站在她面前只显出轮廓的人。"是的，妈妈，是我！"当戴维斯夫人拥抱被毯子盖住的男孩时，戴安娜的眼泪哗哗地流下来。戴维斯夫人放声大哭，说："对不起，对不起，我的儿子！你终于回到我身边了！"戴安娜转过身，把头靠在厨房的水槽边，忍不住痛哭起来。

"妈妈！听我说。我要你好起来，就是现在，我要你好起来。我回家了。一切都会好起来的。"毯子下抽泣的声音传来。默默地，戴维斯夫人走过蒙着毯子的人影，打开走廊壁橱的门。她拿着一个满是灰尘的破旧箱子回到厨房，把它放到达端斯面前的桌子上。达端斯打开破旧的盒子，突然叫道："麦当娜！"听到这个词，戴安娜瘫倒在地，而戴维斯夫人的脸上则露出温暖的微笑，她说："我的儿子！我的儿子！"

从盒子里轻轻地取出小提琴，达端斯开始拉起来。小提琴声让戴安娜清醒过来，她稳住颤抖的双腿，试图站起来，戴维斯夫人伸手把她拥入怀中，戴安娜像个孩子一样坐在母亲的腿上，泪如雨下。达端斯拉着美妙的曲子。小房子又有了生气，浪子回来了。

第三章

“我们回家了！”凌平和乔恩携带着大大小小的行李箱走进家门。贾夫人和毛女士在大厅里迎接他们，帮他们把行李拿进来。凌平急忙环顾四周。“郎在哪儿?”她用中文询问。贾夫人回答：“他和戴安娜在一起！”

毛女士补充说：“我们有几个月没见到他了！”

凌平把行李丢在门口，立即走进书房给戴安娜打电话，但没有人接。她并不担心，因为郎和戴安娜在一起。但是上次她和戴安娜通话时，戴安娜说郎状态很差，看起来像是病了。过了几个小时，她又试着打电话过去。最后，戴安娜接了电话，她可以听到古典音乐演奏的背景声。

“喂，姐姐！我回来了。你在哪儿？”凌平询问。

“我在听音乐会！达瑞斯在演奏。”

“什么？对不起，你刚才说什么？”凌平以为她听错了。

“郎正在演奏！”戴安娜回答说。

“在哪里？”凌平问道。

“守护神剧场（The Palladium Theater）！”戴安娜回答，接着说，“凌平，请不要过来！我求求你，别过来。”

“什么！为什么？发生什么了？”凌平困惑地问。但电话被挂断了。“喂！喂！”凌平呼叫道，但无人应答。

凌平立刻抓起钱包和钥匙，跑向汽车。戴安娜的请求使她困惑，可怕的想法开始冒出来。快到剧院时，交通变得很拥堵。停车场和附近的旅馆挤满了人和汽车。成群的人排着队进入剧院。她找不到停车位，不得不花钱停在一个陌生人的私家车道上。她戴上墨镜、围上头巾，走了三个街区来到剧院。她注意到剧院的滚动字幕，上面写着：“魔法音乐家重生，达瑞斯浪子回家！”她首先想到的是吸引人群的营销噱头。很快，剧院前面的歌迷认出她来，剧院的一个领座员打开了一扇侧门，把她从不断涌过来的人群中解救了出来。她走到舞台的后面，许多人认出了她，不知道她为什么在这里。她能听见演奏声，便站在那里听儿子弹琴。

这是她第一次亲眼见到儿子在舞台上演奏，太不可思议了。从舞台后幕看过去，她只能看到一个身穿黑色套装、戴着黑色帽子的年轻人的后背，他的帽子压得很低，几乎把他的脸都遮住了。走近一些再看，她认出了那顶帽子和那套衣服，她以前见过这些衣服，他弹琴时的身体动作和姿势让她恐惧。演出结束时，观众起立高呼：“再来一首！再来一首！”他走到舞台边，鞠了一躬。他们齐声欢呼：“达瑞斯！达瑞斯！”他又鞠了一躬，回到钢琴旁。在他转身往钢琴那儿走去时，凌平瞥见了他的脸，她瘫倒在地板上。后台工作人员和制作人员急忙过来扶住她，把她带到一间空着的化妆室。他们给她扇风，喝水，试图把凌平从昏厥的状态中唤醒。戴安娜匆忙赶到更衣室。凌平的眼睛慢慢睁开了。

“发生什么事了？告诉我！怎么可能呢？那怎么可能是他？”

泪水从凌平的眼里流出来，戴安娜沙哑着嗓子回答说：“我无法回答你，凌平。在舞台上演奏的人是达瑞斯，不是你的儿子郎！请不要问我是怎么回事！我也不知道。对不起，原谅我！”

戴安娜请求着，冲上去拥抱凌平，她们俩都哭了。她们彼此牵着手，慢慢地走到舞台边，闭上眼睛，静静地听达瑞斯的弹奏，每个音符都抚慰着她们的心，小提琴拉奏的部分深深打动了她们，让她们再次体验到那些悲伤和快乐。返场演奏完后，工作人员迅速上台带他离开舞台，通过剧院的后门出去，上了豪华轿车，车辆快速驶离。与此同时，戴安娜和凌平也跑向她们的车。凌平试着拨打郎的手机，但无人接听。戴安娜提议带凌平去郎住的地方。走到格里菲斯公园时，凌平认出了这个地方，回忆起他们上次在公园里相聚的情景。突然，她的心脏开始狂跳，像是要从胸腔里蹦出来似的。她开始颤抖。戴安娜瞥了她一眼，完全知道她的感受。她轻轻地握住凌平的手，希望能让她的神经不要那么紧张。汽车驶近时，车灯的橙色光线在公园远处的角落投射下一抹阴影。一个男人站在昏暗的光影里。

“在这儿等着！”戴安娜说，她急急下了车。走过草坪，她朝着站着的人影走过去。“凌平在车上，她想和你谈谈。”戴安娜说。

“她知道了，是吗？”郎问道。

戴安娜说：“是的，我想是的，但我不确定她是不是完全理解。”

郎转身看着戴安娜，回答说：“好的，我去看她。”戴安娜示意凌平过来。凌平下了车。当她慢慢走近时，夜晚的灯光映照出她苗条的身影。凌平情不自禁，不知该说些什么。她应该叫他郎还是达瑞斯？她应该生气吗？恍惚间，凌平已经站在了这个神秘的年轻人面前。但是她看到的不是一个亚洲男孩的脸，他的身材也不一样了。她再走近些，默默地拥抱着这个神秘的年轻人，他们都沉默不语。他们互相拥抱了几分钟。“我曾经爱过你。”神秘的年轻人说。

凌平开始颤抖，不是因为对方说了什么，而是因为听见的是达瑞斯的声音。她不知如何开口，依然沉默不语。郎继续说：“我不喜欢你的丈夫。他一点也不像我。”

“他是你的父亲。”她柔声回答，一面把头从他肩上移开，两人现在面对面了。

“我记得一切，凌平，就像昨天一样！”达瑞斯继续道，“我回来了！我回来找你来了！”

"但你是我的儿子，我是你的母亲!"凌平恳求道。

"这只是一具躯壳，凌平！只是一具躯壳而已！我爱你，凌平，我一直都爱你。那天我本不该让你生着气离开的!"达瑞斯说。

凌平哭了起来，甩开他的手，转身走开了。

他继续说："我选择了以达瑞斯的身份生活，因为我就是他。对不起!"

"那你的父亲和祖父母呢？你怎么跟他们说？我们这个家怎么办？达瑞斯？郎？我甚至不知道该怎么称呼你，或者说什么!"凌平歇斯底里地大喊道。

"你不相信是我吗?"达瑞斯问道。

凌平慢慢转向他说："我相信，否则你怎么知道达瑞斯所知道的这些?"

"亲爱的！醒来！不要离开我!"达瑞斯突然用中文说。

凌平跪倒在地，手捂着胸口，心都快要哭出来了。她挣扎着站了起来，跑到戴安娜的车子那儿，跳了进去，一溜烟开走了。达瑞斯目送着她开车离去。戴安娜默默地站着，心慌意乱，泪流满面。达端斯拥抱了下他的姐姐，然后两人一起离开了。

数月过去了，凌平一直没有提起那晚发生的事。她也从不提几个月前她匆匆离家去见了谁。许多人来打听郎的情况，但这个名字和这个人已经渐渐淡出了凌平一家，关于他的疏离各有各的说法，也有各种故事，最终，他消失了。尽管有围绕着郎的各种传言，但凌平始终保持沉默。

随着岁月的流逝，达瑞斯·郎已经成长为一个非常著名的小提琴家和钢琴家，尤其是在古典音乐方面造诣极高，被誉为“魔法音乐家”，成了一位超级巨星，他已经很少被称为“郎”。他带着达瑞斯的身份，把自己的名字改为“达瑞斯·郎”。在多个场合，乔恩被介绍给这位著名的魔法音乐家。他们面对面地交谈，但乔恩一点没觉得和他说话的那个人就是自己的儿子。

达瑞斯·郎和谢氏家族关系疏远地过了十六年。四十多岁时，凌平生了第二个孩子，起名叫“萨莉·谢”（简称萨莉）。萨莉不是天才，但很聪敏。她不像她的父母那样热爱音乐，她的性格更像她的外祖母，非常敏感。达瑞斯得到消息，说是贾先生去世了。他去参加了葬礼，但他站在阴影里，直到人们都走了，他才走过去默哀。小萨莉转过身，看见一个陌生人站在她外祖父的墓前。她拉着母亲的手，用中文问道：“妈妈！妈妈！那人是谁?”

凌平现在已是一个有了些年纪的妇人了，她转过身来，摘下深色太阳镜，摘镜的时候她从镜框边缘瞥见了达瑞斯，停下来盯着他，看到他那么强壮英俊，倍感欣慰。许多思绪涌上心头。她不知道是否应该责备自己，不知自己是因为他是她第一个喜欢的男人而爱慕他，还是因为她是他的母亲而欣赏他。但她不敢说出过去的秘密，只能回答说：“哦，可能是外公的一个朋友，宝贝。”

她们转身向汽车走去。一个年长妇人从一辆黑色的汽车里走了出来。她身穿黑色连衣裙，戴着黑色的帽子和深色墨镜。她轻轻地握住达瑞斯的手，达瑞斯这才看见她。她慢慢抬起头，达瑞斯笑了笑，转身拥抱了她一下。是戴安娜。达瑞斯说："好久不见，姐姐。很高兴见到你！"

"妈妈好吗？"戴安娜问道。

"她的身体正在慢慢衰弱，但她得到了很好的照顾，钱能买到的最好的照料，"达瑞斯安慰她，然后问她，"你怎么一年多没去看她了？"

"嗯，她最钟爱的孩子回来了。她不再需要我了。"戴安娜回答说。

"我要死了，戴安娜！"达瑞斯平静地说道。

"你说什么？"戴安娜震惊极了。

达瑞斯接着说："这是把双刃剑，把我带回来的同一种疾病正在带走我。我的医生告诉我疾病在不断发展。"

"你还有多长时间？"戴安娜问道。

"我说不好，大概六个月吧，也许一年。"达瑞斯回答。听到这让人伤心的消息，戴安娜低下头，默默地转过身去面对着贾先生的墓。突然，她说："对不起，我无法再次经受这些了，妈妈知道吗？"

"不，我没有告诉她，但她知道有什么地方不对，她发现了一些症状，但她不敢问。"

"你不能这样，达瑞斯，我们都需要你！我们一直需要你！"戴安娜默默地站着，眼泪顺着面颊流下来。她试图镇静下来，问道："你和凌平谈过了吗？"

达瑞斯回答说："没有，自那晚以后，我们只是偶尔远远地见过对方，再没有说过任何话。"

戴安娜听出他声音中的痛苦，悲伤地看着他，伸出手来握住他的手。

离开墓地后，戴安娜重温了格里菲斯公园的那晚，不禁想着这个家庭秘密是如何最终导致她和凌平之间的隔阂的。她们越来越生分了，除了节假日以外很少联系。即使通电话，谈话也很简短正式。戴安娜不确定是否要给凌平打电话告诉她这个消息，或者她是否想听。戴安娜让司机绕一下道，开到凌平家，不断有汽车驶进门前的私家车道。没想好是否加入车流，戴安娜告诉司机停在通往凌平家的主路上。她自我安慰道，她保证过会儿会给凌平打电话的。但她一直没打。

戴安娜的医疗事业非常成功，但她的个人生活遭遇了一次离异，她获得了两个孩子——迈尔斯和马萨利斯的监护权。他们已经长大成人，小儿子迈尔斯是纽约一所名牌大学法学院的学生，而马萨利斯子承父业，在美国橄榄球联盟（NFL）打橄榄球。两人都有幸见过魔法音乐家达瑞斯，但不知道达瑞斯和他们母亲之间的关系，他经常被介绍为家人朋友。戴维斯和凌平家族的过往历史被隐藏起来，成为一个秘密，双方家庭只有少数成员知道达瑞斯·郎背后的真相。孩子们和他们的外祖母很亲，知道他们的外祖父和他们的舅舅达瑞斯·戴维斯的去世情况。他们也知道凌平一家，但只认识萨莉·谢。他们不知道谢郎背后的故事，也没有机会在小时候见他。

几个月后，在严重的抑郁和悲伤的折磨下，简·戴维斯夫人在一个早晨去世了。她是在睡梦中故去的。简·戴维斯夫人的葬礼相当隆重，在达瑞斯的豪宅举行，宾客惊叹于豪宅之大、房间之多。凌平和她的家人，以及戴安娜及其家人，还有一些朋友，都出席了葬礼。达瑞斯非常想和凌平说话，但他不敢参加社交聚会，不过他深居简出的天性也使他远离口舌是非。母亲的去世和他自己的死亡记忆极大地改变了达瑞斯的精神状态。许多家庭朋友都不确定他到底是谁，而那些知道他为魔法音乐家的人又无法把他和简·戴维斯夫人联系起来。

凌平想找机会和达瑞斯说话，但始终没找到机会。葬礼结束时，宾客们开始一个一个离开。

这座豪宅后面是一座巨大的、迷宫似的花园，花园里各种美丽的鲜花错落有致，争奇斗艳，宛如王宫宫殿。远处，一座白色的风景桥横跨在池塘上，来自异域的白天鹅滑过水面，一棵紫色的银柳树下伫立着一座爬满常春藤的白色凉亭。达瑞斯和凌平手拉着手坐在一起，达瑞斯把自己病情的细节告诉凌平，听到这个消息，她悲痛欲绝，潸然泪下。夕阳的余晖照亮了花园，看起来像是童话故事里的场景。她不想问自己的感受是因为什么，是为要失去儿子而流泪，还是为她要又一次失去达瑞斯而伤心。她把手从达瑞斯的手中抽出来，走到凉亭的一边。微风轻抚面颊，风景美丽如画。她转过身说："我爱你，我一直都爱你。痛苦撕裂着我的身体。只要能和你在一起，我愿放弃一起，但不是像这样的！这一切必须结束！"她慢慢地转身走下凉亭的台阶，朝屋子走去。

在阴影下，戴安娜走进凉亭，看着她的兄弟垂头哭泣。达瑞斯拥抱了姐姐几分钟，然后站起身，默默地走开了，消失在暮色的阴影里。那天晚上是她们最后一次见到达瑞斯。达瑞斯·郎放弃了他在加利福尼亚的豪宅，在维也纳买了一座翻修过的宅邸，宅邸离古典音乐艺术剧院不远。从东欧的一些新闻报道中，达瑞斯发现了一位来自德国的著名医生，他声称可以减缓这种疾病的进程，他要求达瑞斯接受几项科学检测。达瑞斯去了德国，在低温室接受了几年的低温睡眠治疗，减慢了脑部疾病的进展，延缓了他的衰老。这些治疗最终使他年轻的生命得以延续。然而，必须经常重复这一过程。睡在低温室时，达瑞斯回忆起他小时候的外科手术，以及这一手术是如何削弱自己的音乐天分的，他觉得与其那样活着，还不如死亡。他想，如果这种治疗管用，也许他可以有小小的机会过上正常生活。

五年后，达瑞斯的一首杰作再次引爆古典音乐圈，震撼了古典音乐界。古典音乐作曲家和爱好者从世界各地涌向维也纳剧院听他的杰作，达瑞斯再一次登上巅峰，权威杂志纷纷报道各种对他的新作的评论。然而，美国的小报报道的却都是有关他的失踪和他在世界各地幽灵般的现身。其中一个小报新闻是这样的：“为了找到他所患疾病的治疗方式，魔法音乐家在中国西藏发现了一种中草药。他还与西藏僧侣在一起过了几年，他是在那里被人们再次发现的！”

但这种疾病的发作仍在继续。他越来越瘦，经常戴着特制的皮手套，以此来帮助他演奏，掩盖他手指的无力。他的帽子盖住眉毛，使他的眼睛不受明亮的灯光的刺激，他的衣服总是松松垮垮地罩在身体上。他的皮肤开始褪色，有两块儿地方比正常肤色浅一些，他做过的面部整形手术也开始变形。但达瑞斯的天分仍在。

第四章

十二年过去了，这是萨莉在中国北京的一所重点大学就读的第二年。她回到美国参加外祖母贾夫人的葬礼时，遇见了一位来自英国的年轻人，这位年轻人在一所常春藤大学主修语言学。她把这位年轻人带回家，向家人介绍说他是蒂莫西·布莱克（Timothy Blake）爵士，她的父母对他的前途和他在英国显赫的家世很是满意。虽然他们恋爱了，但他们都非常注重学业，在一起的大部分时间都在讨论功课和共同学习。萨莉最终对新闻学产生了兴趣，决定主修传媒，希望将来在纽约当记者或在某知名公司做广播主持。她在上大四时，收到了许多工作邀请函，她有了许多的选择机会，但没有一个像她希望的那样来自纽约。最后她接受了北京一家国际电视台的编辑工作，希望能有一个去纽约的机会。提姆（蒂莫西的昵称——译者）继续在纽约的一所著名大学攻读语言学博士学位，并在纽约担任联合国口译员。萨莉和提姆的职业选择把他们分开了，他们经常来回旅行去看对方。萨莉难以适应在中国的生活方式。一年半后，这段距离最终使双方关系紧张起来，萨莉决定辞去在北京的工作，搬到纽约去。在飞往美国的航班上，她注意到一篇新闻报道："魔法音乐家在经历很长一段时间的隐身后重出江湖！围绕伟大音乐家的神秘故事是真的吗？"

在这个标题下，这篇文章谈到了他的致命疾病和关于达瑞斯·郎和达瑞斯·戴维斯这两个名字的巧合以及围绕他所患疾病的传言。文章接着提到凌平·谢与达瑞斯·郎的秘密会见以及她神秘失踪的儿子。看完报道，萨莉的第一个想法是这是什么小报，竟然公开评论她父母的过去，把这个作为一个吸引更多读者的噱头。不过，萨莉还是有些好奇，不禁想到这个陌生男人和她的家人之间到底有什么联系。最让人疑惑的是，萨莉认为她没有兄弟，但她想到她在一个储藏室里偶然发现了一本旧相册，上面有个小男孩的照片，但当她询问此事时，她母亲什么也不说，立即换了话题。萨莉还想起这个奇怪的男人曾出现在她外祖父的葬礼上，并且在简·戴维斯太太的葬礼上也看到过他，然后又在外祖母的葬礼上看到了他。她想着这些，试图在脑子里把它们拼凑在一起，但这个拼图上缺失的东西太多了。

她把报纸扔到一边，蜷缩在座位上试图打个盹。

看到萨莉，提姆满心欢喜，跑去拥抱她，但他感觉到她有些什么地方不太对劲，问道："一切都好吗？出什么事了？"

萨莉把手伸到双肩背包里，拿出报纸给他看了那篇文章。提姆很快地浏览了一下这篇报道，向她保证说这只是一个小报的噱头，并补充说有许多小报新闻和她看到的这篇文章相似。听了他的解释，萨莉松了口气，她拥抱了他，两人轻轻地吻了一下。他们手牵着手离开机场。在去公寓的路上，萨莉不断回想起报纸上的那篇文章，一件令人困惑的事情她还没有答案：她有一个哥哥吗？如果有，他发生了什么事？那天晚上，萨莉和提姆在晚餐时谈了谈他们的生活，她计划在纽约当地的杂志社或报馆找份工作。

数辆面包车停在达瑞斯府邸的门前。几个男人走出神秘的面包车，他们穿着白大褂，手拿黑色公文包。他们快步走到庄园前门，按响门铃，宅中管家应答，相互交流了几句，然后他们走到庄园的一侧。一个带有大大的门环的古堡式大门从里面被打开，几个穿着黑色工作服，戴着黑帽子的男人手里拉着装载重型机械的大推车，跟在穿白大褂的神秘男人后面走进院子。达瑞斯不在那儿，但他向管家详细交代了这批货的送达以及注意事项。很快，陌生人被带到了庄园里一个僻静的地方，机器很快就安装和校准完毕。低温室建好了，有多个管子将低温室连接到计算机控制台。机器通上电，低温室里升腾起冷气，室内寒气逼人。振动的声音回荡在整个房间，白衣男人们再次检查低温室与中控台的连接。几分钟后，屋里的电话响了，管家接听后说：“你好！先生，是的，他们在这里！”他把电话递给了一个穿白大褂的人。

“是的，我们刚把机器安装好，调试完成了。一会儿见，先生。”电话挂断了，两个男人在原地等候，其他人默默地从侧门走出房间。

戴安娜·戴维斯医生的医疗事业有了很大发展。她在一些医学期刊上发表了几篇关于她的最新发现的文章，这些文章引起了极大关注，这些发现可用于进一步治疗 OWRD。她因此获得了几笔资助以便进行下一步的研究。戴维斯医生的医疗事业发展得远远超出她的预期，她还被邀请去几所医学院校进行客座演讲，讨论她在 OWRD 方面的新发现。在戴安娜受邀到纽约一所著名大学演讲时，萨莉弄到了一张讲座的入场券。在介绍戴安娜时，一个上了年纪、戴着眼镜的灰白头发的女士走上了舞台。

戴安娜的演讲精彩纷呈，充满睿智。当她开始谈起她的研究细节时，灯光变暗了，投影仪开始放映描述 OWRD 病状的图像。她谈到这种疾病可能唤醒大脑某些不常用的部分，患有这种疾病的患者寿命一般都较短，智力较高者可能会拥有不同程度的心灵致动能力，不过目前尚没有记录。这引起了萨莉的兴趣，她认真地做着笔记，记下了不少要点。讲座结束后，萨莉对和生疏的姨妈见面感到非常紧张。她鼓足勇气，走近这位广受欢迎、身材高挑的女人，叫了声：“戴维斯医生。”戴安娜转过身来，从眼镜上方注视着她，随后她张开双臂，带着温暖的微笑拥抱了萨莉，把萨莉的胳膊压在两侧。突如其来的拥抱让萨莉有些震惊。她很惊讶戴安娜还记得她。

“亲爱的，你好吗？”戴安娜轻声用中文问。

“阿姨，很高兴见到你。好久没见了。”萨莉用中文回答。

戴安娜的同事们都很惊讶，他们不知道她中文说得那么流利。她牵着萨莉的手走出了报告厅，来到走廊，继续用中文交谈。戴安娜说：“我以为你还在中国呢！你什么时候回来的？”

萨莉讲了讲她最近的情况以及她回美国的原因。戴安娜询问了她的父母，萨莉告诉她，他们应该还不知道她回了美国，并恳求戴安娜不要告诉他们。戴安娜答应了她，让她不要担心。“阿姨，”萨莉突然停下脚步，用一种疑惑的语调问，“我有兄弟吗？”

“多少年了，我一直担心这一天，但我也清楚地知道，这一天总会到来！”戴安娜回答说。

她从自己的上衣口袋里拿出一张名片，在背面写下一家餐馆的名字，把它交给萨莉。“晚上 7 点半到这儿来吃晚饭，不要迟到啊。”她说道，接着快步走下走廊，消失在另一个房间，而萨莉还站在大厅中央。萨莉无法忘掉戴安娜听到这个问题时脸上的表情，她的心开始颤动，像是要从喉咙里跳出来似的。萨莉从双肩背包里拿出一瓶水，快速地喝了几大口。她疾步走出大楼，朝当地图书馆走去。她不知道要去查什么，或者要寻找什么，更不会指望有什么发现。缩微胶片上的新闻简报里有凌平·谢夫妇和他们的儿子谢郎的照片，就是从遗弃在储藏室的相册上看到的那个神秘的小男孩。萨利忍不住紧张起来，又突然觉得恶心。她快速跑到洗手间，在厕所呕吐起来。她忍不住去想她的父母为什么不告诉她她有一个哥哥。到底出了什么事，让一个家庭抛弃自己的儿子，从不谈起他，甚至把他从他们的生活中抹去？萨莉回到胶片室，急切地请图书馆的工作人员把她找到的那些缩微胶片复制一份。

达瑞斯的轿车驶离主路，发出刺耳的声音，沿着弯曲的车道驶入掩映在高大的树木后的豪宅。黑色豪华轿车缓缓地驶上蜿蜒的车道，来到大厦的前面。在环形车道的中央，有一个很大的地中海式（Mediterranean）喷泉。豪宅的两名仆人在庄园前门等候汽车的到达。汽车停了下来，两人殷勤地打开门迎接他们的主人。达瑞斯快速走进去，前往庄园的最深处。他站在门口，惊奇地看着机器，两个穿着白大褂的男人在那儿等着。他套上衣服，爬进低温室。那几个人在校准控制台，嗡嗡的声音充斥着整个房间，一阵寒气把窗户弄得雾气模糊。通过低温室中的开口进行了几次冷气注入，室内开始有冰形成，室外的墙面上凝结了许多水珠。上方的数字计时表设定好了，准备记录时间。穿白大褂的人在做最后的检查，随后走出房间，并锁住室门。一个穿白大褂，说话带有德国口音的男人叫来了管家，指示他不要让任何人因任何原因进入低温室，十二个月后他们会回来。管家很困惑，坚持要和达瑞斯先生讲话，但他的请求被拒绝了。那几个男人给管家留下几个电话号码，很快出了庄园，跳进汽车，疾驰而去。一个星期过去了，一辆神秘的车开进庄园，来的是律师。管家接待了他们。律师问他是否知道达瑞斯先生的下落。管家犹豫了一下，回答："不知道。"他们从包里拿出一些信，递给管家。一个律师站了起来，看了看大宅子。

"还有什么需要我做的吗，先生们?"管家问道。

他们互相瞥了一眼，异口同声地回答说没有了，然后朝门口走去。离开屋子后，一个律师说："这个地方让我毛骨悚然，真是一个奇怪的地方。"另一个回答说："是的，现在的他就是一个幽灵。"

七点三十分，萨莉穿过繁忙的街道，走进一家非常高雅的传统餐馆。

戴安娜坐在一张铺着红色桌布的餐桌前，桌上有一杯马蒂尼酒，她正聚精会神地看一些文件。

"你好!"萨莉把背包从肩上取下，坐了下来。

戴安娜静静地坐了几秒钟，慢慢抬起头来，问："你喜欢我的演讲吗?"

"是的，我觉得很精彩。"萨莉回答说。

"哪一部分?"戴安娜问道。

"嗯，全部演讲，但我特别感兴趣的部分是你谈到大脑某些区域的发展可能会增强其他感官的发展甚至产生天才。这听起来像是把双刃剑，"她继续说，"我记得曾经读过一本书，书中说，杀死这个人的与让他活着的是相同的东西。"

"正是!"戴安娜说，她笑了笑。

"你对魔法音乐家知道多少?"戴安娜问道。

“嗯，从小报上看到些，说他和我的家人有某种关系，还有他是古典音乐方面的天才。”萨莉回答说。

“达瑞斯是一个奇迹，毫无疑问！”戴安娜的话语中满是对达瑞斯的赞美。然后她抿了一口马蒂尼。

“这世上无人能及！”她继续道，言语中充满自豪和兴奋，“他患有六级 OWRD，在某种程度上，疾病唤醒了他大脑的某些部分，他在胎儿期就有记忆，尚不确定是否在胎儿期之前就有。”

“你是说他在子宫里就已经有记忆了？”萨莉对她所听到的震惊不已。

“是的，甚至可能早于孕育阶段！”戴安娜回答说，“据说达瑞斯控制了他 90%的大脑！然而，尽管如此，它也在杀死他！”

“你最后一次见到他是什么时候？”萨莉问道。

“在我们母亲的葬礼上。”戴安娜回答说，但萨莉记得在外祖母的葬礼上见过他。戴安娜突然扫了一眼她从图书馆拿来的放在桌子上的照片，瞥了她一眼，看了看那些照片。犹豫了一下，戴安娜开始慢慢地翻阅它们。

萨莉说：“他是我的哥哥，是吗？”

戴安娜没有回答，而是继续来回地翻着照片。戴安娜的儿子迈尔斯走进餐厅示意她过去。她快速喝下最后一口马蒂尼，抓起她的东西，然后温和地说：“萨莉，你最好和你妈妈谈谈这件事。”她站起来，看着萨莉，用中文说，“我可以确定无疑地告诉你，达瑞斯·郎就是我的兄弟达瑞斯·戴维斯。有时龙有两个头。”

然后她转身走开了。

萨莉对刚才听到的话感到疑惑不解，她坐在那里看着照片，女老板领着一位侍者走了过来。

“小姐，戴维斯医生说让你随意点餐。她已经买单了。”

“哦，谢谢你。”萨莉惊讶地回答。她扫了一眼，看见戴安娜已经出门走了。她在看菜单时，手机响了，是提姆，问她在哪里。听到萨莉说的餐厅名，他很惊讶，告诉萨莉这家餐厅通常要提前好几个月才能预定到，主要是精英们光顾。他说他一小时后就能完成工作，想见她。萨莉点了沙拉和一杯葡萄酒。她看看照片，上网搜索，看能否对神秘的达瑞斯·郎再发现点什么，她注意到一个小报上有郎的保姆毛女士的照片，只有姓，没有名，查不到多少东西。她也不想打电话问戴安娜。提姆开车到餐馆的门前，萨莉已在外面等着，正在她的便签簿上涂写着什么。她上了车，俯身亲吻提姆。他发现萨莉很亢奋，便问她在餐厅和谁见面，因为这家饭店非常昂贵。萨莉告诉他是戴维斯医生。令人惊讶的是，提姆知道戴维斯医生以及她对OWRD的重要研究，并补充说他相信她兄弟得了这种病，他有幸在香港见过她。提姆接着提到他对戴维斯医生如此流利的汉语感到惊讶。听到这，萨莉俯身吻了下他的脸颊，说：“她是我的阿姨。”“真的吗？哇！”提姆回答说，“难怪这么美妙的晚餐约会。”

“哦，对了，我今天早些时候接到谢先生的电话。他问我是否有你的消息。”

“是吗!”萨莉听到这个消息有些紧张，问道，“你跟他说了什么?”

“我告诉他你在纽约。”提姆回答说。

“什么？你告诉他了！我的天啊，提姆!”萨莉有些抓狂。

“怎么啦？我说错什么了吗?”提姆惊讶地问。

“傻瓜！好吧！他还说了些什么?”萨莉心急火燎地问道。

提姆说：“他说他这个周末会过来，他很惊讶你回了纽约。我才意识到你没有告诉他。”

突然，萨莉的电话响了，来电显示是她母亲。“天啊，是我妈妈!”萨莉生气地看了看提姆，接了电话，“喂，妈妈!”

她们用中文通话，提姆可以听到电话中凌平的声音，并听出她很生气。凌平责备她安顿下来后为何不打个电话。然后，终于问到了萨莉害怕的问题，她不知道该说什么，便直言不讳地告诉凌平，她住在提姆的公寓里。当提姆听到萨莉告诉她妈妈他们住在一起时，感到有些尴尬，他知道这在中国文化中是不可接受的。此刻，他唯一能想到的就是做一些不损她名誉的事，因为他爱萨莉，他不希望萨莉失去家人的尊重。终于，电话挂断了。萨莉亢奋的情绪已经消退，变成了愁苦的心情。他们默默地开车回家。

黑色轿车驶过曼哈顿上西区的大街，停在高档社区公寓门前。一对上了年纪的夫妇下了车，走到醒目的红色门前，按响门铃。老妇人挽着男人的手臂，仲秋的风吹着她苍白的皮肤，带来丝丝寒意。每到这个时节城里就会起风。萨莉打开门，这对夫妇的脸上露出羞愧和失望的表情。

“嗨，爸爸妈妈。”萨莉向她的父母问好。凌平和她丈夫走进公寓。他们环顾四周，打量着每个房间。然后他们慢慢走进厨房。凌平用中文问：“我们哪里做错了?！如果你想留在纽约，我们在公园大街有一套公寓。你为什么要住在这个垃圾堆里?！”

乔恩保持沉默，凌平继续向萨莉发泄她的怒气。她的话激怒了萨莉，但萨莉还是站着，接受她的责骂。凌平继续说：“我们喜欢提姆，但是没结婚就和一个男人住在一起不是中国的传统和习俗。我们允许你过西方的生活方式，但这是非常不光彩的，给我们的传统蒙羞。你会给那个年轻人的父母留下什么样的印象?”

“别担心，妈妈，您的完美生活和完美名声不会受损的！”萨莉打断她。

“你怎么敢这么说，小姐?！”乔恩皱眉看着萨莉，萨莉冲出厨房，跑上楼，她的父亲紧跟在后，这时前门“啪”地打开了。提姆在外面听到喊声，进来谦恭地向谢太太打招呼，并立即道歉，把责任都揽到自己身上。他解释说，萨莉只在纽约呆三个星期，她本想等安顿下来后再打电话给他们的。但是凌平太生气了，不听提姆的解释。门从里面锁上了，提姆敲门，转动门把手，大声叫萨莉打开房间的门。突然，房间里传来尖锐的音乐声，他转过身走下楼梯。

提姆的电话响了，是萨莉，她以为他还在外面，想提醒他，她父母已经到了。不久，在母亲的喊叫声中，她听到了他的声音，发现他已在楼下。凌平从提姆手中抢过电话，继续责骂萨莉：“你怎么能这样？你怎么能这样欺骗我？”

“哦，妈妈，不要反应过度！”萨莉反唇相讥道，“欺骗你？哈？你为什么不告诉我，我有一个哥哥！我知道了，妈妈，我都知道了！现在你告诉我，妈妈，到底是谁在欺骗谁？”

凌平张口结舌，很快挂断电话，把手机交给提姆。“乔恩！”凌平喊道，“我们走吧！”这对灰白头发的夫妇快速离开了公寓。在回公园大街公寓的路上，凌平一直保持着沉默。乔恩轻轻地伸出手，把手放在她手上，问她发生了什么事。凌平沉默了几分钟，然后回答说：“她问到郎。她说她现在都知道了！”

乔恩慢慢地靠回座位上，面无表情。郎这个名字在家里几乎二十年没出现了。提姆急忙上楼敲门。“他们走了，”他试着盖过震耳欲聋的音乐大叫，“他们走了！”

音乐突然关闭，门打开了。萨莉紧紧拥抱着提姆，把头靠在他的胸前。

六个月后，暴雨袭击了维也纳的一些地区，天气潮湿，雾气浓郁。古老的历史城镇中心，包括那座旧庄园，都受到了暴雨袭击，电力短暂中断。备用发电机应该在停电时启动，但却没有启动。吵闹的报警声传遍庄园，黄灯的光亮从大门下的缝隙透出，随后冒出了一团烟雾似的东西。正好赶上管家的休息日，于是管家助手迅速拿起电话用奥地利话汇报发生的情况。管家听不太懂助手的口音，但他听到了背景里的警报声，知道出事了。他挂了电话，赶到他的住处，慌乱地寻找六个多月前那些人留给他的电话号码。终于找到了那张纸，他急忙打电话给名单上的一个号码。一个带有浓重德国口音的人接听。听到发生的情况，那个带有奇怪口音的男人告诉他说他们将在两个小时后到那里。管家迅速穿上外套，跑到他的车前。汽车尖叫着驶出车道，他赶到旧庄园。近两个小时过去了，管家焦急地跺着脚，盯着相邻书房的侧窗，突然门上的蜂鸣器发出嗡嗡声，门打开了。几分钟后，两辆面包车出现在车道上。几个穿着白大褂的人穿过黑暗的庄园朝最深处走去。他们打开低温室的门，发现房间里弥漫着厚厚的雾气，橘黄色的灯光在浓雾中闪烁，尖厉的警报声响彻庄园。一个男人马上检查低温室，发现冰融化了不少。另一个人在检查连接低温室内的人体的机器，机器显示心跳已经成了一条直线。第三人试图使警报器安静下来，并排除房间内浓厚的雾气。在从低温室外面拉管子时，其中一人用奥地利语请求帮助。另外两个人急忙赶来帮忙，一人拉开房门，另外两人迅速地把毫无知觉的达瑞斯从低温室抬出来，放在地板上，其中一个人马上试着做心肺复苏，另一个人跑去拿电击除颤器。从达瑞斯的胸前拿走剩余的冰块，然后开始电击。达瑞斯痉挛了一下，从冰冷的地板上微微弹起。另一个穿白大褂的男子用一个小手电筒照了照达瑞斯的眼睛，希望能看到瞳孔放大。但什么也没发生。男子又使用除颤器电击达瑞斯的身体，又一次使身体从地板上弹起。三人中的另一个穿白大褂的男人继续做心肺复苏，第三个检查瞳孔。突然达瑞斯咳嗽了一声，嘴角涌出一些水。三人如释重负地互相瞥了一眼，把达瑞斯抬到不锈钢台面上。他们迅速地用一条电热毯裹住达瑞斯的身体，并给他注射针剂和静脉输液。达瑞斯一动不动地躺在不锈钢桌上，三人忙乱着让他苏醒过来。大约一个小时后，两个穿白大褂的男人把达端斯从僻远独立的低温室抬到了主人的卧室，重重地放在床上，这是一张传统的樱桃木四柱大床。两个佣人马上搬来一些木头放在巨型壁炉里点燃以提高房间的温度。达瑞斯的身体开始颤抖，这是个好兆头。他试图从托盘里拿起玻璃杯，但杯子从他颤抖的手中滑落，摔碎在地。灯光映照着天花板上教堂式的绘画，沉重的暗红色窗帘把壁炉的热量聚在室内。达瑞斯·郎很快睡着了，发出的鼾声使这些紧张的人松了口气，这意味着危险解除了。

传统的大教堂里，管风琴靠墙而立，与墙壁上十五、十六世纪的艺术画作为伴。高亢有力的音乐声从管风琴里发出，欢快的声音把风琴里的尘埃都震了出来。屋子的佣人们醒来时听到了熟悉的声音，一双手敲击着古老乐器的琴键，就像铁匠在打铁。音乐穿透老庄园的每个角落和缝隙，惊飞了在阁楼和烟囱上栖息的鸟儿。神秘的男人毛发直立，像一只防守的豪猪，每弹一下琴键，身上裹着的深黑色披肩就来回摆动。

第五章

几个月的巡演之后，萨莉和凌平终于在一家高级餐厅见面了。其间不断有粉丝和狗仔队打扰，她们最终不得不从餐厅后门溜出。在轿车里，两人沉默了一会儿，凌平突然开口说："哇！多漂亮的戒指啊！"她注意到萨莉订婚了。虽然她因既未得到通知也没获得邀请而有些伤心，但还是恭喜了萨莉。萨莉马上说："妈妈，我们没有什么特别安排，只是在一家安静的餐馆吃晚餐的时候，他突然请求我嫁给他。"萨莉的脸上洋溢着幸福，"我希望您能参与婚礼的策划，妈妈。"她们拥抱在一起，凌平心里一阵温暖。“我太乐意了！”凌平温柔慈爱地回答。萨莉慢慢松开拥抱，吞吞吐吐地问：“妈妈，我哥哥郎怎么了？”对这个问题，凌平并不感到惊讶，她慢慢地把萨莉的手放进自己的掌心，说：“当他还很小的时候，他就总犯可怕的头痛和做噩梦。你父亲和我在许多个夜晚都陪着他，试图哄他入睡。但你哥哥病得很厉害，医生们也无法告诉我们是什么导致的噩梦。他长大一些后，你父亲管不了他了，所以我们请了一个护士来照顾他。最后，他搬出去独自居住了，之后他的病情越来越恶化。有时，他会深夜在街上游荡，许多个夜晚我们接到陌生人的电话，说在街上看到他。”萨莉沉默地坐着。凌平继续说：“他在音乐方面很有天赋，很多人都这么说，包括你的父亲。”萨莉突然想起戴安娜对她说的话，问道：“妈妈！达瑞斯·郎是我哥哥吗？”无法忍住泪水，凌平点了点头，欲言又止。

轿车在红绿灯处停了下来。萨莉打开后座车门跑下车。她很快消失在拥挤的街道。与此同时，凌平泪流满面地把头垂在膝上。萨莉在大街上疾步走着，小报上的许多消息涌上心头，它们都是真实的，包括凌平和达瑞斯·郎之间所谓的秘密绯闻以及他们热情拥抱的照片。怎么会这样呢？萨莉思绪混乱，感到困惑和沮丧，没有注意到一辆超速行驶的出租车疾驰而来，她被出租车刮蹭了一下，摔倒在路边，不省人事。当萨莉醒来的时候，她已被送往当地的一家医院，脖子、腿上和手臂上都打着石膏。身上的瘀伤非常明显，因为止痛药，她昏昏欲睡。她能听到房间里熟悉的声音，试图睁开眼睛。她视线模糊，好久才慢慢聚起焦来。提姆坐在她的身边，搂着她，而她的父母在与一位中国医生交谈。“医生！医生！”提姆的大喊引起了医生的注意。“她醒了！”他喊道。唐医生从凌平和乔恩身边过来，他是凌平在中国的老乡。他用中文对萨莉说起她的伤情。“萨莉，你的右股骨和左手臂有复合性骨折。还有脊椎挫伤，等肿消下去一些我们会再检查一次，此外还有一些瘀伤。”萨莉静静地听着，泪水顺着她的面颊流了下来。唐医生说：“你这瘦弱的身体哪儿是汽车的对手啊！”他试图通过幽默来缓和气氛。“我们要住院多长时间，医生？”提姆问道。唐医生回答说：“我们先观察几天再看她的脊椎肿胀情况。”听到这个消息，萨莉转过头，伤心地抽泣起来。凌平看到女儿哭泣，她也伤心地哭起来，她抓住乔恩的手，泪水顺着苍白的脸滚落下来。乔恩抱住她安慰她，而提姆跪在萨莉的床边，试图安慰她。

几个星期以来，达瑞斯勤奋地练习着自己的新作品，旋律回荡在整个庄园。乐室大门外面堆着空玻璃酒杯和瓷碗瓷碟。庄园管家不敢打扰，堆放的碗碟必须迅速、安静地清理。这对管家来说是一项相当艰巨的任务。得选择合适的员工，要找年轻瘦小的女人。姑娘们要套上脚套，只穿内衣，以防衣服刷刷的摩擦声或饰品振动发出的叮铃声产生声响干扰。鼻子和嘴要用口罩捂住，以免发出喘息声或意外的咳嗽声。六个女孩一个接一个地走到门口，每只手拿两件东西。姑娘们来回地走了好几次，直到清走所有的杯盘。随后，一个女孩端着两瓶水，另五个带着抹布进入房间。她们跪下来，把瓶子侧放在地上，水从瓶子里流到地板上，其他人轻轻地擦拭地板，这样重复好几次。伺候主人吃饭，也是相同的程序。

达瑞斯想到了他的生活和他经历过的一切，他在这个新躯体中的时间，以及他对治疗的不懈追求。他也想到了自己与疾病的斗争，觉得他的音乐作品应该讲述这个故事。这部名为《勇士》的新作品的确是一部杰作。终于，大门开了一道缝，达瑞斯摇摇晃晃地走进门廊。当达瑞斯站在门口时，佣人们开始鼓掌。他裹着黑色长袍，穿着黑色丝绸睡裤，没穿衬衫，胡子遮住了他的脸。头发凌乱，像蘑菇一样蓬起。很快，佣人们迟疑地走近并拥抱了他，然后迅速将他带到楼上的洗浴室，开始给他修饰整理。达端斯叫来管家，吩咐他晚上在庄园大厅安排一个舞会。他将在这里首次弹奏他的新作品。

来自维也纳、德国和意大利的名流要人以及来自美国的各种各样的客人参加了舞会。达瑞斯身穿黑色丝绸燕尾服，肩披黑红两色斗篷，头戴大礼帽，沿着旋转楼梯缓缓走下来，人群开始鼓掌、吹口哨。他走到大理石地面的中央，拉开红色盖布，露出一架定做的维多利亚古典钢琴。惊叹声响彻整个宴会厅，观众对这台精美的乐器赞叹不已。这台钢琴设置着类似于电子键盘的各种按钮和按键，而第二排的钢琴琴键是由白色珍珠和黑色玛瑙做成的，是达瑞斯·郎自己设计制作的。

魔法音乐家优雅地坐在皮革钢琴凳上。音乐有不同的音调，旋律为主打配乐，因为作曲是如此复杂，演奏者似乎需要有三只手才够用。人们对乐器和作品的独创性感到惊奇。音乐像氧气一样在他们的身体里涌动，使他们的身体不由自主地来回摇摆。侍者在宾客的桌间穿梭来往，轻轻放下香槟。受邀观众起立鼓掌和欢呼，掌声经久不息。音乐深深吸引了他们，魔法音乐家再次征服古典音乐界。各大杂志都为这位著名的音乐家大唱赞歌，他收到了无数的邀请。这位音乐家在欧洲的许多著名剧院演奏他的名作，近期，他接受了在纽约卡耐基音乐厅演出的邀请。消息一经披露，古典音乐爱好者和纷纷涌向售票处购买演出票。那些不知道魔法音乐家的人现在知道他了。圣诞节就快临近了，门票和壮观的表演将是多么美妙的礼物。音乐家的经纪人和代理商都欣喜若狂，对门票销售达到创纪录的数量感到非常惊讶。不过很多去观看演出的人是为了一睹音乐家那奇妙的乐器。粉丝们也很好奇他怎么去使用它，难道魔法音乐家真的像媒体一直宣扬的那样有三只手吗……连海报和广告牌显示的都是用三只手演奏乐器的音乐家形象。音乐会上为魔法音乐家伴奏的是最好的管弦乐队，还有几位著名的欧洲歌剧演员演唱助兴。演出节目都是重量级的，观众对这一阵容喜出望外。

第六章

几个月过去了，年底萨莉和提姆结婚了。萨莉没有时间继续她对过去的调查，而是更专注于她现在的生活。她的生活似乎是支离破碎的，她大部分时间都花在理疗和兼职工作上，没有时间做什么其他事情。她看了一眼电视，娱乐节目在放一个关于魔法音乐家在美国的演出和他多年远行的故事。这位音乐家从不接受私人采访，他的发言人向美国歌迷披露了一些片段，让他们对即将举办的音乐会以及这位音乐家突然失踪的原因有所了解。发言人所做的说明搅动了萨莉的思绪，探究过去的想法又开始被点燃。突然，他们位于华盛顿高地的新公寓大门被打开了，提姆兴高采烈地走进来。他关上门，大声喊道："亲爱的！亲爱的？"

"我在这里！"萨莉回答。他把手放在背后，脸上挂着笑容，慢慢地走到她面前，偷偷地吻了她一下。然后他把手从背后拿出来，递给她一个信封。信封里面有两张贵宾席的票，是魔法音乐家的圣诞音乐会的演出票。

"噢，亲爱的，这太好了。好极了！"萨莉假装兴奋地说。他告诉她等一会儿，随即消失在起居室里，出来时拿着一个大礼物盒，是从帕克街的一家非常昂贵的商店买回来的。萨莉感到很惊讶，急忙打开盒子，那是一件漂亮的蓝色缎面晚礼服，是由意大利设计师设计的，还有一双更昂贵的鞋。她"咯咯"地笑得像个小女孩，车祸后她的伤还没有完全康复，走路还能看出有点跛。她坐在附近的椅子上试穿鞋子，然后高兴地站起来拥抱她的丈夫。与此同时，在加利福尼亚，一辆送信车停在了凌平夫妇的家门口。从前门出来一个女仆接信。信使穿着白色衬衣黑色礼服，打着领结，系着腰带。他要求和屋子的主人说话。乔恩大声喊道："是谁？"凌平很快出现在门口，回答信使说："是的，我是屋主人。"

信使从燕尾服的口袋里面拿出一个漂亮的金色天鹅绒小盒子，双手递给她，身体稍微前倾，以一种鞠躬的姿势，向她问好，然后转身离开了。凌平欣赏着盒子，转身回屋，女仆在她身后关上了门。乔恩朝凌平走过来，盯着这个盒子，急切地问："谁送来的？"

"我不知道。"凌平迟疑地回答。"多可爱的盒子啊!"她补充说,然后慢慢打开盒子,音乐盒里响起一首熟悉的曲调,《中国花香》的一段旋律。里面还有两个信封,比盒子更漂亮,是圣诞音乐会的 VIP 邀请函。突然,凌平的电话响了,是萨莉打来的,萨莉用中文告诉她提姆带回家两张票,凌平也和她分享了她刚刚收到的特殊包裹的消息。她们继续聊着这个场合该穿什么,谁坐在什么位置,等等。她们计划一起去听音乐会。乔恩仍然困惑不解,为什么这位魔法音乐家特地派人送来邀请函,还以如此特别的方式,其实他只见过那个人一次。乔恩想起小报上关于音乐家与自己妻子的故事,但很快压下这些想法,继续他的工作。

浴室的门开了,萨莉出来,刚刚淋浴过的热气使浴室雾蒙蒙的。她把身子靠在墙上,脸上浮上担忧之色,轻轻地靠墙站着。提姆兴致勃勃地在公寓里走来走去,为出门做准备,没意识到妻子脸上的困扰神色。"我的领带在哪儿?"他喊道。"看看夹克口袋里!"萨莉大声回应道。"他们说几点到?"提姆又喊了一声,但没有听到回答。他去了卧室,萨莉坐在床边,正把透明丝袜套上她弯着的苍白的腿。提姆又问:"他们说什么时候来了吗?"

"大约六七点吧。"萨莉回答。提姆走到床边,坐在她身旁。"怎么啦,亲爱的?"他的声音充满温情,他俯下身,吻了一下她的肩胛。"你真美。"他说。萨莉继续专注于她正在做的事情,没有说话。提姆轻轻伸出手,抬起她的下巴,轻轻地把她的脸转向他,温柔地吻了她。但萨莉并没有回报以热吻。感觉到这一点，提姆有种被拒绝的感觉，严肃地问她出了什么事。但她仍沉默不语。提姆开始大叫："你为什么总是不让我知道你的心思？我爱你，但有时你让我感到孤独！"

萨莉没有回答，只是保持沉默，继续穿衣服。提姆转身从卧室里冲了出去。提姆穿戴整齐，倒了杯酒喝，等待妻子梳洗打扮和岳父母的到来。终于，萨莉走出了卧室，她看起来美极了。她走到她丈夫身边，转过身来，叫他帮忙把衣服拉链拉上。帮她拉好裙子拉链之后，提姆从后面扶着她的肩，轻轻地吻了下她的脖子。萨莉转过身来拥抱她的丈夫，双臂搂着他的脖子，凝视着丈夫的眼睛。他用胳膊搂着她纤细的腰，像跳舞一样来回扭动。萨莉轻轻地把头靠在他胸前，随着他缓慢地来回摆动。最后，提姆的手动了动，轻轻地抱住了妻子。萨莉一直很喜欢她丈夫的温柔，在他怀里时，她总能感到一种安全感。她轻声说："我怀孕了！"他们没有停止扭动，提姆的沉默使萨莉迷惑不解。她从他的胸部抬起头，仰头看着他，但他没有往下看。"是的，我听见了。"他回答。

"你怀孕了。"然后，他重复道，往后退了一步，大笑起来，抱着她转起圈来，大声叫喊着、欢呼着。她用手捶打着他。他的反应使她吃惊，她有点被吓着了，不过她还是感到安慰。他停了下来，把她放下。提姆拥抱着他的妻子，开始吻她。两人同时说出："我爱你。"汽车喇叭声打断了此刻的欢愉，他们穿上外套，抓起手包，离开公寓。提姆忍不住笑起来，由于紧张，他跌倒在雪地里。萨莉大笑起来。她伸手拉他起来，反而被提姆拉倒，两人像小孩子一样"咯咯"地笑起来。凌平和乔恩纳闷他俩是因为什么笑得这么开心。最后，提姆张开双臂站了起来，用最大声音喊道：“我要当爸爸了！”附近公寓的灯光亮了，提姆转身扶妻子站起来，朝轿车走去。进入轿车后，这一消息引起了车里的骚动，大家抢着说话，提姆和乔恩说着话，萨莉和她母亲聊着天，四人一路说说笑笑地到了剧院。

剧院附近车水马龙，拥挤不堪，成群的人簇拥在街角和剧院售票处，试图弄到一张门票进入剧院。城市明亮的节日灯光营造出一种温暖的节日氛围，给萨莉一家的好消息锦上添花。VIP 客人和特殊镀金轿车快速通过私人入口，他们进入大堂和走廊，与名人贵宾打招呼，相互攀谈。房间那头，戴安娜·戴维斯医生和她的两个孩子——迈尔斯和马萨利斯，以及他们的女友，站在一起。凌平和戴安娜的目光相遇了，她们在人群中相互点点头。魔法音乐家没在，人们相信他还没有赶到剧院。但事实上，他很早就到了剧院，而且一直没离开。在这个老剧院的一个僻静处，常有老鼠和各种小动物光顾，散发着霉烂的气味。藏在柱子后的一个房间透出缕缕蓝光，里面有一个人在睡觉。房间外面，积存了很久的雨水从侧面滴落下来。几个身穿深色紧身衣、头戴深色帽子的男人守卫着房间，并在周边巡逻。剧院空荡荡的地下室响起了警报声，但因为隔着许多地下室隔间和管线空间，声音到达不了剧场里面。那些穿着奇怪的人涌过来查看是什么问题。他们检查监视器，发现里面的人再次休克，很快他们发现他们忘记了装有神秘药物的注射器。打开低温室的门，他们把那具躯体从冰床上抬起放到地板上，进行急救，用一件厚厚的电热毯裹住身体，使那具躯体保持正常体温，接着是各种忙乱。

宾客们开始陆陆续续地坐到他们的座席上，乐队开始演奏前的热身环节。舞台上的灯光暗了下来，大约一个小时后，人们的低语声停止了。厚重的紫红色舞台幕布被拉开，一个大屏幕出现在观众面前，屏幕上放映着介绍著名的古典音乐作曲家、指挥家和艺术家的片段，歌颂这些指挥家和艺术家对音乐的伟大贡献，同时著名的管弦乐队演奏着那些令人难忘的乐曲，让宾客欣赏了大约一个小时的美妙音乐。突然，舞台上的灯光变暗了，聚光灯亮起。与此同时，观众席上的灯光变暗了。这场音乐盛宴以一位小个子的意大利男高音演唱开始，他演唱的歌剧让观众如沐春风，接下来是来自法国的歌剧表演。一位来自中国的小提琴家走上舞台，演奏了一首由中国作曲家创作的经典作品。几个小时过去了，魔法音乐家的制作团队变得紧张起来。达瑞斯的经纪人在音乐家更衣室的地板上来回踱步。派了人去找他，但是回来的人说没有发现他的任何踪迹。中国小提琴手的演奏即将接近尾声，但这位主角却无处可寻。工作人员乱成一团，嘀咕着音乐家可能发生了什么事。团队人员心急如焚地围着经纪人，如果音乐家还不现身，剧院经理们就要启用B计划了。然而，经纪人坚持认为他会出现。小提琴协奏曲演奏的最后一段音符结束了，掌声雷动，剧场的墙壁都被震得微微颤动。厚厚的幕布落下来，小提琴家退下舞台，下一个节目准备上场了。剧院充斥着嗡嗡声，主持人从舞台上走了出来，掌声再次响起。

客串主持的著名作曲家上场安抚观众，在插科打诨了几分钟后，通知宾客中场休息四十五分钟，再返回音乐厅听下半场。人群蜂拥而出，挤满了通往剧院小卖部和酒吧的走廊，走廊里充斥着窃窃私语声。已经表演过的艺术家们在大厅里加入到宾客当中，相互恭贺和打招呼。但仍然没有发现伟大的魔法音乐家的踪影。只有寥寥数人知道情况，制作和管理团队认为最好不要惊扰任何人。演出的下半场属于魔法音乐家，人们花了数百万美元来看这位非凡的音乐家和他发明的令人惊奇的乐器。管理层不愿去想可能会造成的损失和羞辱，只是默默等待。而魔法音乐家的经纪人仍然坚信他会来，向大家保证不必担心。然而，他自己也很紧张，不知道该怎么办，但他不敢以任何方式暴露自己的恐惧。在这点上，达瑞斯很钦佩他，对他很放心，并相信他能按照指示执行他的要求。

四十五分钟的中场休息结束了，人们开始返回座位。管弦乐队开始演奏幕间乐曲，主持人走上舞台。一些制作人员试图再推迟一会儿，但为时已晚。主持人已经走上舞台，双臂张开，转过身，耸着肩膀。剧院工作人员和制作人员转过身，失望地看着经纪人。主持人欢迎观众回来，并介绍了下半场的节目。舞台灯光暗了下去，主持人消失在幕布后面，观众席鸦雀无声，管弦乐队演奏着《中国花香》的开场曲。制作和管理团队一阵慌乱，互相推诿应该由谁去告诉观众魔法音乐家不会来了。突然，华丽的钢琴声传来，整个剧院的墙都似乎在震动，人们欢呼起来，幕布徐徐拉开，观众起立。音乐传遍剧院的每个角落，甚至进入了旧剧院地下隐秘封闭的深处。医疗助手担心地相互看了看。经纪人跪了下来，喜极而泣，而制作和剧场员工都被魔法音乐家的惊艳亮相惊呆了。当第一首乐曲结束时，人群站起来高声欢呼：“魔法音乐家！魔法音乐家！魔法音乐家!”

在第二部分，魔法音乐家走了过去，拉开紫色天鹅绒的盖布，打开这一乐器，演奏了他的第二首乐曲。艺人助理和制作人员以及剧院工作人员都聚集在舞台的两侧一窥这一人人都在谈论的艺术品。音乐家开始在这奇特的乐器上演奏，美妙的乐曲直击听众的心灵。许多人开始哭泣，包括戴安娜，她对她兄弟的聪明才智感到惊讶。最后，他演奏了《勇士》，大部分的旋律都是低音调，非常低沉，高音调缓慢上升，动作必须非常精准才能演奏好每个音符。达瑞斯的手法很快，他的非正统的技法迷住了音乐爱好者和现代作曲家，他们惊奇地盯着看呆了。观众听得入迷，演奏者也沉浸其中，身体随着节奏来回晃动，额头上的汗珠清晰可见，并开始从脸上淌下来。手指在琴键上跳动如飞，手指的速度和动作是如此的精准协调。

前排的听众身体慢慢向前倾斜，音乐像磁铁一样吸引着他们。音乐的节奏像旋转木马一样越来越快。音乐家的脸上露出了疲惫的表情。速度越来越快，手法越来越复杂，音乐家的手指随着旋律在琴键上跳动，达到狂乱的高峰，然后旋律缓缓降下如同流淌的小溪，最后，乐队加入了进来，直到曲子完结。在听众热烈的掌声中，魔法音乐家慢慢站起来，身体靠着钢琴。他鞠了好几次躬，观众们起立鼓掌欢呼。帷幕拉下来，魔法音乐家瘫倒在舞台上。一些观众看见他倒下了，但厚厚的幕布已经拉上了。戴安娜和她的孩子们也看到了，很快离开了座位，凌平也离开了。他们冲到舞台的后面，舞台后已经挤满了人，达端斯的经纪人也在其中。“闪开！闪开！”穿着深色紧身服的神秘人大声喊道。紧随其后的是凌平和戴安娜一家。达瑞斯抓住一个陌生人，小声问道：“这儿有个叫贾凌平的吗？”

“贾凌平！”那人喊道。

凌平走上前去，俯身在他身边，泪水夺眶而出。“我的时间又到了。”达瑞斯轻声说。

“别哭了，我的爱人！”他轻轻地擦了擦她脸颊上的泪水。凌平俯身吻了他。

“主人，我们时间不多了！”一个神秘的人喊道。

“我爱你，亲爱的！我一直都爱你！”凌平说，达瑞斯的脸上露出了温暖的笑容。

“萨莉！萨莉在哪儿？”达瑞斯问道。

他在衣服口袋里摸索了好一会儿，然后拿出一个印有红色蜡封的信封。他稳住颤抖的手，把信封交给萨莉，然后握着她的手，看着她说：“我最亲爱的妹妹，看到你的哥哥了吧！”然后他闭上了双眼。

戴安娜站在附近目睹了这一切。她抿紧唇，眼泪夺眶而出。凌平抑制不住地抽泣着，乔恩终于从人群中走了过来，他困惑不解，为什么他的妻子和女儿在为这个陌生的男人哭泣。他跪在两个女人中间，拥抱她们安慰她们。凌平紧紧拽着达瑞斯的手，又拉过她丈夫的手说：“和你儿子谢郎和解吧！”乔恩震惊地盯着尸体，开始大声哭号。他从舞台的地板上抱起尸体，紧紧地拥抱着他。戴安娜的大儿子马萨利斯把妈妈搂在怀里安慰她。萨莉快要跪不住了，提姆立即抱住她，她哭得情不自已。

达瑞斯·郎、达瑞斯·戴维斯，还有伟大的魔法音乐家之谜终于结束了。许多问题会被放下，而有些问题可能永远得不到答案，永远会是一个谜。

第二部分

第七章

凌晨3:30，一声尖叫响彻华盛顿高地公寓，萨莉一下子坐起来，把提姆从睡梦中叫醒。

“怎么了？”他问道。她很快又尖叫起来。提姆打开灯。剧痛使萨莉无法动弹，说不出话来。提姆立刻抓起电话，叫了救护车。又一阵疼痛袭来，比前两次还厉害，萨莉又尖叫一声，抽泣起来。

“哦，上帝！这是怎么回事啊？”她哭着说。

提姆惊慌失措，他不知道该怎么办。他立刻打电话给萨莉的母亲。电话响了好几次，乔恩接了电话。提姆吼道："萨莉出事了！她在尖叫。我不知道发生了什么事！"

"是胎儿吗？"乔恩问道。

"我不知道。她无法说话！"提姆回答说。

突然，凌平接过乔恩手中的电话，说："带她去浴室。把她放在温水里，打开古典音乐！现在就做！"

"天啊，又发生了！"凌平痛苦地说。

"什么又发生了？"乔恩不解地问道。

凌平立刻从床上爬起来，穿上衣服。"我们现在得去纽约了！"她催促乔恩。

"你知道现在是几点吗？"乔恩大声叫道。

"现在，乔恩！我说的就是现在！"

乔恩从床上爬起来，试图安排飞机尽快从加利福尼亚出发。犹豫了一下，凌平还是给戴安娜打了电话。戴安娜从睡梦中醒来。她接了电话。"事情又发生了！"

"你的意思是？你确定吗？"戴安娜听到这个消息吓了一跳。

"萨莉的疼痛和当初的我一样！"凌平证实道。

"她现在在哪里？"戴安娜问道。

"提姆现在带她去医院了！"

"我在纽约，你知道是哪家医院吗？"戴安娜问道。

"不知道！你先别挂啊！"她切换到另一条线路，凌平可以听到背景声音和 CB 收音机的声音。最后，提姆接了电话。"救护车来了。我们要带她去曼哈顿荣军医院！"他说。

"好的，我们会尽快赶到那里的。"他们挂断了电话。

转回到戴安娜的电话，凌平说：“曼哈顿荣军医院！”

“好吧，我现在就去那儿！”戴安娜说，并劝凌平冷静下来。但她根本听不进去，挂上电话，乔恩已经穿好了衣服。不久他们就登上了飞往纽约的飞机。凌平不禁想起她生郎时所经历的一切，以及后来的事情。她问自己，为什么这样的事不断发生在她和她的家人身上？戴安娜已经到了医院，萨莉住进医院了。提姆的脸上满是疲惫之色，他对所发生的事感到不解，询问戴安娜。

“是的，这种病很罕见！”戴安娜回答。

“她会没事吗？”提姆问道。

“嗯，是的，她会没事的，”戴安娜接着说，“经过适当的治疗，她和腹中胎儿都会安然无恙的。你在这儿休息一下吧。”她指指萨莉床边的扶手椅说，“我等凌平过来。”

戴安娜很快离开了房间，沿着医院走廊快步走着，她的思绪回到了凌平怀着郎的时候。会再来一次吗？为什么？她不知道。戴安娜见了主治医师，并向他简要介绍了她的医疗经验。谈话最后转到专业的医学对话，这促使戴安娜寻找她一直保存的凌平怀孕和郎出生的旧档案。

达瑞斯·郎已经去世四个月了，萨莉又有过几次因子宫剧痛而被送往医院的经历。医生给她开了之前凌平怀孕时所用的类似的药物，但对萨莉似乎没什么作用。在怀孕的后几个月，萨莉大部分时间都待在医院里。这吓坏了家人，大家很担心萨莉会失去胎儿。凌平恳求戴安娜特别关注萨莉，她没有提及达瑞斯·郎在世时几乎摧毁了两家人的交情的事情。戴安娜想到这个新病例可能带给她的发现，迟疑了一下，接受了。她觉得自己与这个病例关系太过亲近，无法做出正确的判断。回顾凌平的病例，她很快得出结论：严重的疼痛源于胎儿的梦境，这是胎儿的大脑快速发育的结果。导致大脑快速发育的原因是那个病例，也是凌平的病例中的关键问题，这一点从未被发现。戴安娜和她的团队进行了多次试验，做了一些超声波检查，希望找到任何异常的脑组织发育，但毫无所获。

第八章

在纽约华尔街的一家著名的法律公司，迈尔斯·戴维斯(Myles Davis）办公室的电话响了，是麦克纳利先生的秘书邀请他参加合伙人会议。迈尔斯朝大厅走去，敲了敲麦克纳利的办公室门。

“进来，请进，迈尔斯。”

办公室里有三个人，他们是法律公司的高级合伙人。一位灰白头发的老男人坐在一张豪华的桃心木办公桌后，右边是一位亚洲人，左边是一位白人男子。

“你好，迈尔斯，我想你一定认识威尔金斯和凯利吧。”麦克纳利先生说。

“是的，麦克纳利先生，资深合伙人。”迈尔斯回答说。

“好吧，年轻人，凯利律师得到一份不寻常的文件，我们想让你看一看。告诉我们你是怎么想的。”麦克纳利先生抬起头来，看着凯利律师，隔着桌子把文件交给迈尔斯。迈尔斯小心翼翼地浏览了一下，说：“这看起来像是某种遗嘱或法令，但我不熟悉这个标志。”

“是的！别在意这个符号，看看签名。”凯利律师催促道。迈尔斯伸手去拿了把椅子坐了下来，目光没有从文件上移开。麦克纳利先生抬头看了眼他的两位同事，他们慢慢地走到迈尔斯身边，坐在他对面。凯利律师说道：“这份文件的签名是达瑞斯·戴维斯，也就是魔法音乐家。如果我没记错的话，达瑞斯·戴维斯早在二十五年前就去世了。奇怪的是，当我们去鉴定文件时发现，达瑞斯·戴维斯和一个叫达瑞斯·郎的签名是一样的。”

威尔金斯律师补充说：“迈尔斯，我们打电话给你是因为魔法音乐家的财产一半传给了戴安娜·戴维斯医生，另一半传给了萨莉·谢。这显然是他自己起草的，他把她们俩都称作姐妹。更令人不解的是，戴维斯和谢氏家族有什么关系？”

当律师们继续披露遗嘱的细节时，汗水开始从迈尔斯的脸上和身上滴下来，把他西装里面的衬衫都浸湿了。因为他也有同样的问题，多年来他和他的兄弟一直被告知魔法音乐家达瑞斯只是一个家庭朋友，而现在这份文件显示他们可能是一家人，并在某种程度上与谢家有着渊源。怎么会这样呢？迈尔斯想。

“请问这份文件你是在哪里找到的?”迈尔斯问道。

“我们受雇于乔恩·谢，代表萨莉·谢管理这一遗嘱。我们一直为她的父亲服务。”办公室里沉默了一会儿，然后凯利律师问道：“迈尔斯，我们想问你，戴安娜·戴维斯医生是你的母亲吧?”

迈尔斯犹豫了一下，回答说：“是的，她是我母亲。”

凯利律师扫了一下他的两个同事。“嗯，我们这里可能有些矛盾之处!”威尔金斯律师站起身，踱到窗前，说道。

“不仅是矛盾，我们还存在鉴定问题!”凯利律师补充说。但迈尔斯插话道：“这是一个海外文件。这份文件里提到的资产并非全部都在美国，因此才有这个标志。”

威尔金斯慢慢地转向迈尔斯，仔细地听着。

“继续，律师。”麦克纳利催促道。迈尔斯继续说下去：“因为它涉及在外国的资产，但唯一的房产部分并不是在美国，该法令显然会引起管辖权问题。对海外部分的任何争议都必须在所在国奥地利解决。”

麦克纳利先生瞥了同事们一眼，笑了。“太好了，迈尔斯!”他费力地站起来，伸出手握了握迈尔斯的手说，“年轻人，我指派你做这件案子的律师，我完全相信你会找到解决矛盾的方法。先提前祝贺你。”

同事们和迈尔斯握了握手，迈尔斯谢过他们，转身离开了办公室。几个星期过去，达瑞斯的遗嘱中依然留下了许多悬而未决的问题。这促使迈尔斯订了航班飞往奥地利，希望能弄到支持这些文件的证据。再者，附带的一些文件是用奥地利文写成的。迈尔斯到达奥地利机场时，当地律师事务所的一位年轻助理在机场迎接。这家事务所协助纽约的法律公司处理法律冲突事宜，并提供给他们可能可以迅速解决房地产冲突的任何文件。入住酒店后，他们立即来到已故的神秘魔法音乐家的庄园。工作人员已经被遣散，庄园一片荒芜。里面的家具盖着白色的布，墙角已经结了蜘蛛网。年轻助理坚持不让迈尔斯从庄园拿走任何东西，需要任何东西都可以通过律师事务所查询。她还坚持要在大厦的大厅里等候，阳光透过大厅的玻璃窗反射着明亮的光线，而迈尔斯则冒险带着一个小手电筒进入庄园和房间内。他紧张地探索着寒冷、潮湿、阴暗的房间。地板镶板和门沿嘎吱作响，奇怪的“砰砰”声在大厦里回荡，让人毛骨悚然。迈尔斯来到庄园深处的一个偏远区域，他使劲推动沉重的堡垒式的大门，把门推开一道可供他通过的缝隙，随后挤了进去。里面像一个医疗实验室，三个铝制的舱室分别靠墙而立。不锈钢桌子上有几本记录详细的日志和几个小瓶。看起来自从魔法音乐家最后一次光顾之后，当地律师事务所没有人冒险深入过这个宅邸。迈尔斯快速浏览了一下这些日记，把它们和那些小瓶子一起放进公文包里。上楼的时候，总感觉有眼睛在盯着自己，这使他背脊发冷。他快速地打开门，谨慎地进入主卧室。房间与亨利国王的卧室相似，著名的古典音乐作曲家的肖像俯视着他，远处靠墙放着一张带折叠式盖子的古董写字桌，但上了锁。迈尔斯想找个什么东西把锁撬开，他抓起一把熨斗，敲了敲锁。折叠桌盖一下子被掀开了，吓了他一跳。桌子里有许多未完成的乐谱，还有一些日记本。迈尔斯小心翼翼地把桌子里所有的东西都装进包里。他快速扫视了一下房间，然后朝着阳光明媚的大厅走去。

他们进了汽车，朝酒店驶去。迈尔斯询问庄园是否在出售，但年轻助理立即回答说，庄园及里面的物品不应出售，律师事务所是这些房产的托管者。然后她补充道，有人会在二十五年内来认领它。迈尔斯对年轻助理的话感到惊讶，记录了下来。迈尔斯的电话响了，是他母亲询问他是否到了奥地利。迈尔斯很快告诉她自己已安全到达。他们安排了回纽约时的见面，他挂上电话不一会儿，就到了酒店。那天晚上，迈尔斯埋头翻阅他发现的文件和日记。这些日记详细记录了达瑞斯从儿时到去世的病程，还提到了戴安娜和他的外祖母。读到日记中所写的达瑞斯对凌平永不磨灭的爱，迈尔斯深感震惊。另一本日记谈到了达瑞斯的第二次出生和他对第一次生命的记忆以及可能的联系。第三本日记记录了达瑞斯的发现，并披露了一种减缓疾病进程的方式和他在中国发现的一些古方疗法，等等。迈尔斯合上日记本，伸手拿了瓶烈酒，一口一口地喝着，深深震惊于他的发现。随后，他又感到一阵懊恼，从床上抓起日记本，愤怒地把它们向墙上扔去。他从吧台上又抓起一瓶酒喝了起来。那天晚上他没有给母亲回电话。

医疗报告出来了，结果显示萨莉怀着双胞胎。戴维斯博士和她的同事们很快发现，双胞胎中的一个胎儿出现的梦魇状况影响了另一个胎儿的发育。终止子宫内一个胎儿的发育可能是个合乎逻辑的解决办法，但提姆反对，凌平也反对。医生重新评估了用药，确定哪些药有效，哪些没有。戴安娜说出了她的担心，萨莉这种情况是否能把胎儿怀到足月出生，她临产时会不会有生命危险都是个未知数。这疑问使提姆和谢一家人忧心忡忡。

迈尔斯和维也纳律师事务所的人见了面，有关庄园及其所属物的讨论越来越透彻。魔法音乐家不希望在他去世后二十五年内出售这座宅邸及其物品。这使迈尔斯和维也纳律师事务所感到困惑。遗嘱接着说，萨莉的孩子完全拥有他在维也纳的所有财产，二十五年后如果萨莉没有孩子，那就传给凌平或戴安娜，如果她们还活着的话。这条消息并没有让迈尔斯震惊，因为前一天晚上他读完了全部的日记，但他非常紧张和害怕，觉得自己现在是某件大丑闻的一部分或在掩盖丑闻。有太多的问题不确定，如果真有那么一天，那么维也纳律师事务所应代表戴安娜·戴维斯。见面结束后，他立即前往机场，返回美国。在旅途中，他不禁想到他在日记里发现的秘密。迈尔斯试图制定一个行动计划，既能够探究真相，又不妨碍他作为律师的立场。

他向高级合伙人汇报了他的发现，他建议合伙人安排与戴维斯医生和萨莉的家人的会面。几个星期过去了，迈尔斯继续逃避他母亲的电话和约会。他们在医院和萨莉见面时，提姆没有到场，但凌平和乔恩在。凯利律师用中文解释了公司的发现和遗嘱的详细说明。在凯利律师和谢氏一家相互交谈了大约一小时后，事务所秘书陪着戴维斯医生来到会议室。他们相互握手，之后戴安娜加入到讨论中。迈尔斯坐在那里，但他既不打招呼，也不看他的母亲。凯利和威尔金斯开始讨论遗嘱的细节，并按照遗嘱的指示交付财产和礼品。几本日记交给了萨莉，连同一起的还有维也纳的房产；加利福尼亚的房产及其物品留给了戴安娜·戴维斯。维也纳的房产及其物品交给萨莉的代表凌平和乔恩。凌平询问了维也纳房产的销售情况，得到了有关出售维也纳地产的详细指示。她还被告知，二十五年后房子才能出售。迈尔斯将从日记本里复印下来的几页递给凌平。凯利迅速地瞥了一眼复印件，抬头看看迈尔斯，然后转过身来，说："谢夫人、戴维斯医生，我建议你们仔细看看日记本里面的内容！"

凌平和乔恩迅速浏览了其中一份日记，对其中有关家族历史的内容感到震惊。而戴维斯医生手上的那份引起了她的注意，她相信达瑞斯日记里的这些记录正是治愈 OWRD 的答案。戴维斯医生立刻说："这些日记的其他部分在哪里？"她扫视了一眼桌子上的零散文件和其他日记本，很快发现了缺失的部分，继续看起来。突然戴安娜喊道："原来如此！天才！纯粹的天才！"

"怎么啦，戴安娜？"凌平询问。

"他发现了一种方法，就在我们眼皮底下！"戴安娜回答说。

她说了声抱歉，匆忙离开办公室朝电梯走去。迈尔斯急忙跟出来，在电梯口赶上她。

"妈妈，你为什么不告诉我？"他问道。戴安娜转过身来看着她的儿子。

"你已经知道了！这事你能向谁倾诉呢？谁会相信你呢？我想，你想问的问题你已经找到答案了。"她回答。

电梯门开了，她快步走进去。不知何故，迈尔斯在提问之前已经知道他母亲会如何回答了。他转过身，走回会议室。当迈尔斯走进办公室时，凯利律师和谢氏一家正在用中文交谈，他们的话题内容是达瑞斯·郎。凌平努力解释着围绕她儿子所发生的事，尽力避免任何把达瑞斯·郎和达瑞斯·戴维斯联系在一起的问题，她声称她的儿子病了，最后死了。乔恩一直静静地坐着，脸上毫无表情。谈话很快转到了萨莉和她的病情上，萨莉目前的状况威胁到了她的生命。凌平催促让会议快点结束，以便他们可以返回医院。两个律师护送他们走上电梯。他们分手道别，进了电梯。

戴维斯医生读完日记，研制出了能挽救萨莉腹中的胎儿、使 OWRD 的影响降到最低的药物。这些发现很快就公布了，戴维斯医生现在是医学界公认的专家。与此同时，萨莉的孩子们的出生出乎意料的顺利。谢家和戴维斯一家的关系已经修复了，凌平和戴安娜又亲密起来。萨莉把她的一个女儿取名为“莎拉”，第二个孩子是以伟大的古典音乐家的名字命名的“多萝西”。两个女孩的生活很正常，都没有经历过剧烈的头痛或反常的梦。然而，莎拉似乎对音乐更富于表现力，而多萝西，她姐姐的追随者，喜欢用文字表达她的思想，这一点随母亲。到了十岁，莎拉选择了小提琴，但没有表现出任何天才的迹象。像任何一个普通的孩子一样，她必须努力学习和练习，但她学习音乐很轻松，对音乐演奏的理解速度要比她的同学快。来自家庭的支持和推动也激发了莎拉的热情，因此确保了她的音乐前途。随着岁月的流逝，多萝西也进入了音乐界，成为摇滚乐队的主唱。高中毕业后，孩子们的变化明显了，但只是被看作青春期的叛逆。多萝西离开父母，搬到了英国，继续追求音乐梦想。几年过去了，莎拉的音乐事业蓬勃发展，她已经在古典音乐巡回演唱会上表演了，但没有人听到多萝西的消息。一天，莎拉开车去排练，收音机里传来一首歌，莎拉喊道："我喜欢这首歌!"她把音乐声音开大了。当她哼唱这首歌时，她母亲笑了。这首歌播完后，播音员说这首歌是英国的一个乐队"兰馨(Lan Xync，下文同)"创作和演唱的。这首歌很受欢迎，在美国和欧洲的许多音乐排行榜上名列第一。电台播音员接着介绍这个乐队的女主唱和吉他手"罗"。他们称她为"音乐奇才"，有着天使般的声音。流行音乐杂志刊登的都是关于这个兰馨乐队的成长与对他们成功的赞美。莎拉也是一个铁杆歌迷，她喜欢乐队最新发行的专辑中的好几首歌曲。小报上说，主唱歌手罗在吸毒，好几次被发现在墓地和附近的公园里赤裸着身体不省人事，据说是吸毒的后遗症。许多照片被登在流行音乐杂志的封面上，但只有歌迷能认出她。她的头发染成金色，胳膊和腿上有刺青。她的耳朵和鼻子打了眼儿，厚厚的化妆品遮住了她的面部特征，她的鼻子、下巴和嘴唇还做了一些小手术。她使用的是按她自己的设计定做的白色电吉他，用一根红色的丝绒带挂在脖子上；她身穿紧身牛仔裤、紧身背心和衬衫。她成为许多青少年杂志的封面女郎，成为世界各地青少年的偶像。

正值纽约的假期，广播里在预报著名乐队兰馨的节日音乐会。城里成千上万的人排队买票，门票已经售罄。媒体也在推波助澜，当地电视台趁着兰馨乐队的火爆，很快就把乐队的音乐用作电影和电视剧的主题曲。莎拉想去听音乐会，但已被安排了几次假日音乐会演出，无法分身。乐队在美国的第一场音乐会非常轰动，上万人出席，打破并创下了出席音乐会的人数纪录。罗的名望超出了她的想象，成为乐队的中坚力量。莎拉的父亲为她买了罗的另一场演唱会的票，莎拉惊喜不已。莎拉和父亲，还有几个朋友参加了音乐会，并得到了贵宾待遇，坐在舞台跟前。莎拉环顾四周，看到成千上万的人来看演出。突然剧场变暗了，音箱发出的低音让观众振奋起来。美妙的音乐让莎拉心醉神迷，她开始舞动起来，感觉音乐穿过全身每一条经脉，眼中有泪水盈出。奇怪的是，她开始想起多萝西。她已多年没有听到她的消息了。

歌手罗开始演唱，人群发出雷鸣般的掌声和呐喊声。观众跟着音乐舞动，开始一起唱起这首歌，仿佛那是某种圣歌。聚光灯照射在舞台上，罗扭动着身体走到舞台的前部，她弹奏着独特的吉他，唱着歌，莎拉惊奇地看着她，沉浸在幸福之中，她的眼中溢满喜悦的泪水。音乐的确有催眠的作用，歌迷们都像着了魔似的。一束灯光像萤火虫一样在舞台上跳跃闪烁，歌手继续令观众激动不已。舞台上灯光变暗了，罗走到台前拿着麦克风用她有些沙哑的声音说："我写了一首新歌，希望为大家演唱，可以吗?"人们大声叫喊着："快唱！我们爱你，罗！"

罗走到钢琴前开始用钢琴伴奏演唱，弹奏的旋律是爵士调的《中国花香》，并加上了歌词。莎拉听出了旋律，仔细听着歌词。旋律迷住了听众，人群欢声雷动。莎拉往舞台走近了些，凝视着。舞台保安过来阻止她往舞台走，罗继续演唱着。莎拉大喊起来，试图盖过音乐："多萝西！多萝西！是我，你姐姐！"提姆注意到了骚动，转过身来看着舞台上的女人，向莎拉走去。

“爸爸!”她尖叫起来，“是多萝西！爸爸！这是多萝西。”

歌声结束了，在一股烟雾中，这位有名的歌手消失了，结束了演唱会。在兰馨乐队的音乐声中剧场的灯光亮起来。著名的歌手马上被一辆豪华轿车接走，消失在夜色中。与此同时，莎拉及其同伴从秘密出口处走了出来，离开了剧场。莎拉不由自主地抽泣起来，提姆试图安慰她。

回家后，莎拉冲进她的房间，没有和母亲打招呼。萨莉问发生了什么事，提姆告诉她，莎拉认为兰馨乐队的主唱是多萝西。“兰馨乐队的主唱是多萝西?”萨莉困惑地问。这提醒了萨莉，她回忆起她多年前也经历过类似的事情。萨莉去敲莎拉的门，她听到从莎拉的房里传出兰馨乐队演奏的音乐。她走进房间，问莎拉为什么她认为那是她的妹妹。莎拉谈到了古典乐曲《中国花香》的旋律，乐曲的歌词写的是她们共同度过的难忘时光和她离开的原因。莎拉说到这里，开始哭泣，萨莉也哭了起来。萨莉伸手拥抱了莎拉，轻轻地吻了吻她的脸颊，向她借走CD封面，随后抓起外套离开了房子。她打电话给妈妈凌平，说自己立刻去她那儿。她很快地下了车，走进公园街公寓的电梯。凌平现在已经上了年纪，在门口迎接她。她们走进客厅开始用中文交谈。“对不起，妈妈!”萨莉紧紧抱住母亲，开始抽泣起来。“我现在理解了!”她一边从夹克口袋里拿出CD封面一边说。她把CD封面放在桌子上。凌平看着它，轻轻地说：“哦，多萝西!”萨莉终于把这个拼图拼完整了，多年来困扰着她的有关她哥哥郎和她父母的谜解开了。凌平问萨莉她想怎么做，萨莉回答说她会设法找到她的女儿。

凌晨2:30，鹅毛大雪伴随着刺骨的寒风吹打着夜空。门铃响了。一个围着头巾的人站在门口，背后藏着一个什么东西。“这么晚了会是谁呢?”萨莉不由问道，她的丈夫下了床去开门。打开走廊的灯，提姆走下楼梯。莎拉被惊醒了，从她的房间往外查看是什么动静。从楼梯上方，可以看到红色厚松木前门上的两块玻璃板，但萨莉看不清是谁。提姆裹紧睡袍，以免冷空气从睡袍下吹进来。他慢慢地打开了门。莎拉站在楼梯上方，倾着身体，想看看是谁。萨莉从主卧出来，快步走下楼梯，莎拉蹑手蹑脚地跟在后面，感觉到屋里冷风嗖嗖。那奇怪的身影静静地站着，门慢慢地打开了。“是谁，爸爸?”莎拉在后面询问，然后阴影里的人慢慢抬起头来。“多萝西?”萨莉脱口而出，那个人影转身疾步走开了。提姆追上那个身影。“等等，请等等！如果你知道我女儿在哪里，请告诉我。拜托了!”提姆跪倒在雪地里抽泣起来。那个奇怪的人影停住了，但没有转过身来。

提姆继续说：“这么多年了，但愿我能知道我做了什么，让我的女儿如此恨我。要是我有机会说声对不起，也许能做个更好的父亲！陌生人，我爱我的女儿，并会倾尽所有让她回来，所以请告诉我她在哪里，陌生人!”

萨莉听着提姆的忏悔，眼泪涌上她的眼眶，流淌出来。慢慢地，那个人影转过身，把头巾从她的头上揭开。“你好，爸爸!”

“多萝西?”提姆立即站起来紧紧拥抱着他的女儿。莎拉大声喊道：“多萝西!”然后在寒风中跑了出去。莎拉拥抱着她的妹妹。最后，萨莉从台阶上走了出来，多萝西扑进母亲的怀里。她们都不由自主地抽泣起来。“我亲爱的女儿回家了,”萨莉哭着说，“那个漂泊的女儿回来了。”

第九章

多萝西在圣诞节的凌晨回到家里，没有什么礼物比这更让全家人开心了！家里没有人睡觉，说不完的话一直持续到圣诞节早晨太阳升起。莎拉被她金色的头发迷住了，问了她许多关于取名叫“罗”的问题，她们像小孩子一样“咯咯”地笑着。提姆和萨莉相拥在一起，看着他们的两个女儿大声谈笑，屋里一片祥和快乐，布莱克一家又一次合家团圆，充满了幸福。那天早上晚些时候，一辆黑色的轿车停在了房子的前面。是外祖父母乔恩和凌平。萨莉没有告诉他们多萝西回家的事。多萝西在起居室里悄悄往外看，凌平看见她，吃惊地大叫一声，喜极而泣，她紧紧地拥抱了她的外孙女。乔恩走过去，双臂环抱着她们。萨莉看着，高兴得哭了起来。凌平摸了摸她的头发，用中文开了个玩笑。他们坐在起居室里，问了许多关于她的职业生涯、生活和小报上各种关于她的故事的问题。提姆插话说悠着点，别一下子问这么多问题，多萝西感激地看看他，发现她的父亲改变了很多。多萝西站起来，在房子里来回溜达，看着照片，留下她的外祖父母在客厅与莎拉和她的父亲交谈。最后，她走向厨房，母亲正在准备圣诞早餐。多萝西赶忙过来帮她。萨莉非常高兴她的女儿回家了，她又哭了起来。“噢，妈妈，别哭了。”多萝西劝道。萨莉轻声说：“莎拉在音乐会上认出了你，想登上舞台跟你在一起。”多萝西笑了笑。

“你要待多久?”萨莉问道。

“我今晚就得走了。”

莎拉无意中听到了。“不!”她喊道，转身跑上楼去。多萝西跟着她，发现她哭着扑倒在床上。多萝西告诉莎拉她有音乐会巡回演出，明天必须去苏黎世，不可能留下来。多萝西帮她擦干眼泪，莎拉拥抱了她。

“我想你，妹妹，我真的很想你。”莎拉柔声说。

多萝西回家的消息传到了戴维斯家，到了午饭时间，戴安娜和迈尔斯来了。到了交换礼物的时间了，多萝西拿出几个小盒子，妈妈的礼物是耳环，父亲的是领带夹，姐姐的是盒式小挂坠，他们每个人都爱不释手。萨莉走到主卧室拿出一个盒子，盒子上写着维也纳。迈尔斯和萨莉互相看了看，笑了。迈尔斯记得遗嘱中的二十五年条款。现在他明白了为什么。这处房产是留给多萝西或“罗”的。多萝西拿起盒子，茫然地看着。她翻开盖子，看了看里面的东西，感谢并拥抱了她的母亲。戴安娜推推迈尔斯。“哦，是的。”他从包里拿出一个盒子，把它放在两个女孩面前的桌子上。莎拉脱口问道：“这是什么？”她迫不及待地撕开包装，露出一个旧盒子。多萝西很快伸出手，摸了摸她的手，盯着她看。多萝西似乎已经知道那是什么了。莎拉温柔地看着她。戴安娜慢慢地把手放在自己的胸口。凌平也知道是什么了，很快地瞥了戴安娜一眼，她轻轻地握着乔恩的手。多萝西打开盒子，那是一把小提琴。莎拉大喘一口气：“太美了！”多萝西从盒子里拿出小提琴，转过身来对莎拉说：“它的名字叫‘麦当娜’，好好照顾它，一生都珍惜它。”然后她把小提琴给了莎拉。多萝西的话使她困惑。戴安娜和凌平迅速站起来走到厨房，泪水盈眶，滚下脸颊。她们默默地握着对方的手。“怎么回事？”莎拉问。提姆、乔恩和迈尔斯沉默地坐着。萨莉很快打破了沉默，快速说道：“我们到餐桌上享用你外祖母和我准备的美味午餐吧！”

然后她敦促大家都来坐下吃饭。他们坐在桌旁，戴安娜继续密切关注多萝西的言行举止并且不让她察觉。注意到她伸手拿了一瓶葡萄味的冰红茶，除了中国菜砂锅、蔬菜炖牛肉，她大多数食物都没怎么吃。戴安娜问：“你要在纽约待多久？”

多萝西回答说：“我今晚就要走了。”

大家吃饱后回到了起居室。凌平又开始哭起来，莎拉轻轻地从盒子里拿出小提琴，开始拉起来，多萝西看着她演奏，脸上露出微笑。听完了几支曲子之后，戴安娜说她得走了，她要去看望大儿子一家，她开玩笑地说她要去扮演圣诞老人。大家都开心地笑了。她拿起大衣，让多萝西陪她走到车边，戴安娜从口袋掏出一个包，递给多萝西说："这对噩梦和梦游有些帮助。依我看，你还是赶紧去维也纳吧。"

戴安娜拥抱了多萝西，把包递给她。多萝西感激地接受了包裹和建议，"很高兴再见到你，"她停顿了一下，补充说，"姐姐。"

戴安娜和迈尔斯刚离开，附近的女孩认出了罗，开始大声尖叫。人们开始从窗户往外窥探。女孩跑回了家，多萝西快步走回屋子，关上门。提姆问："怎么了？发生了什么事？我听到尖叫声！"多萝西说她被认出来了。几分钟后，女孩和她的几个朋友开始在院子外徘徊。人们开始涌到房子的前面。然后几辆新闻车来了，最后是狗仔队。罗抓起她的包，给她的乐队成员打了电话，安排他们来接她。越来越多的人，聚集在前院的草坪上，有人按门铃想要拍一张照片或者见一见这位超级明星。提姆试图向人群求情，说："她在度假，需要休息！"但那些无情的民众丝毫没有怜悯之心，再三按门铃。人群吓坏了莎拉和凌平，乔恩对歌迷的行为感到惊讶。罗的电话响了，家里的电话也响了，许多电话打进来，电话响个不停。罗终于接到经纪人哈利打来的电话，哈利告诉她如何应对，等候他到达。警察来到现场，后面跟着罗的经纪人和几名保镖以及唱片公司的人。提姆和萨莉的家突然间成了媒体的风暴中心。经纪人一行穿过人群，来到前门，提姆和萨莉紧紧地顶着门，把门打开一道缝，让经纪人和随从们进来。一个矮壮结实的男人用带着英国口音的粗糙嗓音介绍了自己，与罗的家人握手，表示很高兴终于见到这位超级巨星的父母了。哈利注意到提姆的口音，问他来自英国的哪一个地方。提姆不太喜欢这个人，因为他看起来有点傲慢，但提姆很快就抛开这一想法，他认为这种类型的人在音乐界很普遍。哈利把注意力转向多萝西，他注意到了莎拉。“哇！我认识你！”他说。然后他转向提姆，说：“你有两个有名的女儿。你真幸运！”

“好了，亲爱的，我们走吧。拿上你的东西！”哈利催促多萝西。

罗亲吻并拥抱她的家人，一一道别。随行人员和警察给她辟开一条通道。新闻记者和歌迷都往超级巨星身边聚集。罗短暂地停下来，躬身为认出她的女孩在 CD 上签名。她帮女孩擦干眼泪，拥抱并吻了吻她。经纪人催促道：“好了，我们走吧！”罗迅速钻进轿车，车子疾驰而去，歌迷们在轿车后面追着跑。莎拉意识到她还没有多萝西的电话号码，于是问家人是否有人有罗的电话号码。大家都确认他们没有，失望笼罩着整个家庭。提姆走到院子，双手插在口袋里，凝视着街道，看着汽车消失在街角。萨莉也出来了，站在他身边，默默地拥抱着他。“你认为我们还会再见到她吗？”提姆轻声问，萨莉没有回答。

乐队在苏黎世的演唱会很成功，著名的摇滚乐队兰馨在音乐圈熠熠生辉。莎拉举办了自己的古典音乐会，用那把麦当娜首次演奏。莎拉的古典音乐事业蒸蒸日上，她在美国和欧洲多次登上舞台。在欧洲巡演时，她常常期待发现罗的身影，但偶遇从未发生。两年过去了，兰馨乐队渐渐淡出音乐界。杂志或报纸不再报道有关乐队或主唱的行踪。距离多萝西回家大约一年后，媒体开始披露主唱歌手罗的失踪和乐队的解散。乐队在伦敦和意大利的一些演出中出场过几次，但主唱并不是罗。有一天，一个陌生的电话打到家里，萨莉接听电话："你好！我是布莱克太太。"

"你好！我是哈利，来自英国的音乐经纪人。你见到过罗或听到过罗的消息吗？"他平静地问。

萨莉对他的问题感到惊慌，很快回答说："没有！我们已经有两个圣诞节没有见过多萝西或听到她的消息了！"

萨莉用手捂住胸口，接着问："你最后一次听到她的消息是多久以前了？"

哈利回答说："差不多一年了！"

"啊，你报警了吗？"萨莉问道，对她听到的回答很不安。

"哦，布莱克太太，艺术家们休息一段时间，甚至消失，以寻找创作灵感，这是很常见的，但似乎没有人知道罗在哪里，包括她的乐队成员。似乎她就这么消失了。"哈利烦恼地回答说，"当然，我们去了她的公寓，也找她朋友了解过，但没有人有任何消息。就像我刚才说的，她似乎就那么消失了。"

第十章

维也纳的那幢老房子再次被一个陌生而熟悉的人造访了，这名陌生人戴着黑头巾，大步走过黑暗潮湿的走廊，走进隐秘而阴暗的房间。玻璃舱室及其技术似乎早已过时，被人遗忘。陌生人进到舱室睡下，室内的玻璃结上了一层冰霜。为了测量时间，控制台上悬挂着一个钟表，记录着每分每秒，而蒸汽在潮湿的房间里凝结成水滴滴落，使用了现代科技的灯光忽明忽灭。一年过去了，第二年又过了一半，但那名陌生人仍然沉睡着，不受岁月、危险和悲伤的侵扰。时光飞逝，在陌生人的身体里肆虐的疾病再次被驯服，陷入休眠，为目前的躯体赢来更多的生存时间。灵魂躺在她的躯壳里，梦见自己过去的生活，焦急地寻找着终结的迹象，希望有一天灵魂会自由，如果它回来了，希望能过上正常的生活。梦中一个年轻的凌平和达瑞斯出现了，然后破碎成许多碎片。玻璃房中的人受到惊吓，监视器立刻发出“嘟嘟”声。挂钟显示的是六个零，闪烁的黄灯照亮了房间，房间里弥漫着浓浓的水汽。玻璃室开了一道缝，薄雾从里面溢了出来。一只苍白的女性的腿试探着踩到地上。柔软赤裸的身体坐了起来，伸手去拿睡袍。她披上睡袍，站起来，走到一个不锈钢台子面前，打开装有三个注射器的玻璃柜，拿起注射器给自己打了一针。然后她抓起一条毛巾开始擦头发，同时对着电脑说话，指示它关掉设备。电脑打开了门，她走到安静、冷清的走廊里，随后浏览手机上的一些通知，给经纪人打电话。两年半过去了，就像她突然消失一样，她又突然出现了。

“哈利。”

“罗！”

“你到底去了哪里，姑娘？哦，我的上帝，我们以为你死了！”哈利惊呼道。

“是啊！我看到过他们这么写！”罗回答。

“你到底在哪儿？”哈利问道。

“我写了新歌和新曲子！”说完她挂了电话。经过两年半的时间，因为罗奇迹般地回归和她的美名远扬，兰馨乐队的音乐再次荣登排行榜。她谈论她的美丽秘诀和她的神秘失踪，她借口是要激发她的创造力。新专辑的火爆程度超越了兰馨乐队以前的所有唱片。罗在意大利有一场音乐会，她漫步到一家音乐剧场，里面挤满了贵族和古典音乐爱好者。

年轻的剧院工作人员认出了罗，看到她非常兴奋。她指着海报上的那个女孩，那位工作人员迅速把罗护送到演员更衣室。她在签名簿和照片上签名后，歌迷们四散离去，罗在更衣室里等候。观众的掌声表明音乐会结束了，剧院大厅和走廊里的喧闹声也随之响起。当声音接近更衣室时，罗藏到了门后。门突然被打开了，莎拉穿着漂亮的长礼服，手里拿着许多玫瑰花走进来，粉丝们请求她在 CD 上签名。她的女经纪人与另几个人和莎拉一起走进房间，更衣室的门被关上了。罗戴着墨镜和头巾，静静地站着，口里嚼着口香糖，人们奇怪地盯着她，没有说话。莎拉突然大声尖叫起来：“罗！罗！”她跑过去紧紧地拥抱了妹妹，两人都哭了起来。“罗，你去哪儿了?”莎拉问。她有些心烦意乱，收回拥抱的手，放到了身后，但还是抑制不住又扑到妹妹的怀中，来回晃动着身体。她们手牵着手，像孩子一样跑出更衣室，从剧院的后出口走出来，上了莎拉的豪华轿车，像孩子一样“吱吱嘎嘎”地傻笑。莎拉告诉多萝西过去几年发生的一切，关于她们的父母和她的法国未婚夫——一个著名的职业网球运动员，多萝西微笑地听着。多萝西发现自己间接地通过姐姐在生活，并且有时会嫉妒她的正常生活。莎拉还告诉她关于婚礼的事，恳求她来参加，多萝西犹豫地答应了。莎拉再次问她失踪的事情，严肃地告诉她，家人是如何认为她已经去世的，尤其是在她的经纪人打来电话之后。多萝西告诉莎拉，她患了一种罕见的疾病，它在慢慢地杀死她，她需要找到治疗方法。这消息吓坏了莎拉，让她心惊胆战。她之前从没听说过。她立刻问她们的父母是否知道这种疾病。多萝西回答说她认为他们不知道。多萝西试图使莎拉高兴起来，问她成名的感觉如何？她喜欢吗？她在舞台上被人盯着的感觉如何？谈话持续到深夜。最后，豪华轿车把她们带到莎拉住的旅馆，两个女孩进了莎拉的房间，聊了一个晚上。第二天一早电话铃响了，莎拉接听，是提姆。莎拉让他等着，把电话递给多萝西。多萝西慢慢拿起电话说："你好。"

"多萝西？"

"是我，爸爸。"电话里没人说话。突然，萨莉抱过电话，带着哭腔喊道："多萝西！"然后哭了起来。

"我没事，妈妈！我没事。不要哭。"多萝西回答。

"你什么时候回家？"萨莉问道。

"我不知道，妈妈，我会尽快回来的。"多萝西回答。

莎拉接过多萝西的电话大声喊道："妈妈，她会来参加婚礼的。"

萨莉很高兴姐妹俩一起在欧洲，而提姆坐在地板上，听到他女儿的声音，忍不住哭泣起来。

"我们以为你死了，亲爱的。每个人都很担心你。"

"是的，妈妈，"多萝西接着说，"我知道。对不起。"

"我们希望很快能见到你，亲爱的。"萨莉补充道。

多萝西回答说："我会尽快的，妈妈，我保证。"多萝西把电话递给莎拉，她和母亲聊了一会儿，电话就挂断了。多萝西抓起她的东西，拥抱她的姐姐，和她吻别。但莎拉不想看到她离去。她们紧紧地拥抱了很长时间。“请回来吧。”莎拉恳求她。多萝西沉默着，吻了吻她的前额，消失在敞开的门后。

多萝西离开了酒店，欧洲湿冷的空气使她全身发冷。她调整了一下围巾，把牛仔夹克的衣领往上拉了拉，双臂环抱在胸前，快步走在马路上，黎明的曙光在城市的高楼大厦之间辉映跳跃。多萝西忍不住想起她和姐姐一起度过的时光。她快速看了看手表，招了一辆出租车。她发现自己在想象结婚会是什么样子。突然，出租车的喇叭声把她从白日梦中惊醒。高高的大门立在出租车面前，她下了车，关上车门，看着司机把车开走了。

然后她转身走进车道，在入口处输入密码，古旧的大门慢慢打开。罗沿着一条长长的蜿蜒曲折的道路走着。终于，奇特的房子从树林后面显露出来，它荒凉而安静。她走进去，进入一条长长的黑暗的走廊，脱去衣服，离开走廊，没入黑暗中，最后消失了。在雾气里，抹着白灰的墙边，复杂的电子控制台上亮着灯的开关和按钮若隐若现。进入低温室，罗温暖的气息很快使室内的玻璃雾化，她昏睡过去。她在维也纳的家很现代，拥有最时兴的用具。虽然维也纳的房子满足了她的需要，但她觉得是升级的时候了。当她躺在房间里时，大脑和心脏监测器的记录偶尔跳动。这表明罗在做梦。她的身体开始做出反应。突然，心率警报器发出巨响。

莎拉在意大利的古典音乐剧场的门票售罄，她与法国网球选手的私人生活成了小报热文。虽然报道的焦点是网球选手而不是她，但这一曝光使她的私人生活引起了关注。许多人反对这桩婚姻，因为她的未婚夫彼埃尔脾气暴躁，大家都知道他是个花花公子。小报报道说他和一个新女友公开露面。这个消息出来的时候，他已和著名的年轻女士莎拉·布莱克订婚了。小报大肆报道彼埃尔的火爆性格，描绘了他过去所有的女人及其不堪的结局。小报写道："伯纳多（美国电影《西区故事》里的一个黑帮头目）遇见了灰姑娘！"

艺术和娱乐界的人士听说了订婚之事，立即联系了莎拉的经纪人。经纪人在古典音乐论坛澄清了几次之后，不想再理睬这些谣言。经纪人说："结婚的计划不会影响到莎拉对音乐和粉丝的奉献。"然而，负面新闻还是对莎拉造成了重大伤害，使她陷入抑郁，她离开了她的未婚夫，躲避媒体的关注。提姆并不在乎彼埃尔的过往生活，但他很熟悉小报的影响力，因为他和萨莉结婚时有着相似的经历。

兰馨乐队风靡了流行音乐圈，罗的新音乐专辑创下了热门歌曲发行的纪录。排在排行榜首位两年之后，罗又离开乐队消失了。热盼的粉丝们虔诚地等待着罗和兰馨乐队的复出，但只有小报提起她在维也纳出现过，说她患了不治之症。报道接着说，一位来自萨尔茨堡的维也纳医生常去给罗治病，有人花重金让他透露了这件事。这两姐妹因受到负面新闻的压力而双双退出公众视野。虽然在公开场合有时能看到莎拉，让粉丝们能了解她的近况，但罗的沉默和消失却相反。她的消失成了一个谜。

两辆神秘的白色货车出现在维也纳庄园的门口。罗深潜在一个冰冷的世界，同外界完全隔离，听不到门铃响。一个强壮的德国口音的女人接了电话。女人和来访者之间的德语对话进行了一会儿。几分钟后，大门缓缓打开，神秘的货车驶上了蜿蜒的车道。四个陌生人走进庄园，沿着长长的、潮湿的、黑暗的走廊进入密室。来自制冷机器的水汽充满了房间。四个穿着体面的男人没打扰因冰冻很长时间而昏迷中的人体，他们穿上白大褂，走到中央控制台，调整了一下，拿出几个特殊的注射器，把它们注入到冷冻装置的药物导管里，几分钟后，四人退出了密室，随后"砰"地关上了门，锁好了数字锁。男人们沉默地上了他们的车走了。德国女管家慢慢地关上门，注视着神秘的男子消失。把门关好后，女管家迟疑地走过长长的走廊，来到庄园深处的巨型的数码门前。由于担心数码门里面的人体，她想去瞧一下，但她回忆起她的工作规程，发现她不能进入。入口处上方安装的远程摄像机记录了这个女人的一举一动。

六个月过去了，很快一年也过去了，夏天的几个月里，小报上满是莎拉结婚的消息。小报头条上写道："美女驯服野兽!"莎拉和彼埃尔没有被那些小报的消息所击倒，这对夫妇邀请了名流政要来参加婚礼。装饰着美丽的鲜花的曼哈顿花园，为婚礼打造出一个完美的童话世界。许多名人出席，他们身穿精心裁剪的礼服，仿佛这是一大盛事。传统婚礼庄重盛大，很有品位。但尽管有各种各样的奇妙安排和精心设计，莎拉的眼睛仍在搜寻，希望能看见她的妹妹。她在电话旁等着，希望罗会打电话来，或者说她正在路上，或者甚至会来个意外惊喜。但是婚礼开始了又结束了，仍然没有罗的踪迹，甚至连电话也没有。

下课铃响了，一个五岁左右的小女孩跑出学校，跳进了停在外面的轿车。“你好，妈妈!”小女孩说，那看不见脸的女人俯身拥抱和亲吻孩子。车子驶离路边，小女孩要去动物园。女人立即说不，然后不再说话。车停在了一个枫树掩映下的美丽的家门前，秋天的落叶洒满庭院。房子坐落在一个水晶般的蓝色湖泊的岸边，邻居家的船在他们的庄园前停泊着。

孩子和她母亲迅速地离开汽车，向屋里走去。烤馅饼的香味从厨房飘出。有着大理石烹饪台的高度现代化的厨房为这漂亮的房子锦上添花。孩子很快上了楼，进入她的房间。她把东西放在床上，随后回到楼下。她在厨房的桌子边坐下来，母亲给她倒了一杯牛奶，切了一片馅饼。等待开饭时母女两人说着话，厨房里洋溢着欢笑声。

挂在墙上的电话响了。温暖的微笑照亮了小女孩的脸，母亲接电话时声音悦耳，说明和她母亲说话的那个人与家庭有某种联系。小女孩从厨房的椅子上跳下跑了出来，喊着：“爸爸!爸爸!”女人把电话递给了孩子。女人靠在厨房的台面上，注视着女孩和她父亲说话。女人忍不住想她是多么的快乐，她是多么的幸运，在生活中找到自己的位置和目标，她沉浸在自己的幸福中。

小女孩和她父亲之间的谈话像录音机里缠住的磁带一样慢了下来。当那个看不见面孔的女人伸手去抓她短暂幸福的片段时，幸福就像玻璃一样裂成许多碎片。那个女人用手挡住身体，不让自己被飞散的碎玻璃伤着。

罗从梦中惊醒，大口呼吸着室内的空气。尖厉刺耳的警报声回荡在房中，预示着低温睡眠的结束。通往低温室的自动门打开了，一个面色苍白的女人走出来。她抓起一件白袍，裹住自己瑟瑟发抖的身体，系紧腰带，用一条毛巾擦干头发。她摇摇晃晃地走到控制台前，读着屏幕上的数据，注意到日期和时间。她已经睡了五年了。

屏幕上的读数使她心烦意乱。她生气地抓起手机，打了个电话。一个带着奥地利口音的男人接了电话。她马上问卡普兰尼（Kaplany，下文同）医生在不在。医生终于接了电话。“读数是怎么回事?！读数显示我已经睡了五年了！你在导管里注射了多少药液？多少？告诉我！”她气得尖叫起来，开始抽泣。电话里一片寂静，然后医生平静地回答：“照镜子。”罗犹豫了一下，伸手抓起手镜。起初，她照了一下立即把镜子拿走，然后又慢慢地朝镜子里看去。她抚摸着自己的脸，惊讶地发现她的脸看上去是那么光滑和年轻。由于某种奇迹，低温室不仅减慢了疾病的发展速度，而且在某种程度上使她身体的细胞返老还童，大大延缓了她的衰老。罗的思绪又回到了梦中，她的镜子掉在了地上。她重新拿起电话，但没有说话。

卡普兰尼医生继续说道：“魔法音乐家基金会投资数百万为我们找到了治疗这种疾病的方法，虽然这种疾病摧毁了魔法音乐家的大脑，最终摧毁了他的身体。但魔法音乐家的新发现超出了我们的预期。不幸的是，在我们试用这种药剂之前，他死在了舞台上。现在，为预防起见，你每六个月要回到低温室一次，这是很重要的。不这样做就会导致皮肤立即退化，然后是你的记忆和身体崩溃。目前我们正在致力于延迟修复细胞再生，但到目前为止，我们只能够达到维持六个月的稳定。”

“我们希望我们能把它延长到更长的周期。我们的试验表明，受感染的宿主到达一定年龄后，这种疾病会加速发展。如果把身体控制在一个预知的状态，那么我们就可以分离携带疾病的细胞。然而，因其遗传性，治疗这种病是一把双刃剑，既能给人生命，又能给人带来死亡。我们无法在根除这种疾病的同时不会让你死亡，伯爵女士。但我们可以显著延迟或改变其发展。”她奇怪的沉默促使卡普兰尼医生问她是否还在听。她回答说：“那我有可能过平凡人的生活吗？”电话里一阵奇怪的沉默。她继续说：“这些实验和投资的全部目的就是要找到答案！”又是一阵沉默，然后医生平静地回答说：“这取决于你认为什么是平凡生活。”

“请别跟我玩文字游戏，医生！”罗回答。

“不，伯爵女士，这个世界上有些人不应该拥有某些东西，因为他们有更大的目标。”

奇怪的是，这一回答并没有让罗感到吃惊，仔细听完后，她问：“第一阶段采集的样本怎么样了？”

卡普兰尼医生说：“呃，如果你还记得的话，”他清了清嗓子说，“我指的是魔法音乐家，他终止了第一阶段，因为从亚洲的植物中提取的酶不稳定。”

“我很高兴你读过魔法音乐家的文件。”她回答。

“读过什么文件？”

然而电话被挂断了。

第十一章

罗离开暗室，走上弯弯拐拐、令人毛骨悚然的楼梯来到古典王室风格的卧室，她继续抚摸着自己的脸。躺在床上，凝视着自己的平板电脑，看着屏幕上的影像。她惊讶于自己完美的面部特征。她对自己新生发的虚荣心很恼火，立即开始上网，然后发现了一个小型的社交名流聚会。她脸上露出调皮的笑容，匆忙走向衣橱，拿出一件紧身的红色连衣裙和与之相配的高跟鞋，搭配一条丝质的轻薄披肩。

她开始化妆，这种行为不像她，她质疑自己的动机。不过，她很快就用“为什么不呢?”打消了自己的质疑。最终，罗知道了自己罕见的放纵是为了测试有多少人会认出她。

她翻遍屋内的抽屉，才找到了她要找的——一个装满钥匙的抽屉。

她按下车库开关，发出的第一个字是“哇!”她“咯咯”地笑了。车库里停满了罕见的汽车，有些是市场上没有销售过，而专为魔法音乐家设计制造的。她很快找到了一辆适合她的。她坐上了时尚的保时捷敞篷跑车，发动了汽车，发动机的“隆隆”声让她的脸上漾起笑容。

她搜寻广播电台节目，很快搜到了音乐台，开大了音量，汽车尖叫着驶出停车场。她沿着蜿蜒的车道疾驰而去，驶出了哥特式的大门，踩下油门，双人座敞篷跑车驶入喧嚣的车流。

她停在社交聚会入口的私人车道上。男招待把她的车开走了。犹豫了一下，她走到聚会人群中，当然，那里有许多名流政要。她的进场引起了无数眼睛的打量，有些人在低声询问她是谁。她慢慢地走到吧台，要了一杯白葡萄酒。

她边喝着酒，边透过酒杯环视着房间。酒使她的身体暖和起来，她又向酒保要了一杯。房间里回荡着乐曲，她很熟悉，这是她创作的一首歌。但是音乐让她想起她现在还没有准备好要面对的人和问题。大口喝完葡萄酒，她抓起手包悄然退出。就在这时，一位绅士走了过来，他那锐利的眼光使她转过头来。她感到一种不安，悄悄地从他身边走过。但她那条丝质披肩缓缓地飘到地板上。男子在披肩落在地上之前迅速地抓住了它。他紧走几步，在她身后说：“夫人。”意大利口音使她一下子竖起耳朵，但她不知道这个人是谁，她没有回头。这个声音又开口说：“夫人，我想这是你的东西。”他慢慢地走到她面前，轻轻地把丝巾围在她的脖子上。她发现自己被他的眼睛吸引住了。突然，她打了他一耳光。这猝不及防的巴掌让陌生人退了一步，他摸摸自己的脸。罗快步走开了。

这一刻变得很尴尬，因为她不得不等她的车。那个男人走过来说：“对不起，我失礼了！”她可以听出道歉是真诚的。她笑了笑，微微转过头来。

“没挑好时间。”当男招待把她的车开过来停下时，她想。就在她准备上车时，那个男人高声说道：“安东尼奥！我的名字是安东尼奥·维瓦尔第。”

直到他说出他的名字，她才认出他。罗平静地说：“啊，是你啊。”

安东尼奥开始笑了：“你的嗓音真美！”

“这是恭维话吗？”罗笑着问道。他偏过头笑了。他温和的性格和匀称的身材吸引了罗。“好吧，我哪天去看你。”当她进到车里时，随口说道。“哦，顺便说一下，对不起，打了你一巴掌！”她补充道。

安东尼奥大笑着说：“是的，这一巴掌正是我所需要的，天气有点冷！”

他机智的回答迷住了她，她大声笑了出来。她意识到了，捂住嘴，有点尴尬。随后她坐进敞篷跑车，发动引擎，车子尖叫着驶离路边。

她第一次与工作之外的异性接触，这点燃了她内心一种奇怪的感觉，想到安东尼奥，她的脸上不由得露出了笑容。可能再没机会见到他了，她对自己的行为感到恼火。跑车在维也纳的高速公路上飞驰，罗在座位上随着收音机里播放的歌声扭动着身体。在一个信号灯前停下，她注意到一些年轻人聚集在一个仓库里，进入了一座废弃的大楼。她决定跟随他们，随后来到一个私人夜总会或被称为“地下室”的地方，她记得在英国她曾在一个类似的地方被发现。她停好车，走到入口，门口的一个男人注意到她走近了。他指了指她，让他的保镖注意。保镖四下打量了一下，看到一个漂亮、性感的女人走过来。她从私人夜总会门口聚集的人群中走出，上了楼梯。保镖走到她面前。那个大个子男人站在她面前，沉默地注视着她。几分钟后，他说：“我很高兴看到你没事。”

保镖继续说道：“你不记得我了，是吗？很多年前，我送你去的医院。你病得很厉害，你躺在我祖母的墓碑上。小报上说你吸毒，但我知道那不是真的。你现在看起来和从前完全一样。你是罗！”

当他说出她的名字时，人们转过身开始窃窃私语。突然，人们开始围在她周围。一个年轻女士说：“罗？是的，是你！”

“罗，你去哪儿了？”罗转过身来，那个女士继续说道：“勇士。”

“我们想念你！你为什么离开这么久？你的音乐能打动我们的心。回来吧，你的音乐对许多人都是一种鼓舞，你不应该消失，不应该抛弃我们！”

歌迷的话触动了罗的心，她和一些人拍了照片，有人开始用手机录像。认出了她的保镖试图阻止人们挤到她身边。他的朋友很快把她带进俱乐部，进入 VIP 房间。

玛丽·沃克（Mary Walker）患了 OWRD，和马萨利斯与达瑞斯·戴维斯的疾病类似。治疗很昂贵，她的医保也快用完了。她唯一的监护人马库斯·沃克（Marcus Walker），又名“马克”，是著名乐队兰馨的鼓手。

摇滚乐队的乐手们常有沉迷于毒品的嗜好，马库斯也沾染上了。他没有了快速稳定的收入来照顾生病的母亲玛丽·沃克和满足他新染上的吸毒习惯。近五年来，罗的失踪使马库斯陷入困境，最终他不得不卖掉了自己在伦敦的公寓。因为母亲的病，他搬去和母亲住方便照顾。然后他又卖掉了汽车，去参加各种能赚一些小钱的演出，但吸毒习惯却使他们的生活日益困顿。当地的乐队厌倦了他时不时地迟到、各种借口和无故爽约。

大约一年前，一位穿着考究的男士介绍自己为一家国际公司的药品代理，递给他一张名片，说：“如果我告诉你，我们有办法治愈你母亲的病呢？我的意思是摆脱它……”

他嘴里发出奇怪的声音，做出一个和棒球裁判员的手势类似的动作。

“对不起，先生！但是我没有钱买你的药。”马库斯试图把那个男人打发走。

药品代理继续说：“听我说！这药正处于试验阶段。我们希望得到你的允许，让你的母亲作为我们的实验对象。”

“啊哈，不行！”马库斯坚决地回答。

但固执的药品代理继续说："我们在临床试验期间提供免费住宿，我有没有提到有一笔签约金是支付给实验对象的家人的？"

马库斯听到"签约金"后转过身问道："多少钱？"

药品代理停顿了一下，然后俯下身来低声说："二万五千英镑。"

马库斯考虑了一下这个提议，如果能治好他母亲，那倒是值得一试。正当他要同意时，药品代理脱口说道："嘿，你不是兰馨乐队的马克吗？"马库斯轮廓分明的脸上露出微笑。

马库斯点点头，问："是现金吗？"

药品代理回答说："是的，你可以在医院递交申请书，二十四小时后取钱。"

马库斯感到放心了。他瞥了一眼毫无知觉的母亲，思考了几分钟。然后他向药品代理点点头，衣着讲究的男子慢慢地把手放在马库斯的肩膀上，把他带到办公室，向马库斯解释了细节。"顺便问一下，怎么得到你的签名？"药品代理询问。马库斯拿起放在桌上的笔，在医药代理的手提包里侧签了字。

那天，马库斯欣喜若狂。一切都像医药代理解释的那样顺利。但是经过三年的治疗，试验突然停止了。

新闻报道说，支持新药和临床试验的国际公司退出了该项目，该项目被放弃了。马库斯的电话在午夜响起。陌生人说："沃克先生，请原谅我这个时间打电话。我是治疗你母亲的医疗机构的主任。我想明天早上见你。也许有一个解决办法可以让我们继续治疗你的母亲。上午 7:30 怎么样？"

“好吧，我会去的。”马库斯答道，挂断了电话。

第二天早上，马库斯在约定的时间出现在诊所。哈夫金（Haffkine，下文同）医生很高兴看到他，他们走进了医生的办公室。哈夫金医生好像老朋友似的跟马库斯说道：“我知道你是著名摇滚乐队兰馨的成员。”马库斯受宠若惊，感到放松了。医生伸手从他白色的医用上衣口袋里掏出一支香烟，递给马库斯一支，给他点燃，然后点燃了自己的香烟。他们开始吞云吐雾，办公室里烟雾缭绕。哈夫金医生轻轻地仰靠在他的传统红木椅子上说：“沃克先生，你愿意为我工作吗？”马库斯对这个问题迷惑不解，于是没有说话。他在想：“怎么工作？我能做什么呢？我对医学一无所知，高中时的生物课都不及格。”

“你想让我做什么呢，先生？”马库斯问道，打破了奇怪的沉默。

“请叫我奥斯瓦尔德。”哈夫金医生说。

“好吧，奥斯瓦尔德。”马库斯迅速更正。

“你的摇滚乐队的主唱——”

“谁，罗吗？”马库斯打断。微笑出现在哈夫金医生的脸上。

“是的，你知道她的下落吗？”哈夫金问。

马库斯又一次被这个问题迷惑了，很快问道：“她和这有什么关系？”

哈夫金医生说：“是这样的，马库斯，你在新闻中看到了，我们正在失去资助，部分原因是她带着对我们的工作至关重要的科学发现消失了！”

马库斯仍不解，他仔细地听着，哈夫金医生继续说：“正好她患的是和你母亲同类型的病，其实，她的情况表明这种药是有效的，但她不见了。”

“嗯，你为什么不能再做新药呢？”马库斯无知地问。

哈夫金医生笑着说：“这不是那么简单的。”然后哈夫金医生俯身靠近马库斯说，“你想挣十万英镑吗？”

听到这个，马库斯放下了香烟。“你在开玩笑，对吧？”

“没有！沃克先生，这可不是开玩笑！我可以向你保证。”突然一个穿着讲究的男人走进办公室，他微笑着看着马库斯，眨了眨眼。是药品代理。“我知道你们两个见过面。”哈夫金医生说。

马库斯点点头，哈夫金医生从药品代理的手中拿过公文包。

公文包里整整齐齐地装着崭新的印有英国女王头像的百元英镑钞票，整齐地叠在一起。马库斯盯着钱，好像在发呆。突然，哈夫金医生把箱子关上，响声把马库斯从恍惚中震醒。哈夫金医生再次把手伸进口袋，掏出一支烟，轻轻地放在马库斯的嘴唇间点燃它。奥斯瓦尔德优雅地坐在椅子上说：“找到罗！找到后给我们打电话，我们会做剩下的事！如果你成功了，钱就是你的了！”哈夫金医生打开书桌的抽屉，从抽屉里取出一张机票，递给马库斯说：“这是一张去维也纳的飞机票，维也纳是最后一次有人见到她的地方。”他递给马库斯一张纸，上面写着一个地址。

药品代理再次打开公文包，哈夫金医生说：“马库斯，去拿三摞钱吧。”三摞意味着三万英镑。

“现在走吧！”哈夫金医生命令道。

马库斯迅速朝办公室门口走去，刚走到办公室门口，哈夫金医生的声音使他的脚步僵住了。他说："噢，马库斯，我们会密切注意你，以防你遇到任何问题。别担心，你母亲在我们的医疗中心是很安全的。"

马库斯回到他母亲的床边。他跪下来，把她的手放进自己的手里，说："妈妈，我要忙几个月。一切都会好起来的，别担心。我爱你，妈妈。"他轻轻地吻了吻母亲的前额，离开了房间。

第十二章

几小时后，马库斯乘飞机去了维也纳。夜幕降临时，他已经住进旅馆了。马库斯对维也纳很熟悉，他和乐队一起在这里的许多场地演出过。他也很熟悉哪里可以弄到可卡因，给自己注上一针。他飘飘欲仙，像有只金色的手把他从痛苦的境界中解脱出来。他回到了从前的自己，无形的面罩揭开了，马库斯又有了钱可以来往于各种俱乐部，尽情挥霍。他的奢侈吸引了很多人，很久以前的时光被唤醒了，马库斯又沉湎于往日的生活。

他的手机在他的牛仔裤口袋里震动，但马库斯太沉迷于与高价招来的几个漂亮妓女厮混，忽视了震动。直到那几个女人脱光衣服进到洗手间时，马库斯才终于注意到他的电话。他立即打开消息，一个他五年没见的熟悉面孔突然出现在一个地下俱乐部，她的意外出现很快被传开了。马库斯急忙跳下沙发，把钱扔给边上的服务生，一阵风似地从他身边跑过，离开了俱乐部。

昏暗的灯光下，一辆奇怪的黑色汽车停在俱乐部的远处。马库斯手里拿着手机冲过去，给司机看了看手机屏幕。几分钟后，马库斯飞驰而去。他的车很快出现在一个偏远的仓库式地下俱乐部。他立即被认出了，歌迷们开始蜂拥过来。看门人很健谈，透露了罗到夜总会的情况。马库斯像一个名人一样轻松地穿过人群。粉丝们排着队蜂拥到这个秘密俱乐部求罗的照片，消息一下子传开了。

地下俱乐部的电子琴周围挤满了年轻人，他们随着音乐声左右摇摆，闪烁的灯光使室内光怪陆离。但是音乐的重击声使罗情绪高昂。她脱下鞋子，沉浸在音乐里，在人群中陶醉狂舞。DJ 把音乐完美地混合在一起。节奏使人兴奋，他们沉醉疯狂，随着节奏劲舞。DJ 宣布：“我们屋子里有位名人！让我们大声喊出来——罗！”人群开始尖叫，高呼“罗！罗！罗！”音乐似乎在催眠他们的身体，他们用音乐宣泄自己。

灯忽然灭了，观众大声欢呼。突然，聚光灯在舞台上来回跳跃。一个罗不熟悉的乐队上台开始演奏。其中的两首歌曲正是罗之前创作的音乐。罗觉得她仿佛已去世，正在听自己的悼词。但她并没有死，她还活着。不知怎的，她感到很困惑，想着可能是哪儿搞乱了。观众认为他们是在对她表达敬意。乐队终于演奏起他们自己的音乐，观众们一片疯狂。当灯光随着男低音的声音起伏闪烁时，音乐仿佛从这个年轻人的身体中喷涌而出。乐队真棒，她想。但是当她转身准备回到VIP室时，通往VIP室的门被关上了。

在桌边等待她的是一个熟悉的面孔，马库斯。罗惊讶地看着他，她沉默地走近，但没有坐下。他说了些什么，但听不太清，音乐声太吵，盖住了他的声音。他又说道："你看起来棒极了！"她听到了这句话，但假装没有听见。她试图离开桌子，但他抓住她的前臂。

"不，我不会让你离开我的视线！"他喊道。

"放开我，你喝得太多了！"她挣扎着要把手臂挣脱出来。

她终于把手臂挣脱出来，他喊道："看你！你一点儿也没有变老！"他的英国口音和醉酒使他口齿不清，很难听懂他在说什么。他继续说："你怎么可以这样对我们！一句话没说就消失了！"罗默默地站着，听着马库斯狂怒地嘶喊："五年啦，罗！五年，将近六年！你一点也不关心我们。我们曾是一家人，罗，一家人！"他愤怒地把酒杯摔在桌子上，酒杯掉到地上摔碎了。然后他转身走了。被这一举动吓坏了，罗慢慢地坐下让自己平静下来，思考着他的话和年轻歌迷的话，泪水充满了她的眼睛，他们不明白，他们无法知道她究竟过着什么样的生活。

舞台的灯光熄灭了，人群鼓掌欢呼，表明音乐会结束了。出乎意料的是，罗从VIP室消失了，几分钟后舞台灯光亮了起来，罗坐在舞台上，聚光灯照着她。她把头发束在脑后，借了一把吉他。人群安静下来，注视着她。随后，她轻轻地拿起吉他，把它抱在胸前。一个观众大喊："我爱你，罗！"人们感到震惊，嗡嗡声越来越大，能听到他们低声在说：“罗？真的是她吗？她不是死了吗？不可能！这个女孩不可能是罗，她太年轻了！”

她大吸了一口气，然后说：“晚上好！我的名字是罗！”人群中爆发出吼声，然后她开始演唱。她的手指划过吉他，唱起她第一张专辑《创世纪（*Genesis Rising*）》里的一首歌，独唱非常美妙，完全不同于专辑版本。客座乐队的成员们加入进来，为她伴奏，人们高声欢呼，建筑物都在震动。观众高呼她的名字。她站起来鞠了一躬，回应观众说：“好吧，再唱一首，这是首新歌。你们是最先听到它的人，希望你们喜欢！”她简要地指示了一下乐队，很惊讶他们领会得这么快。音乐迷住了年轻的观众，他们开始随着音乐来回摇摆，人群欢呼着，吹着口哨。“再来一首！”他们高呼。她回答说好，又弹了一支曲子，这次人们全都站起来舞动，灯光闪烁，年轻的孩子们兴奋不已，他们随着乐曲翩翩起舞。歌迷们录下了这令人惊喜的精彩场面，人们继续欢呼着，挥舞着他们手上的荧光棒。

私人地下俱乐部的聚会几秒钟内就传播开去，罗在夜总会的闪亮出场，意味着她回来了。傍晚时分，新闻车和记者蜂拥到夜总会外面。罗转向保镖，冲他努了努嘴，使了个眼色。“谢谢你。”随后她消失在一个秘密出口。她放弃了自己的车，叫了一辆出租车回到自己的庄园。新闻记者采访了一些年轻人，他们有幸赶上了这场令人激动的演唱会。保镖快人快语：“罗已经离开大楼了！”那些还逗留在此的俱乐部观众都笑了。

夜晚寒冷的空气掠过空无一人的停车场，几个小时前这里还挤满了人。现在只有两辆车还留在那儿，一辆是罗遗弃在那儿的保时捷，另一辆是一台神秘的没上牌照的灰色旧奥兹莫比尔车，与罗的车隔着两个车位。有个人坐在车里，香烟烟雾从驾驶员侧的车窗飘出来，一闪一闪的烟头照亮了汽车的内部。

五百三十条信息在罗的电话上闪烁。几分钟后，电话铃响了，铃声是宁静的瀑布声。她醒了，伸手去拿手机。她看了看屏幕，注意到了信息。她不愿往回翻，就打开最近的语音信息，躺回去听着。“我看到他们传的录像了，打电话给我，我们谈谈！”这是罗的经纪人哈利，还有来自电视和广播节目的几百条信息。“多萝西，你的外婆在医院里。”那是她的母亲萨莉。这消息惊动了她，她立刻从床上坐了起来，急忙翻阅前面的消息，寻找其他可能有更多细节的信息。她从床上跳起来，匆忙地做了安排。然后她跳进浴室冲了个澡，穿上衣服。出租车来了，拉着她去了机场。她赶上了去纽约的航班。她没有告诉任何人她要来，她知道如果告诉他们，他们会把它变成一件大事。在飞行时，她鼓起勇气给她妈妈打了电话。正如她所预料的，对于她的突然失踪，萨莉问了无数问题。

罗痛苦地回忆起自己错过了莎拉的婚礼。她立即打听莎拉的下落，但萨莉不愿意告诉她。欲言又止，她说：“莎拉搬走时说她没有妹妹。”母亲的话伤害了她，但她坚持要她妈妈告诉她莎拉在哪里。“莎拉搬到了加利福尼亚，在那里生活了将近三年了。如果你们保持联系的话，你就会知道这件事了。”萨莉责备她。提姆迅速接过电话以免她俩再起口角。“亲爱的，你好吗？你还好吗？我很高兴听到你的消息。马上回家吧。不管怎样，你还是我的小女孩。你记得这个，是吧？”他的话使罗脸上露出了笑容。她用悲伤的声音回答说："是的，爸爸！"

然后提姆告诉了她医院的名字和她外婆的地址。在飞行数小时后，罗的私家车等在那儿，把她带到了贝弗利山医院。进入医院，她询问凌平·谢的病房。就诊台的护士告诉罗怎么走，她急忙上了电梯。几分钟后，她从电梯出来，匆匆忙忙地走过长长的走廊，扫视着经过的每一间病房，终于，快接近凌平的病房了。迎接她的是房内嘟嘟的响声。房间里，一个灰白头发的老年中国男子坐在凌平身边，还有迈尔斯和他的新婚妻子、女佣和其他几个人。这么多人让她有点紧张，她不愿意进入房间，所以她站在病房门口。迈尔斯向她打招呼，他们简单地拥抱了一下。然后他们走出房间来到走廊，罗问迈尔斯他的母亲怎样了。迈尔斯说他的母亲几个月前去世了，大约在同一时期，凌平患了抑郁症并病倒了。罗不知道戴安娜·戴维斯医生去世快一年了。被这个消息所震惊，她无法控制地哭泣起来。迈尔斯拥抱她，安慰她，引导她走到一个座位上坐下。他解释了他是如何发现真相的，他妈妈最后一次来访是在圣诞节期间。迈尔斯说："我母亲一生都致力于寻找治愈这种疾病的方法，我有一个包裹给你。她告诉我如果你出现就交给你。她知道你没有死。她本希望在她去世之前能见到你的。"

外祖父乔恩来到走廊，对罗点点头。罗站起来，走进病房。她慢慢地走到凌平的床边。一个苍白的、虚弱的女人躺在那里，毫无生气。罗轻轻地抓住她的手，凌平慢慢睁开眼睛，带着温暖的微笑注视着罗。虚弱的老妇人试图抓紧罗的手来确认。她开始低声说话。罗弯下腰，把耳朵凑近她的嘴。"达瑞斯，我知道你会来的。”虚弱的声音继续说，“我一直爱着你，我们会永远在一起。”罗轻轻地吻着她的嘴唇，忍不住哭泣起来。机器里的嘟嘟声变成了单一的声音。

医生和护士跑了进来，罗和外祖父乔恩退后一步。医生转过身来，告诉谢先生凌平已经去世，乔恩开始悲伤地哭泣。眼泪从罗的眼中滚滚落下，她突然转过身，冲出房间走到电梯那儿。经过迈尔斯身边时她没有回头，也没说一句话。迈尔斯站在那儿注视着她。电梯门关上了，正如她的出现，她消失了。

纽约曼哈顿上区公寓的电话响了。“喂，亲爱的。”电话里的声音说。“嗨，亲爱的，你打电话来太好了。这么晚了你在干什么呢?”安娜亚用惊讶的声音问道。

“没什么事，我就是想确定你没事。”那声音回答。

“啊！真是太温暖了!”她回答说，“好吧，我们忙着排练，我的体重似乎增加了几磅，衣服好像不太合身了。昨晚下飞机时我感到有点不舒服，但现在感觉好多了。”

“也许是那里的食物不对吧。”

“迈尔斯，亲爱的，我是印度人，我生下来就吃这种食物。”安娜亚说。他们都笑了。

“好的，好的，我会很快见到你的。”迈尔斯说，几分钟后，电话被挂断了。

迈尔斯不愿告诉她医疗报告的结果。一天的工作让他身体疲惫，但奇怪的是他的心情很轻松。

自从发现了家庭秘密后，迈尔斯的生活就不一样了，他母亲去世后，他觉得事情会恢复正常。但他在圣诞晚会上看到的，以及他母亲传给他的消息，使一度即将熄灭的火焰又被点燃了，现在，罗偶尔的要求会使他在每一次的会面中都感到兴奋。两人似心有灵犀，他总是有求必应。她最后一次请求是寻找只在东亚被发现过的一种特殊药草，他正是在那次穿越印度洋的途中遇到了安娜亚。无名的植物是很难寻找到的，仅凭一张照片，花了几个星期终于找到了植物的方位。公司很高兴，因为公司给迈尔斯的工作是按小时付报酬的。迈尔斯莫名其妙地被卷入到家族秘密中，公司认为这很有经济价值。

原来安娜亚家里就种有这种药草，但对它的历史、起源和效力知之甚少。迈尔斯决定把这种外来植物带给一位专家，希望揭开其秘密。

这位专家说："单独的草药一旦被摄入是致命的。但把它添加到姜黄的肉质根里，就可以延缓衰老和抑制发炎。它曾被用作麻醉剂，但因为其潜在的致幻特性，医生停止了使用它。"

迈尔斯对这个答案并不惊讶。他立即把钱支付给专家，离开了办公室。在离开大楼后不久，他联系了罗，但她没有接电话。回到加利福尼亚后，他去拜谒了他去世的母亲。在她最后的日子里，她把达瑞斯的故事讲给了迈尔斯听，并告诉他关于罗的事。然后她给了他一个包裹，坚持要他把这个包裹送到罗手里。包裹里是什么对迈尔斯来说是一个谜，但他并没有询问或者打开它。直到五年后罗出现在她外祖母住的医院时，迈尔斯才知道她的行踪。

第十三章

里尔喷气飞机飞抵加利福尼亚的私人飞机场，一辆黑色的轿车抵达一栋老宅子，这家人拥有这栋老宅已多年。这房产属于谢氏家族，经过了重大翻修。附近的贝尔航空很安静，外来的汽车在街道上排成一条线，一直连到石墙那儿。黑色大门堵住狭窄的私人车道，这条车道通往一个法国诺曼底风格的漂亮的家。几分钟后，白色雷克萨斯车驶出车道。一个陌生人隐藏在一辆黑色林肯城市车的深色车厢里，但雷克萨斯双座车“嗖”地驶过，毫无察觉。

很快，罗从轿车的后座出来，进入正要关闭的大门。她戴上连帽围巾和墨镜，走上狭窄弯曲的车道。这时，她的手机响了，是迈尔斯。她告诉他，她会给他回电话，然后挂断电话。她继续走着，最后来到了家门口的环形车道。庄园似乎很久没有打理了。她走到门口，按了门铃。管家应答。一个小女孩跑到门口，抱住她的腿。

“你好，有什么需要帮忙的吗?”管家问。

“莎拉在吗?”罗问道。

“是谁呀，洛丽塔?”一个熟悉的声音喊道。

罗马上把一根手指放在唇上做了一个手势示意管家不要回答。她轻轻从管家身边走过去，进了房子，留下管家疑惑不解地站在那儿。

那个说话的身影出现了。罗注视着楼梯上的她，一个怀孕的女人——莎拉——站在楼梯的上方看着她。莎拉的眼泪开始流出来。

“出去!”她喊道，她的声音有些嘶哑。“出去！洛丽塔，你在哪儿?!”她重复了一遍，但罗没有动，眼泪也开始涌入她的眼眶。孕妇出乎意料地冲下楼梯，继续喊着管家。

在远处一直偷看的管家终于认出了那个陌生人，因为主人收藏了她的音乐 CD。洛丽塔没有过来。罗慢慢地上楼，在楼梯半道迎接她姐姐，拥抱了她。两个女人开始痛哭。罗愧疚地说：“对不起。”

“我在等你！我一直等着。你没有来，甚至没有电话！你为什么抛弃我?”罗继续紧紧地拥抱着她的姐姐，任凭她哭喊着发泄自己情感上受到的伤害。

“我病了。”罗用柔和的声音回答。

莎拉松开她，擦干眼泪。然后她注意到罗的脸，迟疑地摸了摸她的脸。“怎么回事？”她问道，“你一点没老！看看我，我长胖了！”这话听起来不知怎的有点滑稽，她俩都笑了。

小女孩喊道：“妈妈，妈妈，这是谁？”

莎拉回答说：“朵拉，这是你的小姨多萝西！”

罗蹲下来说：“你好，你真漂亮啊！你看起来很像一个我曾经认识的人！”

“她漂亮吗？”小女孩问。

“是的，但没有你可爱！”罗回答。小女孩拥抱她，亲吻了她的脸颊。

听到罗的话，莎拉很是感动，她站起来，再次拥抱她。很快，她俩手牵着手，跑到楼上她的房间。她们坐着说话，像过去一样开怀大笑。大多数时候都是莎拉在说话，罗在听，罗问了很多关于婚礼的问题。谈话一直持续到晚上，谈话中途，洛丽塔从她躲藏的地方出现了。莎拉太高兴了，忘了她的突然消失。她介绍了罗，但洛丽塔已经知道她是谁，她说：“我喜欢你的音乐。我很久以前在西班牙见过你，我永远不会忘记你的演唱会。这个经历改变了我的生活！”

洛丽塔的话使罗很感动，她脸红了。莎拉“咯咯”笑了笑说：“你从来没有停止给我带来惊喜。你是怎么做到的，能打动这么多人的心？”罗又红了脸，她们像小孩子一样“咯咯”笑着。

一个陌生的声音从楼下喊道：“亲爱的，你在哪？”脚步声匆匆走上楼梯，“我和安东尼奥在一起，他想……”突然这个陌生人的话打住了，他看到了罗。“这是我的丈夫，彼埃尔。”莎拉介绍道。“你好！”他用法语说，倾身过来用他的脸碰了碰罗的脸，做个亲吻姿势，然后站直身，但他的目光并没有从罗的身上移开。罗突然感到不舒服。

莎拉伸手拍拍彼埃尔的胳膊，迎面碰上他冷淡的目光。他转过身来，俯身吻了下他的妻子。“安东尼奥想明天晚上来吃晚饭。”

“真的吗？为什么？”莎拉问道。

“我以后再告诉你。”他转身离开房间，抱起女儿，开始和她玩。

罗对那个名字感到很好奇，不经意地问：“是那个安东尼奥·维瓦尔第吗？”

莎拉很惊讶她认识他，回答说：“是的，但你怎么知道他的？”

罗回答说：“我曾在一个社交活动中见过他。”

莎拉说：“他很迷人。”

她们开始笑起来，就像高中女生。

然后她问道：“他知道我们的关系吗？”

莎拉回答说：“是的，当然，小报上登过我们那么多的照片，我肯定他知道。”

她想这解释了他当时为什么那么热切地坚持要和她谈话。莎拉走到衣柜里拿出几件衣服和手提包。“这些是他最新的设计。漂亮吗？”衣服的优雅让罗惊呆了，莎拉坚持要她试试。罗不忍拒绝，她在莎拉的催促下试穿了这些衣服，突然意识到自己已经有很多年没穿这么优雅的衣服了。当罗从衣帽间出来时，莎拉目瞪口呆。就在这时，彼埃尔走进了房间。他也惊呆了，把一杯酒撒在地毯上。

莎拉看到了彼埃尔的反应。为了不让自己笑出来，她捂住了嘴。与此同时，罗冲回衣帽间，藏身在里面不让彼埃尔窥见。莎拉喊道："出去!"她把彼埃尔从房间里推了出去。他退出房间，莎拉砰地关上了房门。两个女人像少女一样在紧闭的门后面笑着，开玩笑地说着刚才的囧境和彼埃尔的面部表情。回想起来，罗已经记不起来最后一次这么开心是什么时候了，她有很久没有这么快乐了。

家庭时装秀在关着的房间里继续进行，罗试穿了各种名牌服装，每一件看起来都比另一件更好看。"哇！你看起来棒极了!"莎拉赞美道。两个年轻女人继续黏糊在一起直到凌晨。

罗的电话铃声惊醒了她，发现她姐姐的胳膊和腿搭在她身上，床上凌乱地堆着一堆东西。她摸索着不知藏在哪儿的电话，铃声突然中断了。看到莎拉露在外面的肚皮，她放弃了寻找电话。她迟疑地伸手轻轻抚摸着她圆圆的肚子。

感觉到肚子里的胎儿在动，她脸上露出温暖的微笑。电话又响了。她吓了一跳，把手抽开了。她接了电话。是迈尔斯。"你什么时候有空？我们需要见一面。"迈尔斯用中文说。使用汉语进行交流是罗和迈尔斯之间经常做的，是一种信号，意思是谈话是私密的，通常是关于她的医疗状况。这种语言经常被用作预示，说明其中一人处于不方便交谈的境况。当迈尔斯从办公室打电话时，罗和迈尔斯之间常常就会有这种情况。“现在几点了?”她用中文回话。

“现在是早上 7:30。”迈尔斯回答。

“我在加利福尼亚。今晚晚些时候怎么样?”她说。

“呃，我有东西和包裹。你想要还是不想要?”迈尔斯回答说。

“我说过我会去见你的。好吗?”她责备道。

“好吧，如果有变化，给我打个电话!”迈尔斯回答，说完挂断了电话。

“谁啊? 我不知道你还能说中文。你说得比我还好。”莎拉用中文说。

“你醒了呀?”罗用英语回答，回避了这个问题。她接着说：“我得走了。”

“但是你今晚会回来，对吧?”莎拉用柔和的声音问道。罗抚摸着她圆圆的脸颊，脸上带着温暖的微笑说：“是的，当然!”两个女人像小孩一样在床上滚来滚去，房间里回荡着尖叫和笑声。

上午 9：30，律师事务所接到一个电话，对方要求转到迈尔斯办公室。

“你好! 我是迈尔斯。”

“你好，韦伯斯特（Webster，下文同）先生，我是哈夫金医生，”一个带着很浓的英国口音的人回答，他继续道，“我知道你身上藏有一种稀有的药草。”

迈尔斯对陌生人的话感到惊讶，又问一遍：“你是谁?”

“哈夫金医生！”他接着说，“韦伯斯特先生，你放心吧，你现在手头拿着的戴维斯医生给你的那个包裹里面有详细的根除那种疾病的资料。从显微镜里可以看到米迪乌斯（Mydius，下文同）基因可以复制并从微观层面上治愈带病基因。”

神秘来电者的话让迈尔斯困惑不解，不知道该说什么。

“你在吗，韦伯斯特先生？”

短暂的停顿后，迈尔斯回答说：“请继续，哈夫金医生。我在听，但我不知道这一切与我的客户或我有什么关系？”

“韦伯斯特先生，请不要装了，你曾被指示不要从维也纳庄园拿走任何东西，还记得吗？现在日记的内容已落入坏人之手！”

哈夫金医生继续说：“日记里提到的医学发现是戴维斯医生、卡普兰尼医生和我一起研究开发出来的。”迈尔斯对德克斯特·卡普兰尼医生很熟悉。他的名字在维也纳庄园被发现的日记中多次被提到。

“是你的发现，还是戴维斯女士的发现？”迈尔斯插话道。

“韦伯斯特先生，日记本是魔法音乐家的，所以你的问题的答案是他发现了这些。我们只是把那些零零星星的点连接起来！”哈夫金医生继续说，“戴维斯医生从你那儿获得了日记，我们得以合成这个基因，魔法音乐家确实找到了用这种草药从基因上治疗这种疾病的方法。”

迈尔斯打断了他的话：“那这和我或罗小姐有什么关系呢？”

“韦伯斯特先生，你的委托人派你到远东去找一种非常罕见的药草。你能做到这一点的唯一可能是，你或某人拿到了丢失的日记本。它讲述了如何准确地合成这种药草用于米迪乌斯的方法。日记记述了这些细节，现在这部分丢了！因此我打了这个电话。如果你的客户收到包裹，她知道该怎么办，或许她就拥有丢失的日记。”

“谁告诉你的？”迈尔斯试探地问。

“你的母亲，韦伯斯特先生。”哈夫金医生回答说。

这消息震惊了迈尔斯，他立即挂断了电话。他花了些时间思考新的情况，他打电话给接待员，叮嘱她取消约会，他要出去一会儿。他母亲还假借达瑞斯·戴维斯的名义做了什么？

他走到他母亲在纽约的旧公寓，寻找她留下的东西，希望能找到在遗嘱宣读那天她从律师事务所拿走的日记本。当然，日记本和它的秘密不会随便放着，他立即走向她的书房，但似乎有人先他一步，书房被洗劫一空。迈尔斯小心翼翼地在公寓走动，但他断定那闯入者早已走了。他的下一个想法是可能他们没有找到他们要找的东西，她的书房不是最明显的地方吗？他还想知道，日记本里有什么秘密使人想偷它呢？自从那个自称哈夫金医生的人打来那个神秘的电话后，这些想法就在迈尔斯的大脑里挥之不去。

迈尔斯很快离开了公寓。他觉得不妨听听卡普兰尼医生的意见。他从电话簿里找出号码，打了个电话。

“卡普兰尼医生的办公室。”

“你好，我是韦伯斯特律师。请帮我找下卡普兰尼医生。”

短暂的停顿后，卡普兰尼医生以特有的德国口音回答：

“是我。”

“卡普兰尼医生，我是——”

“是的，我知道你是谁！”卡普兰尼医生打断他。

“卡普兰尼医生，我从哈夫金医生那里接到一个奇怪电话，”迈尔斯停了停，以为会被打断，但只是奇怪的沉默，迈尔斯不得不再说，“你好！”

“是的，我在这里。”卡普兰尼医生说。迈尔斯继续说：“关于丢失的日记本，你能告诉我些什么吗？”

“哦，我什么也告诉不了你，因为我不知道。我曾与戴维斯医生和哈夫金医生一起工作，直到团队解散。”卡普兰尼医生说。

“你肯定那是哈夫金医生吗？”他问道。

迈尔斯说：“这是他给我办公室打电话时报的名字。你为什么这么问？”

“自从米迪乌斯基因被发现以来，哈夫金医生和戴维斯医生已经分道扬镳多年。有传言说，这一发现导致了这一分裂，因为戴维斯医生唯一的兴趣是找到治疗疾病的方法，这一疾病夺走了她兄弟和父亲的生命。然而，哈夫金医生有其他计划，并和中国的宫西光制药公司做了合作承诺。钱已经给了，但是这个项目失败了，因为秘方藏在丢失的日记本里，戴维斯医生拒绝放手。不用说，分手的条款不太有利。”

“谢谢你，卡普兰尼医生！”迈尔斯回答说。

“为了什么？”他回答说，“我所说的你都已经知道了。”然而电话已经被挂断了。

随着日记里隐藏的故事慢慢被破解，似乎看不见底的坠落的感觉突然有了结束的迹象。有人试图得到日记本。根据卡普兰尼医生所说的，迈尔斯能够把这些碎片拼在一起了。

下午4:00，罗的飞机在纽约降落。迈尔斯的电话响了。“你好？”

“嘿，我刚着陆。公园大街饭店见。”罗说。迈尔斯匆忙赶上一辆出租车，驶向市中心。公园大街饭店像往常一样拥挤，但罗轻易地在餐厅的贵宾区预订了一张桌子。几分钟后，迈尔斯走了进来。他们用温暖的笑容互致问候，迈尔斯一屁股在座位上坐下。

迈尔斯把手伸向背包，拿出一个包裹和一个棕色纸包装的盒子，默默地递过去。罗打开了棕色的纸盒。在她撕开仔细包装的盒子时，迈尔斯一直在盯着看。迈尔斯禁不住想到每个人都在寻找的东西居然一直在他的手里。现在所需要的只是罗来验证他的想法。终于，棕色的包装被撕开了，罗小心地打开盒子。迈尔斯脸上露出满意的微笑，罗突然大笑起来，让他疑惑了。“是什么？”他好奇地问，但她没有说。但是在罗身体里的达瑞斯或者说郎清楚地知道她为什么笑。

“很多人都在找那本日记。”迈尔斯漫不经心地说。罗默默地抬头看了他一眼。他继续说：“我母亲的公寓被人闯入了！我还接到一个奇怪的电话——”

她打断他，说道：“让我猜猜看。哈夫金医生！”迈尔斯点了点头，罗大笑起来。

“你怎么知道的？”

“你在医院告诉我你妈妈告诉过你一切，显然她没有！”她继续说，“你知道为什么吗，迈尔斯？”片刻停顿后，她说，“因为我亲爱的姐姐宁肯割下自己的舌头也不会背叛我！”她抓起自己的东西，很快就离开了饭店，消失在一辆等着她的黑色林肯汽车里。迈尔斯对她的话感到惊讶，坐在餐厅里，疑惑不解。

“她姐姐？”他想，那罗可能是达瑞斯，还是达瑞斯实际上是罗？这个想法把他弄糊涂了，他那烦人的头痛又犯了。他伸手拿起电话，给她打了过去。罗在来电显示中认出了迈尔斯的号码，她接了电话，但什么也没说。“我劝你小心点，人们都在追寻那本日记上的秘密呢！”

晚上10:00，罗已经出现在莎拉家的晚宴上，不再去想当天早些时候她与迈尔斯的相会。她打扮得明艳动人，从她头天晚上试过的衣服中选择出最好的一身。打从前一天晚上听到彼埃尔突然宣布的消息时，她就在想着这天，她认为这是再次见到安东尼奥·维瓦尔第的一个机会。

莎拉整个晚上都在情不自禁地微笑，尽管怀孕发胖了，但她还是尽力让自己看起来美一些。尽管她自己体态臃肿，但知道她的妹妹在设法吸引安东尼奥·维瓦尔第，她还是很开心，他可是好莱坞最热门的单身汉之一，时尚，更不用说纯正的意大利民族的强大基因。只是单纯的这种念头就让她欢欣雀跃，好像间接通过她的妹妹体验了某种生活。更让她兴奋的是她妹妹和她待了两天。莎拉想，这是她能记住的最快乐的时光。

到了晚上11:30，莎拉的诺曼底式宅子挤满了莎拉夫妇的社交圈的朋友。欢声笑语在屋子里回荡，罗在楼上听着这一切。

男性宾客陆续到来，时尚大师和古典音乐迷云集。随着相互问候，声音越来越大。彼埃尔和莎拉已经下楼招呼客人了。

罗鼓起勇气，优雅地穿过走廊，走下旋转楼梯，进入宾客的视线。每个人都转过头来，注视着楼梯上这个美丽无瑕的身影，房间里一片寂静。那些嫉妒她的人很快转过身去，啜着饮料，而另一些人则赞赏和惊讶地盯着她，但他们都认出了她。

一位客人笑着说："噢，亲爱的，你得告诉我你这么年轻的秘密！"客人们都笑了，打破了尴尬的沉默，晚会恢复了正常。客人们的笑声和说话声使平时空荡的大厅一下子热闹起来。一只冰凉的手碰了下罗柔软的肌肤，引起了她的注意。她转过身来，安东尼奥把一杯香槟酒举到她面前，她微笑着优雅地接受了。两人之间的气氛很快变得暧昧起来。

莎拉注意到了这情景，她注视着她的妹妹，想不起来自己是否曾经见过她如此快乐。音乐开始演奏，那位迷人的先生请罗跳舞，她紧张地接受了。她很快意识到安东尼奥是个很好的舞伴，罗盯着他，心想："这会是我梦中的男人吗？"

与此同时，安东尼奥也在想："如此强大的外表下，对生活中简单的事却如此的天真无知，她太让人惊讶了。她的天真很迷人。"他们拥抱着，紧贴在一起跳完了这支曲子，俩人都试图压抑翻涌的思绪。

印度的时装展上，高挑、美丽的姑娘们在台上走着台步，展示着众多时尚设计师设计的最新时装，其中包括安东尼奥·维瓦尔第的收藏。摄影师的相机对着她们的脸频频闪光，使得她们的眼睛在摄像机的强光下眯了起来。

一大群人聚集在这个不太为大众所知的地方，女孩子们在最新的城市音乐伴奏下，款款走过T台，人们享受着这充满活力的气氛，受到音乐和舞台猫步的刺激，观众站起来鼓掌欢呼。

安娜亚登上了时装表演秀，观众对她身上穿着的维瓦尔第收藏品发出欢呼，声音在人群中回荡。突然，房间开始旋转，人们的声音变得模糊不清。安娜亚努力保持身体平衡。欢呼声变成了惊叫声，灯光转暗然后变黑了，但房间还在继续越来越快地旋转。安娜亚倒在地上。

电话响了，这时是凌晨2:30。“喂?”迈尔斯用疲倦的声音说。“你应该好好照顾你的妻子。”神秘的来电者说，然后挂断了电话。迈尔斯立即给妻子打了电话，但没能联系上她。奇怪的电话使他惊恐不已，他立即给安娜亚在印度的亲戚打电话，但还是没有人接听。最后，一个电话打了进来，让他知道了安娜亚在一次演出中晕倒，被送往医院。

迈尔斯很担心，他匆忙穿上衣服，冲到机场赶去印度的航班。不断有电话打来，告诉他有关安娜亚的事故的细节，迈尔斯看到了网上的照片和新闻报道。他吓坏了，开始思考那神秘的电话和日记。他母亲公寓的状况也出现在他的脑海里。他立刻试图联系罗，但没有人回答。他留下了语音口信：“罗！安娜亚在医院里。我在去印度的路上。我想这可能跟日记有关。我接到一个奇怪的电话。我劝你小心点！这些人在寻找那本日记!”

几个小时后，迈尔斯来到了喀拉拉邦一家医院，发现他的妻子处于昏迷状态。他立刻跑到她的床边，跪倒在地，伤心地哭起来。

几分钟后，医生走进来说："是韦伯斯特先生吗？我是塞思医生。恐怕你的妻子中毒了！你知道她怀孕了吗？"

安娜亚怀孕的消息令迈尔斯震惊。他问："她怀孕多久了？"

医生回答说："大约五周。我们没能保住胎儿。对不起。"

迈尔斯心痛不已。"那毒药是怎么回事？"迈尔斯问道。

"目前，我们能够分离出一些化合物，发现这些化合物是从印度的一种神秘植物中提取出来的。"

迈尔斯立即想到那神秘的草药和哈夫金医生的话：米迪乌斯。

塞思医生询问："你知道她是怎么接触到这种植物的吗？"

迈尔斯耸耸肩，好像从没听说过这种东西一样。"她这种情况还要持续多久？"他问道。

"额，我们还不确定，韦伯斯特先生。我们可以用一些草药作为解毒剂，希望能消除毒性。但是否有效还需要些时间。"医生如实告知。迈尔斯想到了所有知道有毒草药的人。他的思绪又回到他接到的哈夫金医生那奇怪的电话上。当他思考了事件的发生顺序时，他妻子住院的原因便更令他警觉起来："如果哈夫金医生是这幕后黑手，我得拿回日记本，我需要证据。"

小报和娱乐新闻充斥着爆炸性新闻，说罗与安东尼奥·维瓦尔第被人看到手牵手出现在公开场合，俩人还像情侣一样拥抱。娱乐杂志头版刊登的照片显示，罗对她新找到的爱充满了喜悦，报上的文章写道："婚礼上的钟声是为新的爱情鸟敲响吗？"

莎拉为她妹妹感到高兴，为能够经常看到她妹妹而兴奋不已。罗大部分时间都与安东尼奥在一起，并且似乎已经住进安东尼奥的沙滩别墅。她沉浸在与安东尼奥的爱情中，她甚至暂时放下音乐，沉湎于安东尼奥的爱情和关注。她以为自己找到了一个完美的男人，想过上平凡的生活，想有个家。但是，她感到有一部分自己无法用真诚的爱来回报这份全心投入的感情，只是用性爱和激情来填补缺失的感情。而另一部分则沉浸在与安东尼奥的爱情里不能自拔，她在探索一个恋爱中的女人的感受时，忘了自己是不一样的。

她的爱情和幸福激励她创作新的音乐，不久她就被安排上了脱口秀节目，并在电视上露面。“罗，你的粉丝对你奇迹般的回归欢欣鼓舞。这是否意味着兰馨乐队会回来呢?”脱口秀节目主持人问。

“我要发行一张个人专辑。我的生活经历了一些变化。我想我是唯一能表达这些情感的人。”

“那么你和安东尼奥·维瓦尔第会很快结婚，这是真的咯?”主持人问。

罗脸红了，她说：“他还没向我求婚呢。”观众开始吹口哨，大声欢呼。“我为大家唱一首歌吧!”她大声说，人群欢呼起来。

听到这个提议，主持人很高兴，歌迷们也是。罗边弹着吉他边演唱，音乐让听众心醉神迷，他们的身体随着歌曲来回摇晃着，然后是尖叫和掌声。那天晚上，脱口秀节目创下很高的收视率，但兰馨乐队的成员不太高兴听到罗要单干的消息。

一辆神秘的黑色轿车停在维瓦尔第的海滨别墅。罗和安东尼奥进出私人社区的照片被人拍到。马库斯本已失去目标，现在看到了电视新闻。看到这消息他哭了，他觉得他重返兰馨乐队和声名再起的美梦突然烟消云散了。他用可卡因鸡尾酒麻醉他的悲伤，他的大部分时间都在麻醉和沉迷中度过，彻底沦为一个瘾君子。

电话铃响了。“是我!”马库斯接听。

“我想你看到新闻了吧?”来电者询问。“我建议你到纽约去！把自己弄干净了!”神秘的声音命令道。

一身肮脏的男人从猪窝似的床上爬起来，眼睛布满血丝，他又吸了几口可卡因，前往机场准备飞往纽约。

一周一周过去了，几个月过去了，安娜亚终于醒来，她发现她的丈夫和家人坐在她的床边。看到她终于从五个月的昏迷中苏醒过来，他们都非常高兴，经过漫长的时间，解毒药终于见效了。

迈尔斯喜极而泣。他轻轻地拥抱妻子，为所发生的一切道歉。安娜亚努力张口想说话，但却发不出声来。昏睡和解毒药使她的声带麻痹了。

家人正轮流拥抱从鬼门关被救回的安娜亚，两个陌生人出现在房间门口。他们亮了亮徽章，问谁是迈尔斯·韦伯斯特。“啊？我是。”

“韦伯斯特先生，我们可以在走廊上占用你几分钟的时间吗?”一个陌生人问道。一家人看着，感到困惑。迈尔斯走到走廊，那两人紧跟在他后面。

“你好，韦伯斯特先生，我是马利克探员，这是我的搭档莱恩探员。我们是美国大使馆派来的。医学报告说你妻子中毒了。如果这是一种普通的食物中毒，我们就不会来这里了。但这是一种从印度的植物里发现的毒药。你有什么能告诉我们的吗，韦伯斯特先生?”马利克探员问道。

迈尔斯把手伸到口袋里拿出他的名片和律师执照，给两位特工看了看，他说：“先生们，我很抱歉让你们跑一趟，但我没有任何消息要告诉你们。我也对这件事感到困惑，也会调查发生了什么。现在，如果你们不介意的话，我妻子刚从昏迷中醒来，我想回到她身边。”

探员收下他的名片，给了迈尔斯一张自己的名片，说：“我们很抱歉在这么敏感的时候打扰了你，但是如果你听到任何消息，请给我们一些线索，我们不胜感激。”

两人互相点点头，迈尔斯慢慢地回到了房间。迈尔斯想着侦探的问题，他在想，他们认为我和我妻子差点死了的事儿有关。他知道如果他跟他们分享任何信息，一切都会变得既复杂又混乱。但他知道他最终不得不问妻子发生了什么事。

罗醒了，是从睡梦中惊醒的。她冲到卫生间，发现脸上出现了一块暗斑。她吓得尖叫起来，迅速地瞥了一眼她的四肢，已显示出老化的迹象，栗红色头发里也夹杂着几缕灰发。她冲出浴室，从衣柜里抓起她的衣服和头巾，戴上墨镜，慌乱地在台面上寻找安东尼奥的车钥匙。

她匆匆跑出别墅，打电话让里尔航空公司为她准备好飞机。

她瞥了一眼后视镜，阳光似乎加快了她脸上的皱纹生长，眼睛下方出现了蛇皮一样的细纹和眼袋。灰发几乎完全覆盖住了她的头。她伸手从包里拿出电子计时器，本来每一环节她都虔诚地调节好了的，她检查了一下，意识到倒计时大约一个月前就停止了。这一发现使她恐慌，她开始歇斯底里地哭泣。她踩下了油门，流线型的跑车紧贴着路面，快速地在车流中穿行。

“汽车离开了别墅。我重复一遍，车刚刚离开别墅。女人一个人，现在我们都跟着她！”黑色轿车里的司机对着电话说。然后他很快放下电话，因为他跟着的那辆车突然开得很快。黑色轿车发现很难跟上逃跑的汽车，被甩在后面。司机再次呼叫：“我跟不上她，她开得太快了。看来她是要去机场。让人在入口处拦截。”

司机试图跟上那辆飞驰的汽车。但车身庞大的林肯城市车在高速公路上急速穿梭于车流中。轮胎发出尖利刺耳的声音，司机试图穿过车流。

不料，前面的林肯城市车下了机场匝道在市区街道穿行，而黑色轿车呼啸着驶过了出口。罗已经离开了机场匝道。几乎就在私人喷气式飞机入口处，马库斯开始跟踪，并打电话给黑色轿车的司机，说她已进入他的视线，他在跟踪她。

罗迅速转入里尔私人停车场大楼，一个保安过来接她，两人快速进入大楼。她抓起东西，扔下安东尼奥的车，赶到里尔机场入口。这突然的行动激怒了马库斯，他愤怒地击打着方向盘。但他无法进入私人飞机的停机场，马库斯立即呼叫黑色桥车司机，告诉对方发生的情况。马库斯的电话突然有人打进来，一个熟悉的声音出现在电话里。“哈夫金医生，先生。”马库斯喊道。

“别担心，她要回维也纳了。她的药快到期了，”哈夫金医生平静地说，“坐下个航班回维也纳，这是你的机会了。好好干，马库斯！”然后他挂断了电话。

安东尼奥醒来发现罗不在他身边，她走了。“你在哪儿，亲爱的？发生了什么事？请告诉我，我来找你！”安东尼奥用他带着浓重意大利口音的声音在电话中说。

罗失声痛哭：“对不起！我很抱歉。”然后挂了电话。

安东尼奥不明白发生了什么事，立即给莎拉打了电话。莎拉惊慌起来，心里明白发生了什么事。她意识到，如果安东尼奥不知道那件事，那不应由她告诉他。

莎拉给她妹妹打电话。罗接了电话，但没出声。

“是因为你的病，对吧？他打电话给我，但我没有告诉他任何事。保重，我的妹妹。”她说完挂断了电话。

在飞行中，罗的身体发生着巨大的变化。她的皮肤开始变成泡沫状，整个肢体变得暗黑并呈鳞状。这种情况蔓延到她的颈部和身体，她的头发开始成把脱落，留下一片片的斑秃。她用毯子裹住自己的身体，把喷气式飞机的尾部保持在0℃以下，以期减缓退化。

莎拉想到她的妹妹，悲伤地哭了起来，因为她知道罗又要消失很多年。平凡生活的童话梦想突然终结了。

一个小时后，里尔飞机滑行降落在一片私人领地。在飞机轰鸣着降落时，一辆白色面包车耐心地等着。四名身穿蓝色紧身衣、帽子遮住脸的男人匆匆抬着担架进入私人飞机。几分钟后，他们用担架抬着一具用黑色塑料袋裹着的像木乃伊一样的人体出来了。他们迅速把罗放到面包车的后面，冲出里尔机场。

他们刚一离开停机坪，一辆停在街道对面的黑色城市汽车就已等在那儿盯着他们了。汽车后座坐着哈夫金医生。白色面包车呼啸着经过黑色城市车，哈夫金医生示意司机跟上去。白色面包车在交通拥挤的道路上快速行驶，以惊人的速度穿过拥挤的车流。哈夫金医生的车试图以安全的距离让白色面包车保持在他们的视线以内，以便不被发现。但他很快发现他们也不得不提高速度来跟上。白色面包车出乎意料地冲出了高速公路出口，穿过城市，来到维也纳郊外的一个偏远地区。黑色城市汽车继续跟踪而没被察觉。白色面包车随后转向一条被高大的树木和茂密灌木所遮挡的僻静道路，该地区的一些传统经典住宅就掩映在树林中。大多数的房子都相隔数里远，草地和大片的土地把它们分隔开。它们都被森林、树木或高大的石头墙围着。这条僻静的道路几乎没有车辆行驶，跟在白色面包车后面的哈夫金医生和他的同伙很快就被发现了。

白色面包车来了个急刹车，哈夫金医生吩咐司机保持速度驶过停下的白色面包车。那辆白色面包车的司机和乘客盯着驶过去的黑色城市汽车。黑色城市汽车很快消失在不远处。随后，白色面包车司机从道边重新启动汽车，很快转向一条土路，这条路通往离庄园不远的一条私家车道。

哥特式的大门慢慢打开，白色面包车停了下来。然后大门关上了，一个身穿蓝色制服的男人从车里出来，藏在高高的大门旁边，口袋里装着一把半自动手枪。他蹲守在那里。白色面包车沿着长长的蜿蜒的车道向庄园驶去。他们立即卸下裹着的躯体，从房子的侧门进去。他们飞奔到庄园的深处，进了房间。从口袋里掏出一把手术刀，一个穿着蓝色工装裤的男人小心翼翼地把包裹从头到脚划开，露出一具人体，这具身体又粘又皱，像蛇皮一样，粘在包裹布上，他们把布从人体上剥离下来，然后将这具人体抬到不锈钢台面上。一个穿蓝色衣服的男人脱下帽子和工作服，换上一件白大褂，戴上塑胶手套。

第十四章

小冰箱的门一打开，一股冷气瞬时溢了出来，冰箱里面放着四支装有蓝色液体的注射器。他们拿出一支，注射到罗的颅骨内，另一支则注入她的脖子。另外几个人在她的太阳穴、胸部和大腿上连上管子。

注射后没过几分钟，罗的皮肤和头发就很快恢复了正常的模样。不久她就恢复了知觉。她指指包，其中一个人把包递给了她。她把手伸进包里，把神秘的草药拿出来递给卡普兰尼医生。然后她把日记本也从包里掏出来，递交给卡普兰尼医生。

卡普兰尼医生伸手去接日记本，但罗没有放手，她仍然紧紧地握着日记本。他盯着她的眼睛，注意到她的面部表情，他多多少少知道她在想些什么。

“你别担心！我会用生命守护它！”他用温暖的微笑向她保证，然后罗松开了手中的日记本。

穿着特制服装的男人帮助她进入低温室。卡普兰尼医生校准机器，设置好电脑控制台。一切准备就绪。最后又给她注射了一针药水，让她沉睡过去。卡普兰尼医生把日记本放在罗胸前，她双手紧握着它，布满皱纹的脸上呈现出平静又奇妙的微笑，好像她知道卡普兰尼医生会做什么似的。屋门慢慢关上了。与此同时，门口的人看到黑色城市汽车经过大门，几分钟后，第二辆车开了过来。按卡普兰尼的吩咐，门口守卫的人打开大门，走到车道的尽头。那人注视着那两辆车，直到它们消失在蜿蜒道路的远方。马库斯从后视镜里看了看站在车道上的那个男人。他给那辆黑色城市汽车的司机打了个电话，说：“我想我们已经找到那所房子了。”说完他笑了起来。马库斯安全地避开了视线，他离开了自己的车，上了黑色城市汽车的后座。他说：“我们开车经过时，一个穿着蓝色制服的男人从院子里走了出来！我想就是那所房子。”

两个探员和塞思医生冲进了安娜亚的房间。迈尔斯感到迷惑不解，他从床上下来，给他们让出空间。他说：“发生什么事了？”塞思医生慢慢地伸出双手，说了声对不起，扶起安娜亚的头，然后把她的头偏过来侧过去查看，很快就发现了他们要寻找的东西。撩起她黑色的长发，露出后脖颈，他叫道："就在这里！"迈尔斯和两个探员顺着赛思的目光看过去，看到了她脖子上小小的刺痕。"那是什么？"迈尔斯惊慌疑惑地询问。"是这样，韦伯斯特先生，现在我们知道毒药是从哪里进入她的身体的了！根据监控录像，你妻子是在纽约机场被下的毒。三个男人接近你的妻子，其中两个和你的妻子发生了点冲突，让她分心，第三个人给她注射了毒药，我们觉得是这样的。"

安娜亚激动地说："是的，我记得那个混蛋，他抓住我的包，说包是他的，不让我把包拿走。我甚至想给他看行李标签，但他坚持说是他的，直到我们小组的人过来，看看出了什么问题。然后他把包换了回来，但我没有看到第三个人啊。"

莱恩探员点了点头，证实了安娜亚的说法："幸运的是，你的同伴们过来时，他的行动被打乱了，只有少量毒药注射到你的身体系统里。假如当时他把毒药全部注射进去，你早就没命了！"莱恩探员恐吓安娜亚。

安娜亚害怕地尖声叫道："为什么呢？为什么会有人想伤害我？"她开始哭泣，并抱紧她丈夫。迈尔斯清楚地知道为什么，但他仍然保持沉默。莱恩探员回答说："嗯，韦伯斯特太太，我们还不确定。但是因为犯罪不是在印度发生的，所以不在我们的掌控范围。如果你不介意的话，我们想拍些照片寄到纽约联邦调查局。他们现在会接手这个案子。"安娜亚害怕极了，迈尔斯试图安慰她，说他们会尽快回到纽约。

卡普兰尼医生注意到显示器上的一些异常信号。走近一看，他吓了一跳。一个身着蓝色工作服的男子问道："哪儿出问题了？"卡普兰尼医生的注意力完全在计算机上，他回答说："不是说哪儿出了什么问题，詹金斯医生！而是哪儿没出问题！"他继续说，"这些读数不对，现在不是有一个心跳读数，而是两个！"詹金斯医生对这个消息感到震惊，盯着显示器，检查了地板上堆积的纸。突然他说："她怀孕了！我们必须尽快转移她，否则胎儿无法在低温沉睡中生存。"尽管有意想不到的困境，然而一个成活的胎儿会产生无数的可能性。卡普兰尼医生想，罗可能是害怕告诉我？她是想用胎儿做组织克隆或实验对象？还是她真的在考虑要孩子？卡普兰尼医生还想起，罗曾经问他，是否新的发现意味着会有一种新的生活。他慢慢地转过身来，注视着那台放着罗的身体的低温箱。

他急于了解罗的意图，排除了其他的所有想法，把重点放在米迪乌斯基因的改变上，因为日记里缺失了数学公式，也没有发现证明过程，卡普兰尼医生只能紧紧地循着这个思路去想。最后他想出一个可行的样本，用复杂的计算机进行检测，很快得出了肯定的结果。

卡普兰尼医生和四位神秘的男人大笑起来，疲惫的面孔显现出胜利的神情。他向罗的低温室注入新的药物，然后观察着监视器。一开始，电脑显示没有结果，然后，测心脏的机器开始哔哔疯狂跳动，就好像罗在睡觉的时候被注射了强心剂。胎儿没有出现异常的迹象。然后心跳逐渐减慢，逐渐恢复正常。卡普兰尼医生走了过来，通过玻璃窗看着罗，但没有看到任何令人担忧的变化，且心率也回到了正常。他大声喊道："起作用了，成功了！”他把低温室的时钟调整到九十天的时限。

贾斯汀娜·米格旗女士是个大块儿头的匈牙利女人，她这类体型，是在按摩房或女子摔跤俱乐部常见的那种。她是魔法音乐家去世后的新管家。庄园有人入住之后，米格旗女士知道她的工作是留在这栋宅子，以备罗的不时之需，跑跑腿或准备一日三餐什么的。她很少接听电话和应门纳客，但如果偶尔有来访者，她粗鄙的表情常常会让客人放弃问问题甚至交谈的想法。

这日，米格旗女士正享受着正午的肥皂剧，门铃“嗡嗡”响了。她还沉浸在剧情中，没理会门铃声。但门铃声一直响个不停，最终惹恼了她，她便用一种严厉的声音回答了一声。那个人带着浓重的口音说：“劳驾，对不起，这是罗的住宅吗？我有一个从美国来的包裹，我已经尝试递送过很多次了，但这个地儿找起来真不容易啊。”

米格旗女士立即回答说：“没有人告诉我有快递！”她接着想，把货寄到这个宅子，这不太正常。但是，她并不太了解庄园里发生的事。她想到那些进出这所庄园，但又不说一句话的奇怪的人，觉得这次可能又是这种情况。在不明就里的情况下，她让陌生人先在门外等候，她试图联系卡普兰尼医生，但是卡普兰尼医生的电话转接到语音信箱了。她挂了电话，迟疑地走过长长的、黑暗潮湿的走廊，直至庄园深处那个令人恐惧的、神秘的、安放罗的身体的位置。她越走进黑暗深处，就越害怕。她注意到那如城堡壁垒般巨大的仿古大门外面橙色的灯光和摄像头，她左右徘徊，思来想去，很快就放弃了进到里面的想法。

她转身往回跑，想着充满妖气的庄园，她越发感觉恐惧，心想让那位耐心等待她回复的陌生人进来，兴许能给她壮壮胆。

她立即回到对讲机那儿，用奥地利语问对方是否仍然在那里等候。对方的回答促使她打开了大门，高大的哥特式大门缓缓打开，陌生人悄悄溜进宅子。米格旗女士急切地等待着送货车进来，几分钟过去了，没有车辆出现。突然，一个陌生人胳膊下夹着一个细长的盒子，戴着一顶黑色滑雪帽和墨镜，穿着一件长长的及膝外套，慢慢走到了庄园的前面。

米格旗女士本能地走出前门，把门关上，她朝那个男人走去。那个陌生人走近时，她注意到他洁白的牙齿、温暖的微笑，这或多或少地解除了她的恐惧。陌生人立即伸出手来握了握她的手，开始向她打招呼。米格旗女士瞟了一眼对方腋下夹着的长盒子，似乎是打开的，有点破旧。她突然问道："我能帮你什么忙吗？送的货在哪里？"

他伸手从大衣里掏出一个大信封，然后俯身靠近米格旗女士，两人盯着信封看签名。然后他补充说包裹在他的货车里，他必须把它送进去。米格旗女士确信，这是她见过多次的一种特殊尺寸的货物，她放下心来，为陌生人指路，给他打开侧门。他们一边走，米格旗女士一边询问机器的用途。对方机智的回答让她大笑不止。

米格旗女士向他指示入口位置。她告诉对方，代码是从内部激活的。她还告诉陌生人，他准备妥当后，她会解除大门的门禁，这样他就可以进去了。陌生人殷勤的微笑表明他理解她的指示。他跟着她回到车道上。随着他们逐渐熟悉，米格旗女士很快发现他们来自同一个城镇和社区。电话响的时候米格旗女士与陌生人完全处于放松状态。是卡普兰尼医生回复她的电话。她用德语对卡普兰尼医生说："送货公司的人在这里。"医生问道："等等，什么送货？从哪里来的?"米格旗女士把电话从她的耳边拿开，询问快递公司的名称。那陌生人接过电话，直接与卡普兰尼医生用德语谈话。几分钟以后，他把电话还给米格旗女士。卡普兰尼医生在电话里催促她在陌生人离开后报警，因为他没发过任何货物。而且他与这位陌生人交谈后，更加怀疑对方的身份。

陌生人没有在原地等着，而是很快地沿着车道走向门口。米格旗女士赶紧跑回屋子里，锁上了门。从监视器里，她没有看到那辆面包车和陌生人。大约一个小时后，卡普兰尼医生来查看，他问米格旗女士是否报了警，但米格旗女士撒谎说她给当局打了电话，编了一个关于他们所说的故事。卡普兰尼医生走过黑暗的走廊，检查了他的病人，知道她将在两个月后醒来。他还检查了主控制台和胎儿的健康状况。

安东尼奥打来电话，留下了口信，但接到的只是罗的电话录音回复。他无计可施，只好贸然造访莎拉的住处，想弄清楚到底发生了什么事。莎拉虽然对情况有所了解，但她努力克制着不告诉他真相。她回答说："我不知道，我一直没有收到她的信!"这让安东尼奥更沮丧。罗的失踪已经完全影响了安东尼奥，办公室里的一些员工听到了关于罗突然失踪的谣传，有些人以为她甩了安东尼奥，跑掉了。

坊间小报也有报道，说起这对情侣之间神秘的分手，指责安东尼奥过去曾很随意地甩过超模。最近，在意大利，安东尼奥的祖父母的葡萄园里，狗仔队抓拍到了他的照片，还拍到有一个超级名模陪伴着他，但安东尼奥声称，对方是像家人一样的一个老朋友。虽然罗和莎拉的家人早已知晓这一事实，但是小报把这段关系添油加醋地进行了描绘。几个月之后，安东尼奥·维瓦尔第突然消失了。

第十五章

浓雾弥漫开来，像毯子一样覆盖着维也纳的乡野村庄。一辆汽车缓慢地驶下蜿蜒的道路，驶入黑色的钢铸哥特式大门，大门漆黑、神秘，看起来像是锁住了某个非常黑暗和危险的东西。浓雾使天黑得更早了，陌生人从神秘的汽车里缓缓地走了出来。他穿着黑色的衣服，似乎漫不经心地瞥了一眼那条偏僻的小路，然后突然冲向高高的石墙。那个陌生人在高高的墙垒上拼命挣扎着，终于爬上了墙脊，观察四周后，翻到墙的另一侧，跳进了紧挨着高高的围墙生长的灌木丛中。远处矗立着一座巨大的宅子，但它被高大的树木所掩映，茂密的树木和浓重的雾气营造出一种黑暗阴森的气氛，使得这位爬墙的陌生人神经高度紧张，头皮发麻。

这个陌生人凭借灌木丛的掩护，很快就在靠近大厦的一座古典雕像后面出现。他从雕像后面偷偷看去，发现这座大型建筑物，除了前门以外，没有其他的照明灯。前门的灯光反射到混凝土车道上，发出幽幽的光亮。那个人再次巡视庭院，快步从花园区域溜到了靠近侧门的车库里。他把地图和一个小手电从夹克衫口袋中抽出来，参考着那张比较潦草的图纸，明确图上的方位。随后他纵身一跃，跳进了那个关闭着的大门入口，展现在眼前的是一个露台，上面搭建着一个工具室。而紧挨着露台，就有个进入房子的私密入口。

陌生人蹑手蹑脚地走到城堡般的双扇门前，尝试着打开门闩，但发现门已被锁死。他沿着大厦的墙壁挪动身体，然后他注意到一个类似地下室的窗户里，有块小的玻璃嵌板反射出光亮，不停地闪烁着。他站在窗户旁边，想从外面窥视房间，但房间里的窗户上充满了雾气和水滴，模糊了他的视线。他试着用衬衫袖子擦了擦玻璃上的水汽，但反而加剧了玻璃上的斑驳水雾。

那个陌生人在窗外走来走去，试图找到最佳的观察视角。他能够模糊地看到巨大的电脑处理器闪烁着神秘的光，还有位于房间中心的监视器一直闪烁不停。在监视器上方，有一个大的长方形时钟，上面的数字就像炸弹上的计时器一样，显示着计数。在房间的外围，有四个玻璃钢材质的棺材，形状大小和人体相似。棺材的头部有一个用玻璃制成的方形小窗户，四个箱体中的其中一个，里面似乎有东西，因为顶部玻璃窗蒙上了水汽，而外壳则冻成了霜，看不清里面是什么。而在这个棺材的底部，连接着两三只灯，依照某种顺序，时明时暗地闪烁着。许多管子从控制塔伸出来，连接到各个箱体。

陌生人环顾四周，发现了一块石头。他先是打碎了玻璃，把手伸进去，把窗户打开了，然后他推开了窗户。

陌生人慢慢地沿着墙往下坠落，他试图翻进屋里，接近这几个箱体。混合的气体和冷气使房间变得潮湿，寒气逼人。各种奇怪的装置塞满了四面墙，估计它们是以某种顺序闪烁移动着：左、右、上、下。这位陌生人试图跨入房间，但某种锋利的东西割破了他的夹克衫和衬衫，在他的胳膊上划出一道伤口，他大声喊道："啊！"

这一道创伤，来得又突然又迅速，他都没注意它是从哪里冒出来的。陌生人惊恐地盯着他的胳膊，又动了几下。"啊啊啊！"另一道创口穿过他的裤子直至切割到他的大腿皮肉。他的血从深深的伤口渗出来。那个陌生人急忙转身回到墙边。隐形的激光就像切黄油一样，划破了他的小腿肌肉，他在痛苦中尖叫着，一瘸一拐地挣扎着走到墙根前，把他的身体从敞开的窗户口拽出去。

陌生人很快跑到远处的高墙脚下，一路上留下了一道道血迹。他痛得呻吟不止，这位受伤的人最终翻过墙去，返回自己的车旁，但墙上留下的血迹，证明了发生的一切。他一瘸一拐地坐上车，迅速开走了。

米格旗女士次日凌晨早早就在大厦的入口走道边发现了血迹。她迅速打开门，跟踪从侧门到破窗户下面的血迹。她爬到破裂的窗户上，凝视着房间。突然，一道强烈的激光直指她的心脏。她注意到激光反射在她的外套上，立刻远离了窗户。几秒钟后，矗立在角落的花园雕像倾倒在地，摔成了两半儿。她掏出电话打给卡普兰尼医生。对方安慰了她几句，使她平静下来，并建议她把血迹清理干净，远离破裂的窗户。大约一个小时后，一辆白色面包车出现了，六名身穿深蓝色工作服的男人，一个跟着一个地穿过房子和侧门，他们就像机器人一样准确、迅速地把一切恢复正常。之后，他们走回货车，消失在蜿蜒的车道上。

马库斯驱车前往维也纳远郊的一个医疗诊所。当班护士看到他袖子和裤腿上都是血迹的时候，吓得大叫起来。护士对着后面的医生大喊了一声。一个高大、粗壮的男人走了出来。他立刻认出了马库斯，叫护士帮他把马库斯抬上担架。他们很快把担架推到后面，这位德国临床医生急忙止住了马库斯伤口渗出的血。

几个小时后，马库斯醒来时，伤口已包扎好了。哈夫金医生站在他旁边。他提醒马库斯："没关系！先别起来，你经受了一次严峻的考验。"马库斯抓住他的手臂，喃喃自语起来。哈夫金医生用力挣脱马库斯抓着他的手，走开了。马库斯挣扎着坐起来，感到很沮丧，他说不出话来，这是药物效力的结果。他抓住站在床边的那个衣着讲究的人。那个人则一个劲儿地想让他躺在床上平静下来，马库斯终于哭着说："女巫！她是个女巫！她睡在由隐形怪物把守的棺材里！”

哈夫金医生听到他的喊叫，但没有回答，也没转身，但那位穿着考究的人被马库斯的话惊住了。

“你要确保他能得到适当的药物，治好他的创伤。”哈夫金医生对临床医生说。

“那幻觉呢？”临床医生问道。

“亲爱的医生，他经历的并不是幻觉！”说完他开着小黑车走了。

迈尔斯静静地坐在餐桌旁，安娜亚却在厨房里忙着，掩饰着她的烦恼。两人都在对抗自己的良心，迈尔斯纠结的是，是否应该告诉安娜亚，她受到的伤害是有原因的，而安娜亚很不情愿告诉迈尔斯她怀孕了。厨房里的沉默很令人尴尬，安娜亚终于说道：“对不起！”迈尔斯也默契地说了同样的话。他笑了笑，说：“是那本日记。”

“你说什么？”安娜亚回答说。

“你就是因为那本日记，而受到了袭击。他们想得到日记本里面的秘密！”

安娜亚惊恐地说：“那你知道这件事，对吗，迈尔斯？你为什么不把这件事告诉警察？”

迈尔斯回答说：“是的，我知道，但是你住进医院以后，我改变了主意！”

安娜亚慢慢地坐在厨房的桌子上，用一只手捂住胸口。她接着问：“是关于卡利根，对吗？”迈尔斯点了点头，之后，屋里沉默了很久。

安娜亚说："我没有告诉你我怀孕的事，因为我害怕！"

迈尔斯问道："你害怕什么？"

"好吧，我知道了你的家族史，迈尔斯！你外祖父和舅舅死于这种怪病，我很害怕。知道吗？"

迈尔斯出乎意料地从椅子上站起来，伸手过来，拥抱了他的妻子。安娜亚抽泣着说："我很抱歉！"迈尔斯轻轻地吻了吻妻子，安慰着她。

迈尔斯低声说："是的，我也有同样的担心。我去看了医生，查过我是否遗传了这种基因。我的兄弟没有这种病，这种疾病是众所周知的单代遗传，即一代只遗传一人。医生告诉我，我携带这个基因，但它处于休眠状态。他给了我一个处方，可以使我的身体保持平衡状态，从而增强我的免疫力。免疫系统强就会降低病症的生长能力。"

迈尔斯把安娜亚的头从他的肩膀挪开，安娜亚看着他的眼睛说："我们这样是命中注定的吗？"

"我的母亲和舅舅发现了一种治疗方法。现在我们别担心了，好吗？"迈尔斯安慰着安娜亚。他慢慢地坐下来说："我拜访了一位药师，他告诉了我一些关于那种植物根的事情。"

安娜亚打断了他的话："卡利根既能给生命提供无限能量，可以阻止年老色衰，但是它又可以直接导致人的死亡。"

迈尔斯仔细听着妻子的话，问道："那怎么做，它才能起到疗效呢？"

"哦，我不知道！我还是个小女孩的时候，有人告诉我，村里的一个女人发现了根的秘密，她二百多年一直保持年轻，而她的至亲和爱人，却都渐渐变老，在她身边一一死去了。这种根一年中只在最后一个蓝色月夜生长。直到有一天，根的供给消耗尽了，服用这种根的人会开始以每一天等于五十年的速度衰老。转瞬间就会变成尘土，在狂风中散去！”

迈尔斯不禁大笑起来，说：“这只是个民间故事，对吗？”安娜亚从桌子上站起来，准备张罗吃饭，并没有回答迈尔斯。

一声响亮的警报声响起，一道黄色的灯光开始旋转。水蒸气从箱体一侧的通风口吹到潮湿、寒冷的房间里。突然，箱体的圆顶盖慢慢地被掀开了。蒸汽云团从里面释放出来，渐渐消散了。融化的冰水中有一具苍白的身体，这具身体不停地颤抖。整个身体从冰冷的箱体的中部升起来，她的胳膊和腿先伸出了箱体外。罗摇摇晃晃地走到显示器前，从不锈钢制的台面上，拉出一条白色毛巾长袍。穿上长袍，她坐在控制室前，开始重新调整箱体。

权衡再三，她拿起了新镜子，凝视着镜子里面的脸。她的脸、皮肤和身体恢复了正常状态，看起来比她记忆中的上次的样子要年轻得多。她的脸上露出了微笑。突然电话铃响了起来。她慢悠悠地拿起电话，但仍然保持沉默。

“欢迎回来！”话筒里面的声音说。

“真的成功了！”她回答道，对结果感到不可思议。

“是的，千真万确。祝贺这一伟大发现。”那声音回答说。然后电话被挂断了。

电话记录的消息提醒，显示电话中有三百通消息。她盯着电话，想念着安东尼奥。她从控制台站起来，放下了电话。罗的跟前，大门自动打开了。她沿着长长的走廊走到楼梯口，走上二楼她的卧室，扑倒在她的床上。她把毯子拉到身上，蜷在毯子里，睡着了。

距离上回那个神秘人闯入宅子，已经过去两个月了。马库斯的电话响了，是哈夫金医生打电话来询问他的身体恢复情况的。他的胳膊和腿伤已经愈合了，但小腿受的伤使他虚弱无力。

“马库斯，你现在感觉怎么样？”哈夫金医生问道，但马库斯没有回答，继续吸烟。

“马库斯，我想，该是你拜访那宅子的时候了。我会另派两个人和你一起去。你别担心，”哈夫金医生继续说，“我只需要你去观察情况，我们可以搞定其他的方面。今晚我派车来接你。”

电话挂断后，马库斯躺在床头，边喝酒边吸着香烟。他开始思考所有发生的一切，以及他责备罗的那些话语。现在他腿上隐隐作痛的伤口加剧了憎恨的怒火。他俯身转到床边，从床垫下取出一把枪。他打开枪管，检查了子弹匣，快速旋转弹筒，闭合。随后他从床上一跃而起，把枪插在腰间，烟灰随手弹落在地板上。他手臂上有一道很深的伤口，穿上夹克外套略显艰难。随后走出旅馆，进了当地的一个酒吧，等着那些人过来接他。

怪物般的大门“吱吱呀呀”地打开了，而暗处的监控装置仍然纹丝不动。米格旗女士四下环顾着，但没看到一个人。她爬上楼梯，发现罗睡着了。她欲言又止，随即走进房间，她手里捧着银托盘，装满了食物。床上的人突然扭动起来，米格旗女士用德语招呼她："伯爵夫人，伯爵夫人！您得吃点儿东西了。我很高兴再次见到您！"

一个脑袋从毯子里钻出来，注视着米格旗女士。罗瞥了一眼托盘，伸手拿起电话，米格旗女士吓了一跳。罗示意她留下盘子，米格旗女士放下托盘后快步走出房间，关上了门，然后迅速地跑下楼梯，前往厨房。几分钟后门铃响了，但她没有理会。

罗终于鼓起勇气去听她的电话录音，消息多得堆成山。第一通是安东尼奥疯狂的声音，另外一百通电话带给她的同样是悲伤的情绪。然后是莎拉的消息，哭泣的声音和无尽的忧虑。这些消息中有来自迈尔斯的警告，还有数百封来自唱片公司和代理商的电话录音。

她先打电话给莎拉，但没开口讲话。莎拉经过几次问候和询问，终于喊了出来："罗，是你吗？"

听到她的声音，罗平静地说："嗨。"莎拉的声音开始哽咽零乱，好像要哭了。

"你没事吧？我很高兴听到你的声音！你现在好了吗？"莎拉兴奋地问，终于给了罗一次机会回答。她慢慢悠悠地回答："是的。"

"他日日夜夜都在问你的情况！你现在在哪里？"莎拉兴奋地问道。

"我在维也纳。"她回答说。

"那是在你宅子那里？"莎拉问道。

"是的。"她回答说。

"我什么时候能见到你？"莎拉急忙问道。

“我不知道，但应该很快!”罗回答。

“你要给安东尼奥打电话吗?”莎拉问道。

“不是今天，也许明天，我累了。”罗回答着问题，却避重就轻。

“好的，妹妹！我很高兴听到你的声音!”莎拉用欢快的声音回答。

“哦，罗！爸爸住院了!”莎拉突然说。

“什么?发生了什么事?他还好吗?”她很惊讶地问道。

“他滑雪时在冰上摔了一跤，摔裂了大腿骨盆部位!”莎拉回答说。

“他住在哪家医院?”她惊慌地问道。

“纽约荣军医院。”莎拉答道。电话交谈持续了大约一个小时。

前门突然的铃声把米格旗女士吓了一跳，她没有开门放任何人进来。她感觉那个破窗而入的陌生人可能又回来了。她立即拿起电话，打电话给卡普兰尼医生。医生敦促她去提醒罗，那个陌生人已经在来的路上了。

她刚挂上电话，就听到一个熟悉的声音在呼唤她的名字。她狐疑地伸出头：“你是怎么翻过大门的?”

“对不起，你没有应我的铃声，我以为肯定哪里出毛病了。”陌生人回答。

“请走开。我给警察打了电话，他们就来了！请离开!”她催促这位面熟的陌生人。

“贾斯汀娜，请让我来看看你吧。我刚好住在附近。我想顺路来看你!”陌生人坚持道。米格旗女士仰着头，背靠着墙，迅速地瞥了一眼，然后用手快速地整理了一下头发。最后她走过去，观察几周前从里走出去的这位神秘的送货员，她刚从拐角处转过来，就看见他胳膊下的那个细长的箱子掉到了地上，一把枪露了出来。蓦地，两声枪响，子弹射中米格旗女士的腹部和胸口，她倒在了地上。

米格旗女士的生命已经奄奄一息，但她还是想爬回楼里，一路上留下片片血迹，陌生人很轻易地走到她跟前，把枪口指向她的头，平静地说：“我喜欢你，请别当真。”他扣动扳机，米格旗女士的脸和头随即四散开花，鲜血溅落在混凝土地面和陌生人的黑皮靴上。他从口袋里掏出一条手帕，擦干净靴子上的血，跑向房子。他很快地来到前门。

马库斯跟着这名陌生人毫无阻挡地走进了大厅。他立刻环视了房子一圈，惊叹于它精美的建筑装饰，感叹地喊“哇!”陌生人开始疯狂地把东西拖到地板上。他所到之处，一切东西都摔得粉碎。他拉倒巨大的书柜，里面昂贵的花瓶和名画也一并遭殃。他把它们从放置的地方拽了出来，重重地摔在地上。

嘈杂的响声响彻整个房子，惊动了罗。她抓住衣服和毛毯，小心翼翼地从床边走到走廊，想叫贾斯汀娜，但东西破碎和爆裂的声音越来越大，罗吓坏了，大喊贾斯汀娜的名字。在走廊尽头，出现了一个男性身影的轮廓。走廊太暗，罗看不清那人的脸。

“你想要什么?”罗高声喊道。这个神秘的身影慢慢地举起手臂，指着什么东西，但是罗看不清他手里拿的是什么东西。

慢慢地，那个身影向罗走来。她开始后退。然后，出人意料的三声枪响，第一枪射在了她的胸部，第二枪击中了她的喉咙，第三枪击中了她的头。她慢慢地倒在了地板上。然后神秘的身影一转身，从楼梯上跑了下去。与此同时，那个陌生人继续打砸楼下的东西。最后，他来到虚掩着的门前，小心翼翼地走进去，沿着潮湿黑暗的通道走了下去，来到了巨大的城堡前，大门敞开着。他凝视着房间，慢慢地走进去，发现了那本能揭开罗神秘外衣的日记。放在不锈钢桌子上的正是那本日记本。他匆忙地走向桌子，抓住了日记本。就在这时，马库斯很好奇地走过来，陌生人问："完成了吗?"马库斯摇了摇头，对房间里的机械设备感到惊奇。"真是一个神秘地方，一个现实生活中的蝙蝠洞!"他说。

"是的，但不会持续太久了!"陌生人回答道，开始用猎枪扫射低温室和高处的控制台。他把打光了子弹的猎枪随手扔进调试设备里，引发了爆炸，房间里到处都是火焰。

罗拖着垂死的身体回到房间。她摸到放在桌子上的一个遥控器，她把它拽了过来，用她最后一点儿力气，按下了按钮。突然，宅子展现在眼前。巨大的钢铁栅栏"砰"地阻隔了门窗，低温室的门马上关闭了，把陌生人和马库斯困在了房间里。

电子眼开始转动，低温室里的监控器也开始转动。大火继续肆虐，最终吞没了整个房间。陌生人注意到被板子封住的窗户。他向窗户走去，他的腿上出现一道很深的伤口。但他继续设法爬到窗户前。他的另一只胳膊的肘部下面也出现一道伤口，但他继续挣扎着穿过房间，他的脚踝又被割破了一个口子，连同外穿的靴子都被割穿了，他重重地摔在地板上。

最终，他成功地滑下了高墙，血从他的伤口流了出来。马库斯一动不动地站着。那个陌生人喊道：“快点!”但是马库斯没有动。火势逐渐失去了控制。他必须做出选择，要么被活活烧死，要么被看不见的激光切割成碎片。他冒险往外冲，但是激光穿透他的夹克划破了皮肉，然后划破了他的大腿。但他没有失去肢体的灵活性。当他爬到墙上时，火已烧到他的大腿和胳膊了。在护栏窗口下，马库斯疯狂地试图踩灭明火，没有注意到陌生人已经死去，大火开始吞噬他的身体。

与此同时，烟雾随气流进入了秘密走廊，弥漫在房子的主体部分。宅子的西翼部分已经被大火吞没了。卡普兰尼博士的腕带式电子警报器开始哔哔作响。他冲着司机大喊“快！快”，白色的货车加速飞驰，行驶在偏僻又蜿蜒曲折的小路上。几分钟后，医生来到哥特式大门前，整个宅子从远处看去，像一团黑色的烟云。

货车没有减速，而是冲进了大门。超速行驶在私家车道上，两位像机器人一般高效的男人迅速地走出白色货车，像他们当初演练过的一样展开工作。很快，他们找到一个进入燃烧的宅子的入口，他们迅速地扑灭了火焰，找到了罗，立刻把她抬了下来，放到车上。

曾经被木板封住的侧窗再一次被撬开了，马库斯逃脱了。身穿蓝色工作服的人回到白色货车，他们朝卡普兰尼医生摇了摇头，然后迅速地钻进白色货车，疾驰而去。他们沿着蜿蜒的道路飞驰，沿途与几辆消防车擦身而过。在白色货车后部，卡普兰尼医生快速地对罗进行施救，他发现，难得的是，胎儿还活着！他再次催促司机开车再快一点。

白色货车驶进一个医疗研究机构，罗的身体被放置到床上，推入早已准备好的手术室。早早等候的医生迅速进入手术室，手术台上灯光明亮。罗平躺着，她的眼睛睁得大大的。穿着奇怪制服的男人们在她的身体上不停地做拉、切的动作。

第十六章

莎拉尖叫着从睡梦中醒来。“多萝西!”她的尖叫声吓了彼埃尔一跳。他大声喊道：“Qu′est-CE qui NE VA PAS [(法语) 发生什么事儿啦?]”

莎拉激动地抽泣了起来。她抓起手机，给她妹妹打过去。但是没有人接听。她大哭起来，把手机丢到房间的另一头。“肯定出了什么事!”彼埃尔困惑不解，无可奈何。“天啊，肯定出什么事了。我能感觉到！我妹妹出事了，我必须去找她!”

彼埃尔从未见过莎拉如此疯狂，无可奈何地站在那里，像看陌生人一样盯着她。莎拉迅速抓起衣服，冲到洗手间。几分钟后，她离开了家，给迈尔斯打了电话。

迈尔斯惊醒过来，用疲惫的声音对着电话说："你好!"

"迈尔斯!"她喊道，"罗肯定出事了！你必须找到她!"莎拉强调道。

"等一等！是莎拉吗?"

"多萝西出事了。你需要找到她。就现在！迈尔斯!"她命令道。

迈尔斯感到很困惑，试图平息莎拉的情绪，但他的努力没有起作用。"好吧！好！我回头给你打电话，我知道谁能告诉我她在哪里。我会给你回电话的！不必担心，我会给你回电话的，好吗?!"他挂断了电话。

"是谁啊?"安娜亚也被吵醒了，问。

"是莎拉的电话。很奇怪，她很不安。"迈尔斯说。

"为什么?"安娜亚问道。

"她认为她妹妹出事了!"迈尔斯不解地说。但迈尔斯的回答使安娜亚感到害怕。迈尔斯拨通了卡普兰尼医生的电话。

"你好?"有人回应。

"卡普兰尼医生吗?"迈尔斯问道，但电话那头一片奇怪的寂静。然后那人回答说："是的!"

"卡普兰尼医生，我是韦伯斯特律师。"

"是的，我知道你是谁。"卡普兰尼医生说。

"我打电话来询问有关罗的事情。这似乎很奇怪，但她姐姐认为有些地方不对劲。你能告诉我你最后一次见到她是什么时候吗？她还好吗？”

“哦，韦伯斯特先生，我很抱歉地告诉你，昨晚罗被谋杀了。凶手开枪打中了她好几枪，然后把她的房子烧着了。我们找到了她的遗体，但最好是对外说，她已葬身火海。我相信我们俩都知道，谁是幕后操纵者。韦伯斯特先生，你最早什么时候能来维也纳？”

迈尔斯对这个消息感到震惊，平静了一下，回答道：“明天。”手机从他耳边滑落。他挂断了电话，转过身去拥抱他的妻子。迈尔斯的沉默吓了安娜亚一跳。

“怎么了？能告诉我吗？”安娜亚惊恐地问道，不知何故，她觉得答案是她害怕知道的。

眼泪顺着迈尔斯的脸滚落下来，带着一种奇怪的平静，他说：“她死了。”

迈尔斯的电话铃响了，他不想去接，他知道肯定是莎拉打来的，他已经不知如何说出这个消息，而且他也没有勇气告诉莎拉，她妹妹已经死了。安娜亚抓起电话，看见来电显示是莎拉。她接了电话，“你好！”莎拉喊道，但安娜亚没有回答。

“迈尔斯，迈尔斯！”莎拉尖叫起来，“迈尔斯，不会！不会！迈尔斯！”她有一种预感，将是个坏消息，她号啕大哭起来。

彼埃尔从莎拉手里夺下电话，说：“你好！”

安娜亚回答说：“对不起。”

彼埃尔问：“发生了什么事？”

迈尔斯拿起电话，说：“嘿，是彼埃尔吗？罗昨晚在一场火灾中死亡，宅子着火了，她就在屋子里面。”

彼埃尔问："有人要去维也纳吗?"

迈尔斯回答说："是的，我要去。"说完他挂断了电话。

然后迈尔斯迅速地把他的行李整理好，"你要去哪儿?"安娜亚惊慌地问道。

"我得去维也纳。卡普兰尼医生叫我过去。"

"你不认为应该有人和你一起去吗?"安娜亚建议道。

"谁，安娜亚?谁要和我一起去?"迈尔斯沮丧地喊道。但激怒迈尔斯的不是安娜亚问的这个问题，也不是安娜亚该不该提出问题。安娜亚没有回答，只是盯着她的丈夫，他疯狂地在房间里跑来跑去，把他的东西放在一起。她从床上跳起来，紧紧地拥抱着丈夫，默默地站了一会儿。她意识到这个重担压在了她丈夫的肩上，他的家族史和多萝西的家族史，纠缠关联了这么多年，无论如何，得有人去收拾残局。他认为自己有责任去应对此事，也觉得自己和罗的死有着深切的关系，他觉得他失去了一个非常珍贵的人，他生命中非常重要的一部分，这是任何其他人都无法理解的。

新闻播音员说："最新消息，兰馨乐队的著名歌手罗去世了。她的尸体在古宅西侧的一场大火中被烧毁。火灾中发现了两具尸体，其中之一被认定为是这位著名的歌手，另一位是她的管家。我们将继续为您带来更新的消息。此消息来自维也纳的娜塔莉·巴提兹电视新闻网。"

迈尔斯从浴室出来的时候，他已经有五十个电话留言了。其中有几个是安东尼奥·维瓦尔第打来的。迈尔斯正在穿衣服，电话铃又响了，他接了电话。是安东尼奥。"我要和你一起去维也纳！”他不停大喊，迈尔斯没有反对，也没与他争辩。安东尼奥继续说：“莎拉也想去。”迈尔斯还是没什么话要说，他也不反对这个计划。他在想，虽然新闻报道说，尸体被火烧焦了，但也得有人去认领尸体啊。他对莎拉的丈夫也说了这些话，是时候让他们分担多年来他承受的重负了。

一辆黑色的汽车开进了一个偏远的医疗机构的停车场。哈夫金医生离开后座，两个面孔陌生的亚洲男人跟着他：他们戴着墨镜，长款羊毛大衣垂到膝盖。他们进入医疗大楼的侧门。在一个小房间里面的单独设施旁，一个人躺在病床上，被严重烧伤。哈夫金医生推开门，停了下来，他的鼻子闻到病人被烧灼的肉和衣服的味道，很难闻。他慢慢走近，凝视着烧焦的身体。

马库斯的身体瑟瑟发抖。他努力稳住发抖的手，去抓住哈夫金医生。随即，哈夫金医生以握手的姿势，抓住他的手，然后俯下身，观察马库斯的身体。“请照顾我的母亲。”被烧伤的病人低声说。哈夫金医生慢慢地站直，轻轻拍打他的胸部，安慰着马库斯。两个亚洲人急忙走到病床的另一边，开始迫不及待地撬开马库斯手里那本因严重燃烧而破损的日记本。

他（马库斯）把头转向那几个人，用他最后一点力气试图抵抗那些人，夺回日记本。“嘘！放手，放手吧，孩子！它属于我。”哈夫金医生平静地说。马库斯松开了手，其中一个亚洲人从他手中取走了日记本。

亚洲人很快打开了日记本。突然马库斯咳嗽起来，鲜血涌到他的嘴角。他身上连接的仪器突然发出“嘀嘀”的报警声。

马库斯紧紧抓住哈夫金医生的手，他的身体越来越糟，不停震颤，并伴有沉重的喘息声。该机构的医生跑过来，越过病床周围的那几个人，倾身查看病人。医生们紧张地忙碌着，但仪器依旧发出同一种连续的单调的声音，马库斯抓着哈夫金医生的手慢慢变得软弱无力，最后无力地落下了。

这两个新面孔的亚洲男人，没有关注病床上的人，只专注于日记本的内容。他们疯狂地翻阅着，发现日记本的很多页都被烧毁了，含有重要信息的页面被大火完全烧毁，只留下公式的片段，很难识别和辨认。

一个亚洲男人抬头看着哈夫金医生，慢慢伸出手，把日记本打开到重要的页面。哈夫金医生看着这男人，他犹豫了一下，伸手去拿日记本。哈夫金医生一拿到亚洲人手上的日记本，这两个人就冲出了房间。哈夫金医生望着这一页的内容，知道所发生的一切，突然变得毫无意义，他缓缓地瞥了一眼马库斯的尸体，露出一丝怜悯。

出租车停靠在机场的路边。迈尔斯迅速抓起他的东西，飞奔到机场入口。他走进大厅，发现有一群人在等他。他奇怪地走了过去。莎拉注意到他了，半路去迎接他。他们互相热烈地拥抱对方，迈尔斯就像是家人一样。他走到这一家人中间，认出了彼埃尔，莎拉的丈夫；还有安东尼奥·维瓦尔第，他在杂志和小报上见过安东尼奥的照片。但直到这之前他还没有机会面对面见过他。一位女士坐着，身穿黑白圆点连衣裙，腰间系着一条黑腰带。她戴着一顶黑色的帽子，帽檐遮住了她的脸，黑色的花边扎到了鼻梁。黑色的好莱坞太阳镜遮住了她的眼睛，黑色的鞋子与她的腰带很搭配。这是典型的20世纪50年代奥黛丽·赫本的穿衣风格。

迈尔斯慢慢走近那个陌生女人，她缓缓地抬起头，他渐渐认出了那个女人，很长时间他都没有听到她的消息了。“你好，萨莉。”迈尔斯用一种温和的声音打招呼。

“我的天啊！你是怎么保持这么年轻帅气的？”萨莉带着友好的微笑回答。她没有起身，但迈尔斯俯身向前，吻了吻她的脸颊。他去拉她的手，萨莉示意他坐到她旁边的座位上。

“现在，告诉我，我的姑娘怎么了？”

迈尔斯试图忽略这个问题，他看了看登机入口说：“我们应该办理登机手续了。现在差不多该登机了。”

但是彼埃尔漫不经心地回答说：“不必着急，我们不是坐商业飞机。”

迈尔斯突然感到压抑，觉得喉咙发干。他咽下唾液来润湿喉咙，向后靠在椅子上，不经意地转向罗的母亲，说：“她被杀了。”

大家齐声喊道：“什么？”

安东尼奥很快站起身来，走开了。彼埃尔跟在后面安慰他。莎拉头伏在膝盖上，双手捧着脸，大哭起来。但萨莉没有退缩，也没有表现出任何悲伤情绪。她转向莎拉，轻轻地抚摸莎拉的背说：“去看看你的丈夫和安东尼奥。”她是找个借口让她离开，这样她可以和迈尔斯单独说话。

莎拉慢慢站起来，朝丈夫和安东尼奥的方向走去。

"迈尔斯?"她用平静而神秘的声音说，"我要你对我完全说实话。不管实话会造成我什么样的痛苦和伤心，都没有关系。明白吗?"

迈尔斯点了点头表示同意。

"我女儿的死，和达瑞斯，或和郎有什么关系吗?"这个问题使迈尔斯吃了一惊，他无言以对。

她继续说："我很早就知道这个秘密了。我的哥哥郎，莫名其妙地得了一种病，把我们的家庭给拆散了。我也注意到了多萝西（罗）有一些异常的行为举止。她的生活方式和郎一模一样，我母亲和你母亲都知道这个情况，但我们保守着这个秘密。"

萨莉继续说："在今年母亲去世之前，我终于听到了当年郎去世的全部细节，还有你神秘的舅舅的事情。她没有告诉我的一些事情，我可以读她藏起来的日记。迈尔斯，你是一个非常勇敢和坚强的人。我完全理解你做的事和你为什么做这些事。你能把这些事情跟谁说呢？即便你说了，谁又会相信你呢？"

萨莉的话极大地安慰了迈尔斯，他想起在遗嘱宣读那天他母亲对他说的话。萨莉的话深深地打动了他，他突然紧紧地抱住萨莉，泪水顺着他的脸颊滚落下来。

萨莉继续说："我记得很多年前，当我发现郎的真相，并与我母亲对质时，我还不太明白。直到我的小女儿也对我这样做，我才恍然大悟。"萨莉的情绪开始崩溃了。迈尔斯伸出手去安慰她。她擤擤鼻子，用手帕擦去了泪水。她轻轻拍打着迈尔斯的膝盖说："现在你告诉我，谁杀了她？为什么?"

迈尔斯很快给萨莉讲了关于达瑞斯、郎和罗，以及他们与疾病的神秘联系。他还告诉她，达瑞斯发现了治疗方案，以及罗和达瑞斯，这两个相同病因的人，如何能够通过同一种方法进行治疗：分离基因，并改善它，它被命名为“米迪乌斯”基因。迈尔斯如释重负，过去了这么多年，现在终于能够把那些家庭秘密的负重，释放给一个还健在，并且知晓家庭关系的人了。

萨莉和迈尔斯谈话后，他们很快意识到这个秘密会让他们的家庭成员多么的纠结，从很久以前的戴维斯和贾凌平家族开始，然后是谢氏家族和布莱克家族，但还没有结束……

大约一个小时后，一行人乘坐喷气式飞机，飞往奥地利的维也纳。在飞行过程中，大家都沉默不语。莎拉和彼埃尔在睡觉，而萨莉和安东尼奥盯着窗外。萨莉回忆起多萝西的童年，而安东尼奥则回忆起罗如何改变了他被动而呆板的生活方式，他们之间深厚的感情，以及他向她求婚的打算。她对他的生活的影响是任何人从未给过的，不经意间，眼泪滚下他的脸颊。

与此同时，在医疗研究机构里，罗的身体显露出一道缝合线，她的肚子上缝合了一个洞，好像有什么东西被取了出来。她的身体被放在一块冰冷的不锈钢板上，藏在地下室的冰柜里。楼上的护士和医生在一间白色的房间里工作，这里拥有最先进、最精密的计算机设备，有透明监视器和现代化的计算机处理塔。在人造子宫内，胎儿与微小的管子相连接，细微的灯光来回往复地运转。

最精密的仪器监测着最细微的子宫运动，魔法音乐家基金会显然不惜一切代价去保障胎儿的生命。每个监视器上都投影着胎儿图像，每台计算机都有其特有的功能。操控这些最新的高科技仪器的男女穿着蓝色和绿色的医用大褂，头戴与之匹配的医用帽子，还有的穿着实验室制服。天花板、墙壁和地板都是白色的，与清洁室相类似。屋里面最远的两堵墙看上去像一面巨大的镜子，但它是透明的窗户，供观察者观察房间内部的情况。卡普兰尼医生和他的同事们紧张地工作着，但穿上制服、戴上面罩以后，很难分辨谁是谁。其中一台监视器显示生命体征正常，但另一台监视器显示，胎儿似乎遭受着强烈的梦境，或被称为“胎儿的梦”的波动，这让卡普兰尼医生和他的团队很困惑，必须夜以继日全天候地工作。

卡普兰尼医生读到了戴安娜·戴维斯医生——一位著名的医生撰写的一些公开出版物，她记录了几例她亲身经历过的类似病例。他采用了医学杂志推荐的治疗方法，但胎儿似乎拒绝接受药物治疗。

第十七章

哈夫金医生坐在返回英国的飞机上，瞥了一眼手中严重破损的日记本，他多么希望以崭新的方式重新调整治疗配方公式，但烧焦的纸张让他倍增挫败之感，他无奈地把日记本甩在他旁边的空座上。

哈夫金医生坐在座位打了个小盹，然后伸手拿了一杯威士忌酒。这时候他的电话响了一声。他拿出手机查看留言。发现是新闻节选短片。他打开了视频。新闻播音员说："晚上好，警方在著名歌手罗的住宅中发现两具尸体，已被烧毁了。勘察发现，两具尸体皆非罗本人。警方从被烧毁的监控摄像机中恢复了部分影像。”

录像开始播放。哈夫金医生看到了他雇佣的打手对管家做的凶残行径。他还看到一辆货车和几个穿着蓝色工装裤的男人把罗的尸体抬进了货车的车厢。他注意到一个男人站在角落。哈夫金医生把画面快速倒带，仔细盯着那个倾斜的身影。他立即打电话给驾驶舱，命令喷气飞机马上返回维也纳。

录像中的播音员继续说：“如果你知道画面中的任何人或车辆的下落，请致电当局。”

几个小时过去了，迈尔斯一行人终于在奥地利的维也纳着陆了。一辆黑色豪华轿车在等着接待他们。下午的天气有点冷，迈尔斯一行人迅速进入了舒适、温暖的汽车。司机的英语很流畅，他问：“请问，去哪儿？”

迈尔斯正要说话，萨莉插嘴说：“就去那个最近被杀的著名歌手的宅子！”

司机很熟悉这个地址，因为城里大部分的电视上都不停地播放着这个消息。他们飞快地驶离飞机跑道，直奔目的地。轿车在漫长、孤寂的道路上蜿蜒前行，迈尔斯一行人静静地凝视窗外，欣赏着景色。

突然，萨莉摇下车窗，说道：“我认得这个街区！”

莎拉、迈尔斯、彼埃尔和安东尼奥都互相看着对方。莎拉问道：“妈妈，你是什么意思？”

“我以前看过照片！”她重复道，“这条街道，就是这些草地，还有这条路。”

他们又互相瞥了一眼。“妈妈你在哪里看到过？什么时候？”莎拉困惑地问道。

萨莉并没有发疯。这里的风景让她回想起她很久以前在图书馆见过的缩微胶片的照片。突然，燃烧着的蜡烛照亮了街道，分散了萨莉的注意力，她大声喊道：“看！”路上五彩缤纷，闪烁着烛光，摆放着昔日罗的演出海报。有许多玫瑰花堆积在高大的墙边，一直延伸到入口，这里曾矗立着一个高大的哥特式黑色大门。燃烧的蜡烛环绕在入口周围，穿着印有兰馨乐队字样T恤衫的人们，伴着吉他，聚集起来唱着从兰馨乐队发的专辑中选出的歌。聚集的人群触动了萨莉的悲情，她哭了起来，彼埃尔和莎拉拥抱着，看着人们。安东尼奥的眼泪夺眶而出。豪华轿车缓缓停下。有些人对车里的人感到很好奇，用手拿着标语牌和海报慢慢走近。轿车的后门慢慢打开，第一个走出来的是彼埃尔，然后是莎拉和安东尼奥，迈尔斯和萨莉。萨莉一行人穿过入口，手拉手走上蜿蜒的车道来到了房子跟前，房子被黄色的禁行布带圈起来，由几个当地警察把守着。两个警官喊道：“回去，这是私人地产，你不能进来！”但萨莉继续走近，其他人也跟着来了。一个恼怒的警察迅速向前进的人群靠近。但当他走近时，萨莉大声喊道：“这是我女儿的房子，我来看是谁杀了我的小女儿！”尖厉的声音吓了警察一跳。他注视着萨莉一行人。不久，又来了一个警察。“什么问题？”他问道。警察顿了一下，俯下身，低声说：“这是歌星的母亲。”迈尔斯走上前，发现第二个警察有德国口音，他开始讲德语。

迈尔斯德语讲得很好，这使彼埃尔、安东尼奥和莎拉感到很惊讶。他们把警察拉到一边，交谈了几分钟，之后警察允许萨莉他们一行人通行，可以靠近被烧毁的房子。

萨莉开始号啕大哭，瘫坐在地，两手抱在胸前，安东尼奥跑到她身边安慰她。那位讲德语的警察和迈尔斯似乎有很多话要说，其他人则瞻仰了损坏的房子。谈话结束了，两人交换了名片。迈尔斯终于加入他们一行，他们都静静地站着，看着倒塌的建筑物，想象着罗在此生活的场景。

哈夫金医生电话预约了一辆车等他，之后他给亚洲投资者打电话："我已经找到了另一个病源，但我需要你们的全程参与，把它搜索出来。我们今晚见面吧，是的，老地方见。"几个小时后，哈夫金医生的飞机徐徐降落，预约车护送他去他在萨尔茨堡的家。进入到大门里，另外两辆小客车紧随其后，之后大门关闭。男人们利索地离开了汽车，进入了开阔的庄园。两位管家立刻出现在灯火辉煌的大厅，陪护着医生的客人们，进入富丽堂皇的客厅。

几分钟后，哈夫金医生坐在他的传统勃艮第皮制椅子上，红木桌子后面。桌子旁边有一个巨大的老式地球仪。男管家很快就为男士们提供了他们选择的饮料，小组开始讨论新计划的细节。亚洲投资方宫西光制药厂再次为医生的新安排而感到满意，双方举杯为达成共识庆贺，为志同道合而干杯。

第二天早上，迈尔斯在电话铃声中醒来。他接了电话。是安娜亚来电询问这次旅行的情况，迈尔斯及时告知了她最新的意外结果。铃声又响了，迈尔斯急忙接了电话。

“早上好，欢迎来到维也纳，旅行怎么样?”对方问道。

迈尔斯不知道是谁，问：“是卡普兰尼医生吗?”话落，电话就被挂断了。

迈尔斯没有意识到，自己犯了一个错误，而这个错误会使某些事件启动起来。迈尔斯查看了来电显示号码，但号码不详。迈尔斯急忙打电话询问卡普兰尼医生。“很高兴听到你的声音，迈尔斯，你在维也纳吗?”

迈尔斯变得郁闷起来，知道那通来电不是卡普兰尼医生。

“一切还好吗，迈尔斯?”卡普兰尼医生问。

“是的，是的，对不起。我想是有点儿闹时差。”迈尔斯回答说。

“那我们十点左右见吧?”卡普兰尼医生确定时间。

“嗯，对了，医生，罗的家人也在这里。”电话中一阵尴尬的沉默。迈尔斯继续说：“他们知道真相，来看尸体，打算运送罗的尸体回家。”

“恐怕这不可能，迈尔斯!”卡普兰尼医生用责备的声音回答。奇怪的沉默后，卡普兰尼医生说：“我会让他们看到尸体，但要把尸体运走，那可不行。尸体是医学研究机构的财产!”

“家人们听到这个消息会很不高兴的!”迈尔斯回答说，“对了，医生，你告诉过别人我来了吗?”

卡普兰尼医生觉得这个问题很莫名其妙，回答说：“没有!你为什么这么问?”

迈尔斯回答说：“嗯，我刚接到一个陌生的电话，说欢迎我到维也纳来，然后就挂断了电话!”

“我明白了。迈尔斯，我会安排人去旅馆接你们。这样行吗？”

“可以，很好。”

“回头见！”卡普兰尼医生挂了电话。

狡黠的微笑闪现在哈夫金医生的脸上，他把手机放在床头柜上，抬起赤裸的身体从床上起来，走进浴室。一个年轻人躺在床上，哈夫金医生关上浴室门。玻璃淋浴室里蒸汽弥漫在浴室房间的各个角落，使得镜子模糊不清。那个年轻人翻了个身，意识到他独自一人躺在床上。他慢慢睁开眼睛，听到淋浴声。随后他从床上跳起来，套上一件毛巾长袍。他疯狂地搜查了哈夫金医生的物品。

年轻人闯进书房，迅速地在医生的办公桌上发现了日记本，打开它快速地翻阅。他看到纸页被烧毁了，但他密切注意特定的几页，看到这些也严重受损，无法识别或恢复。淋浴间水龙头关上了，年轻人匆匆忙忙地合上日记本，放回原来的地方。然后他走出书房，来到厨房，开始做咖啡，他惯常就是这样做的。

哈夫金医生穿着一件白色的毛巾长袍出现在厨房。年轻人转过身来，递给他一杯咖啡。

“听到你的消息我很惊讶。你妻子去世了吗？”年轻人唐突地问道。

哈夫金医生回答说：“不，她没有死，她还活着，好好的。”

“那么你怎么突然对我感兴趣了？”年轻人进一步问道。

“我听说你们获得了宝贵的资产！”哈夫金医生走近那个年

轻人，用手穿过他的头发。

年轻人一边喝着咖啡一边看着哈夫金医生，说："这里面有我什么事?"

他抓住年轻人的头发，把年轻人的头转回来。他走近一点说："你敢跟我玩吗?"

年轻人沉默地站着，哈夫金医生放开了他。"我得走了。"年轻人低声说，他把咖啡杯放在料理台上，冲到主卧室。

几分钟后，哈夫金医生进来了。"五万英镑!"他说。

"让我做什么?"年轻人问道。

"给我偷来那死去女孩的器官组织样本!"但年轻人沉默不语，继续穿着衣服。"那好吧，六万英镑!"哈夫金医生看着他说，但年轻人依然保持沉默。最后，他抓起夹克外套，哈夫金医生用胳膊挡住门口，阻止了年轻人的脚步。

年轻人把头转向哈夫金医生，笑着说："好的，就六万块。"哈夫金医生大笑起来，拍了拍那个年轻人的屁股。年轻人很快从房子里跑出去，跳上他的奥迪跑车，奔驰在盘旋的车道上，开出了大门。

就在黑色轿车驶进了严密封锁的医疗研究机构的车道时，一辆银色的运动奥迪在他们身后开来了。入口处的卫兵低着头，仔细看了司机一眼。大门的栏杆抬起来了，豪华轿车很快驶进机构的场院，银色奥迪跑车在旁边停了下来。

迈尔斯和他的一行人跟着司机走进大楼，而坐在另一辆车里的年轻人坐着观察他们。当他们消失在大楼里时，他马上拿起手机，打电话说："死去的女孩的家人就在这儿!"他俯声说。

哈夫金医生问："你确定吗?"

"是的，我刚看到他们走进了研究机构。我在杂志封面上曾经见过其中一个女人，可能是她的姐姐!"年轻人兴奋地回答。

迈尔斯和家人走到医疗研究机构的大厅时，技术人员在封闭的玻璃大厅周围不停地说话，他们衣服的翻领上别着徽章。他们从接待台的两个职业打扮的女士身边疾步而过，乘坐长长的自动扶梯到达二楼。

第二层楼的走廊由玻璃材料制成，在建筑物周围呈环形延伸，便于从大厅向下看。所有的办公室门似乎都需要扫描视网膜才能进去。

突然，一扇门打开来，几个穿着蓝色防护服和实验服的男士们进入玻璃走廊，走向迈尔斯和家人，他们脱去面罩，露出脖子、鼻子和嘴。"啊，迈尔斯，欢迎!"一个身材瘦长、头发灰白的男人伸出手来说道。

迈尔斯走在最前面，脸上带着亲切的微笑，与卡普兰尼医生握手。很快，谈话转用德语，两个人走到了家人面前。迈尔斯依次介绍，最后他们走到一扇关着的门前。一束绿色的光闪过卡普兰尼医生的脸，一个电脑合成的声音向他表示感谢，门打开了。

里面是纯白色的玻璃墙，操作电脑监视器的人也穿着白色的衣服。他们的头套和鞋套也是白色的，他们来回地走动，进行着各种调试操作，就像在一个巨大的宇宙飞船里。卡普兰尼医生开始引导他们参观设施，他洁白光亮的牙齿和温暖的笑容与周围的气氛很协调。

一行人更衣后进入电梯，静静地站着，电脑的声音汇报着楼层。一行人跟随卡普兰尼医生走出电梯。工作人员穿着绿色消毒服，戴着头套走了过来，瞥了一眼那一家人，好像他们不存在一样，或者说，这些人不属于他们这里。在一个私密房间，卡普兰尼医生要求大家站成一列，面对一面墙。他关上了门，几分钟后，明亮的灯光熄灭了，柔和的灯光亮了起来。突然，墙变得透明了，他们可以看到墙里面的卡普兰尼医生和其他工作人员，好像在观看巨大的电视屏幕。工作人员的鼻子和嘴都被口罩遮盖住了，戴着有粉手套，他们轻轻地走到银色的容器前，它看起来像是在房间的角落里放着的储物柜。卡普兰尼医生拉出一个长条不锈钢金属板，里面是被包裹起来的罗的尸体。然后他把覆盖的塑料布拉锁拉开，把无生命迹象的尸体转动到透明的镜子跟前。罗看起来像在睡觉，萨莉和莎拉看到后，放声大哭，泪如泉涌。

这是迈尔斯第一次听到男人的哭泣声，他听着安东尼奥号啕大哭，听得他浑身瑟瑟发抖，身体不适。迈尔斯精神恍惚起来，头脑晕眩。他坐着凝视着这具毫无生气的尸体。他不敢相信他居然看着她的尸体躺在他面前。彼埃尔茫然地看着。几分钟后，卡普兰尼医生穿着实验室外套和鞋套走进昏暗的房间里，他为自己的不够敏感而道歉，并轻轻地问是否有人愿意进去看看。他们当然一致同意，都穿上了实验室外套，一个接一个地进入房间，围在尸体周围。

萨莉伸出手来。她开始对罗说话，好像她还活着似的。彼埃尔和莎拉痛苦地看着罗的尸体。安东尼奥静静地徘徊在罗的尸体旁，轻轻地吻了她。他突然跳起来，厉声问：“这是谁干的?”他转身抓住迈尔斯，把他推到墙角，“谁干的?”安东尼奥的举动非常突然，没有人能预料到。

很快，卡普兰尼医生和工作人员把安东尼奥与迈尔斯强行分开。两个工作人员留在外面，守着安东尼奥。卡普兰尼医生回到房间里去看望迈尔斯。彼埃尔和莎拉真诚地向迈尔斯和卡普兰尼医生道歉，但他们知道，这样的结果是情感流露的缘故。医生离开这家人，悄悄走出房间去见安东尼奥。奇怪的是，卡普兰尼医生开始用意大利语和安东尼奥交谈，问他在意大利的哪里出生的。

他还和安东尼奥分享他的妻子的信息，他的妻子是意大利人，和安东尼奥在同一个城镇。医生知道安东尼奥家族和他们著名的葡萄园。愉快的交谈使安东尼奥平静下来，卡普兰尼医生还给了安东尼奥他的名片，写了自己的号码，他坚持称，如果有问题，就打电话给他。

过了一会儿，彼埃尔走出冰冷的房间，充满怀疑地摇着头，看着安东尼奥。卡普兰尼医生走进房间，让他们自己待一会儿。“你到底怎么了，兄弟?”彼埃尔用愤怒的法国口音说，“那个人把我们带到这儿来，他就像是莎拉和罗的兄弟。你那样做是不对的!”

莎拉很快就冲出房间，抽泣着。她看了看安东尼奥，走过去，尖叫着，打了他一耳光：“你怎么能这样?!”彼埃尔抓住了他的妻子。“对不起。”安东尼奥懊悔地说。几分钟后，迈尔斯、萨莉和卡普兰尼医生离开了房间，两个工作人员离开了这群人，回到房间。

萨莉从安东尼奥身边走过，没有看他一眼，也没有说一句话。这群人都从安东尼奥身边走过，他对自己所做的一切，感到由衷的抱歉。迈尔斯是最后一个走过安东尼奥身边的人。他默默地站在迈尔斯面前，慢慢地伸出手。迈尔斯看着他伸出的手，正要握手的时候，安东尼奥很快地拥抱了他。其他人停了下来，回头看了看他俩。“我很抱歉。”他说，眼泪从安东尼奥的眼眶流出。迈尔斯举起胳膊，拥抱着安东尼奥，轻轻地拍了拍他的背。他们互相拥抱了几分钟，直到安东尼奥恢复了平静。

迈尔斯慢慢地从拥抱中松开，说：“我知道，别担心，我理解你的痛苦。”安东尼奥用胳膊搂着迈尔斯的肩膀，他们走到人群中间，一起登上了电梯。

年轻的撒沙是医疗研究所的雇员，他在此工作了将近一年了。他专门做缝合和器官切除的工作。他非常精通缝合技术，也是委员会认证的合格护士。他大部分的工作时间都是在外科手术室度过的，手术后他常常被留下来进行缝合工作。但他特殊的生活方式使他无法完成医学院的学业。

因为他非凡的能力、非常稳定的双手和不可思议的记忆能力，卡普兰尼医生和董事会成员一致同意雇用他。卡普兰尼医生知道他与哈夫金医生的绯闻，这是他曾被解雇的原因。但卡普兰尼医生认为个人生活与工作能力无关，觉得让撒沙一个人承担哈夫金医生的研究机构遭到泄密的责任是没有道理的。

卡普兰尼医生喜欢撒沙，他们的友谊和信任使他了解了哈夫金医生的研究机构的机密，哈夫金的团队也在做着类似的研究。撒沙与哈夫金医生之间朋友式的联系，让他时刻关注其实验室的最新进展，他很快成为卡普兰尼医生工作的间谍。最新的消息是哈夫金医生正试图插手某个秘密日志。撒沙在穿着制服的工作人员都走了后，独自进入冷冻室。他快速将尸体拉出，重新打开缝合线，从死去的女人的子宫里取出一些组织样本，放入几个小瓶中。

撒沙迅速地缝合好罗的腹部。他把尸体放回冰箱里，溜出冷冻室，然后走进电梯，但是保安系统已经记录了他的出现和进入时间以及楼层号码。几分钟后，他走到自助餐厅的楼层。这层楼是除了大厅外，大楼里唯一的手机可以接收信号的楼层。他迅速联系了哈夫金医生：“奥斯瓦尔德，我拿到了！”撒沙报告说，“今晚见?”

“好的，没问题!”哈夫金医生说，挂了电话。

在卡普兰尼医生的办公室，罗的家人与迈尔斯坐在一起。讨论很快激烈起来，因为卡普兰尼医生坚持认为，尸体不能运回美国，现在它是医学研究机构的财产。卡普兰尼医生打开他的电脑，一条闪烁的信息引起了他的注意。他继续把文件打开，迅速打印出来，然后把它交给迈尔斯，因为对方是家庭律师。他自己则很快离开了房间。他赶紧到保安室，输入密码。在监视器上，他看见撒沙离开验尸房进了电梯。这点很可疑，因为撒沙一天的工作时间表与验尸房或冷冻室毫无关系。卡普兰尼医生输入他的员工编号，迅速找到撒沙，对方在食堂里吃午饭。卡普兰尼医生立刻联系保安把撒沙带到小会议室。

随后，卡普兰尼医生回到这家人这里，和罗的家人们仔细阅读文件，他让大家传阅，文件上有罗的签名，内容显示罗希望她的身体完全由医疗研究机构控制，当时的在场证人包括一些著名的医生和迈尔斯的母亲戴维斯医生。

迈尔斯查看了文件，向大家解释了多年前的遗嘱的内容，戴安娜和罗全权拥有维也纳庄园，美国法律无权干涉。莎拉脱口说道："但多萝西是美国公民，不是奥地利人！"迈尔斯回答说："是的，我们可以在法庭上这样辩论，但是文件清楚地表明这是她的选择。这将是场激烈的法庭辩论！"

第十八章

整个房间陷入了沉默，萨莉说：“那我们走吧，我饿了。”他们都站了起来，向卡普兰尼医生告辞，一个员工护送他们离开了研究所。

撒沙注意到有三名保安人员朝他的方向走来。他从午餐桌冲到卫生间的小隔间，从实验外套的口袋里取出小瓶，把两个小瓶隐藏起来，很随意地走出厕所。保安人员在撒沙回午餐桌的路上与他碰上了。其中一个人说：“请跟我们来！”“有什么问题吗？”撒沙用一种吃惊的声音问道。事件发生时，自助餐厅的员工们都在旁观。没有抗拒，撒沙紧张地跟在一个警卫后面，另外两个警卫走在他后面。

他们把撒沙请到小会议室，看管着他，等待卡普兰尼医生的到达。几分钟后，一个声音说：“想象一下，这个世界上的恐怖分子能够活一百年，也许二百年。想象一个威胁所有文明的暴君能够活到一、二甚至三百年。或者想象有一种永远不会变老或者不会被摧毁的技术。我们将生活在怎样的世界里？”

卡普兰尼医生的身影出现在会议室门口。他朝撒沙走去，倾身直视着撒沙的脸，平静地说：“如果我们在这里做的工作落入坏人之手，撒沙，我向你保证，这个世界将不再是你喜欢的那个样子了！”

然后，就是一阵尴尬的沉默，但卡普兰尼医生的目光并没有从撒沙的脸上移开。撒沙移开视线，说：“我知道日记本在哪儿。”卡普兰尼医生慢慢站直身体，和警卫对视了一眼。“但都被烧毁了！”

“那么你又去见他了？”卡普兰尼医生问，清了清嗓子。他示意卫兵离开。

“没有！我没有！是他突然打电话来找我的！”撒沙大声辩驳道。

“为什么？”卡普兰尼医生问。

“他想让我了解那个死去的女人！”撒沙回答说。

“这就是你去验尸房的原因吗？”卡普兰尼医生得出结论，撒沙点头。

“你什么时候见他？”卡普兰尼医生询问。

"明天晚上!"撒沙回答说。

"你会告诉他什么?"卡普兰尼医生问。

"我不知道，我想我看到那个死去的女人了!"撒沙回答说。

"是的，这正是你要告诉他的!"卡普兰尼医生说。然后他用手示意撒沙坐下。

"对了，撒沙，"卡普兰尼医生盯着他说："如果我发现你在骗我，你就完了，我再也帮不了你了。你清楚了吗?"

撒沙点了点头，很快他走出了房间。靠在墙上，撒沙弯下腰，喘着气，他骗了卡普兰尼医生他与哈夫金医生的会面时间，也没有提到取得的样本。他迅速地走到自己的小隔间，这天余下的时间，他都在他的办公桌边。

卡普兰尼医生从他的办公室的电脑屏幕上盯着撒沙，思考着撒沙与哈夫金医生的绯闻。他迅速打电话给保安部门，并与私人调查部门联系，命令在接下来的七十二小时里，派人跟踪撒沙的行迹。

那天晚上，哈夫金医生在他的萨尔茨堡宅子里。庄园的大门慢慢地打开了，一辆银色的奥迪在入口处飞驰而入。很快一个颀长的身影从车里出来，跑上大理石台阶，来到一扇已经打开了锁的门前。而在街的对面，一辆黑色的车里潜伏着个陌生人，隐蔽着，不时拍下那辆银色的车和车上的年轻人进入哈夫金医生家的情景。

哈夫金医生穿着夹克服，戴着丝绸围巾，吸着雪茄。撒沙走进哈夫金医生的书房。哈夫金医生转身面对撒沙，他们拥抱起来，哈夫金医生递给他一杯饮料。俩人坐了下来，撒沙从口袋里拿出小瓶递给哈夫金医生，哈夫金医生笑着说：“干得不错。”然后他打开抽屉，把一个信封放到撒沙的大腿上，内含六万英镑。但撒沙看起来不太高兴，“他知道了!”撒沙用平静的声音说。

“谁知道？知道什么？你在说什么呢?”哈夫金医生不解地问。

撒沙告诉哈夫金医生在机构里发生的事情和他与卡普兰尼医生的对话。哈夫金医生沉默地听着，仰面靠在椅子上，吸着雪茄。撒沙慢慢地站起来，走了出去。

哈夫金医生通过密码系统走进他的地下室，进入他的实验室。他扫描样本，屏幕上显示出多萝西（罗）的DNA链条，但哈夫金医生对结果感到困惑，他再次测试，但计算机得出相同的结果。他仔细地看了看报告，脸上露出了奇怪的微笑，他说：“她怀孕了！这真是个好消息。”他笑了起来。随后匆忙离开实验室，向书房走去。他联系了亚洲投资者：“我有好消息，有胎儿!”但神秘的声音对此消息并不是很兴奋，而是问样本中是否含有米迪乌斯基因的化合物。哈夫金医生回答说：“提取量太少，所以样品不能测试米迪乌斯基因。但是在胎儿死了或者存活的不同情况下，测试可能性是无穷无尽的!”电话随即被挂断了。

这一天对迈尔斯和萨莉一家人来说是非常劳累的，所以晚上彼埃尔和女人们待在各自的房间里，而迈尔斯和安东尼奥在酒店的酒吧里喝酒。几分钟后，卡普兰尼医生走了进来。他过来和他们打招呼，问他们在喝什么。由于那天发生的事，安东尼奥很不高兴见到他。不过，他们喝了酒，冰释前嫌。时间慢慢流逝，现在是凌晨时分。迈尔斯向他们道晚安，摇摇晃晃地走向他的房间。德克斯特和安东尼奥在一旁大笑，喝醉酒的迈尔斯试图平稳地走向电梯。其余的男人们喝着酒，沉默了几分钟，然后卡普兰尼医生平静地说："还有一个孩子。"

"有个什么？"安东尼奥大笑起来，"什么孩子？在哪里？"

卡普兰尼医生放下杯子，慢慢转身面对安东尼奥："孩子是你的，是吗？这就是为什么你这么沮丧，这就是为什么你……"

安东尼奥突然抓住了他。他没有反抗。他继续说："孩子还活着。我救了你的女儿。"

安东尼奥很懊悔，说道："我们都要结婚了，"眼泪开始流出来，"罗很害怕生孩子，我不明白为什么。我原计划我们去意大利旅行。然后就发生了这件事。"安东尼奥开始抽泣起来。卡普兰尼安慰他。不一会儿，安东尼奥又恢复了平静，问卡普兰尼："谁还知道这件事呢？"

"我相信我是唯一的知情人。但是你听好了：杀死罗的人现在同样也在找你的女儿。那些人会尽其所能把她带走！"

他伸手从他的夹克里拿出哈夫金医生的照片，放在了安东尼奥的面前。这个消息使安东尼奥瞠目结舌。卡普兰尼医生继续说："我建议你把这个收好，你必须尽快决定，下一步该做什么！"卡普兰尼医生从椅子上缓缓站起来。

就在这时，安东尼奥抓住他的胳膊，"她长什么样？"他问道。

"嗯，她不同寻常，而且她喜欢吃葡萄！"卡普兰尼医生的脸上带着微笑。说完他抓起外套和帽子转身走开了。

迈尔斯被手机电话铃声吵醒了。他伸手接听，是安娜亚。“亲爱的？你还在床上吗?！你怎么样了?”安娜亚问道。“现在几点了?”迈尔斯用疲惫的声音回答。“嗯，这里大约是凌晨两点半，所以你那里大概是上午八点三十分，对吗?”她回答说。迈尔斯从床上坐起身。他瞥了一眼旁边的床，发现它没有被动过。安东尼奥不在床上。安娜亚的话变得模糊不清，麻烦事影响了他的注意力。“亲爱的，我得走了，我会给你回电话的!”迈尔斯挂断了电话。他立即给莎拉的房间打了电话。彼埃尔接了电话。

“你好，安东尼奥昨晚没来房间!”迈尔斯关切地说。

“嗯，我们从昨天晚上后就没见过他了。”彼埃尔回答说。

“我回头给你电话。”迈尔斯说着，挂断了电话。他马上呼叫卡普兰尼医生。但电话转到了语音信箱。迈尔斯留下了一条短信：“德克斯特，你好，我是迈尔斯。安东尼奥昨晚没有回房间。你今天早上接到他的电话或看到他了吗？请给我回电话。”然后他挂断了电话。

迈尔斯打开壁橱，发现安东尼奥的东西都不见了。迈尔斯感到稍稍松了一口气，估摸着他回纽约公干去了。然后他穿上衣服，敲了敲莎拉的房门。彼埃尔打开门问道：“怎么了?”迈尔斯回答说：“嗯，他一定是没告知我们就离开了。他的行李不见了，所以他可能有紧急情况要去处理。”彼埃尔随即拿起电话给安东尼奥打电话，但电话转到语音信箱了。

哈夫金医生挂上电话，靠在椅子上，吸着雪茄。随后他站起来向地下室走去。几分钟后，他从地下室出来，锁上门，进了主卧室。撒沙已经在洗澡了，蒸汽从浴室的缝隙溢进卧室。哈夫金医生从身上扯下衣服，走进浴室，和撒沙云雨一番。他拿起海绵，开始搓撒沙的背，然后轻声问："告诉我胎儿的情况吧？"这个问题使撒沙感到很惊讶，但海绵轻轻地揉擦着他的后背，他不得不回答哈夫金医生的问题。

"几天前，我从死去的女人的子宫里取出一个胎儿，然后把胎儿放进了一个模拟子宫箱里。据我所知，这个箱子和女人的子宫很相似，可以加速怀孕期，使胎儿在很短的时间内完全成熟，就好像是在妇女的子宫里一般。但是他们需要在孕育成熟之前找到代孕母亲。"

哈夫金医生仔细地听着，然后问："为什么他们需要代孕？"

撒沙回答说："和机器的设计有关系。"

他又问："子宫模拟箱在哪一层楼？"撒沙不愿意回答，默默地站着。哈夫金医生走近他，温柔地抚摸着撒沙的脖子。"在二楼的西翼。"

突然，哈夫金医生紧握住撒沙的脖子，想掐死他。撒沙开始反抗，但哈夫金医生的手臂牢牢地钳制住他，他越来越不舒服，掐捏使他感到窒息。撒沙继续搏斗，哈夫金医生迅速地在撒沙的颈部注射了一针卡利根的毒素，很快，撒沙的身体瘫软下来，他的身体和面部表情凝结成了雕像。盖上了帽儿的针头掉进了排水池里。

哈夫金医生关掉淋浴喷头，把撒沙的尸体拖到卧室的地板上，那里已经铺好了塑料布。

与此同时，一辆汽车飞驰而来。它明亮的灯光使潜伏在黑色轿车里的人蜷缩在座位上，以便过往的车看不见他。但是汽车没有开过去，而是在这辆间谍人的车后面停了下来。两个人从车里走出来。车里的人看不清楚他们的脸，但两个男人把手伸进夹克掏出枪，把消音器安装在枪口。然后他们开始向驾驶员和前排乘客的座位开火。窗户玻璃被打碎了，子弹击穿车里人的身体，当场杀死了他。这两个人一直到枪没子弹了，才停止射击。站在汽车副驾驶一侧外面的那个穿着讲究的男人伸过手来，把相机从死者的手中拉了出来。两个衣冠楚楚的男人走进他们的车，开进哈夫金医生宅子的大门。

下车后，这两个男人走进屋子，哈夫金医生指指卧室。这俩男人匆忙走进卧室。撒沙毫无生气的尸体躺在塑料布上，摆出一个奇怪的姿势。这俩男人把尸体紧紧地裹在塑料布里，装进银色奥迪的后备厢。一个男人上了银色奥迪，另一个上了黑色城市车。汽车驶出哈夫金医生家的大门。撒沙的尸体和他的车从此再也没有出现在人们的视野中。

卡普兰尼医生挂断了与安东尼奥的电话，他的电话又响了，提醒他有电话来。他听了电话录音，但没有回迈尔斯的电话。

第十九章

与此同时，安东尼奥登上飞往纽约的航班，并与他的朋友艾达取得了联系。小报上刊登了许多关于他与艾达发生的所谓的风流韵事和秘密恋情的文章。谣言太多了，他终于带艾达去见了罗和莎拉。姐妹俩在见到了艾达，知道他们俩背后的故事后，明白了为什么安东尼奥不想把艾达和他的私生活联系在一起。

而小报没有刊登的八卦是，安东尼奥和艾达自小一起在意大利西西里岛的一个小村庄长大，在一次飞机失事中两人同时失去了父母。随后他们都被送到锡拉丘兹，就读于同一所学校。

他们俩都不认识周围任何人，在小小的年纪就互相支持着，鼓励着。这段感情持续到他们的高中时光。安东尼奥在米兰学习时装，而艾达高中毕业后不久就和一个西西里男人结了婚。这个西西里男人不断地用艾达的脸当作他的拳击袋，婚姻变得越来越糟糕。安东尼奥不得不多次离开米兰，去关照艾达。

这段每况愈下的婚姻维持了两年，直到那个西西里男人在巴勒莫河中死去。附近村庄的许多人都认为，安东尼奥和他的死有关。但是安东尼奥的祖父在事情失控之前，就与西西里这一家子把事情摆平了。从那时起，艾达就一直在安东尼奥身边，安东尼奥推出自己的服装系列时，她成为他的第一个时装模特儿，因而出名；而他的服装设计，也因此名声大振。虽然安东尼奥知道是谁杀了艾达的丈夫，但他一直避而不谈，也否认了解这件事。

艾达成了社会名流，被介绍给时尚界的名人认识，她被吸引到同性亲密关系之中，无法信任现实生活中的男人。自从她的丈夫去世之后，她再没有与其他任何男人有瓜葛。

安东尼奥的电话让艾达迷惑不解，他让她去纽约机场接他，她忧心忡忡。几个小时过去了，艾达在机场人群中搜寻着安东尼奥的踪迹。他的脸上显出疲惫和精疲力竭的神情，好像他肩上负担着全世界的问题。

她吹着口哨，虽不是女人惯常吹的那种口哨，但这是经常在球赛或赛马场听到的典型哨声。听到了熟悉的哨声，他转过身来，看到了她。他很快地向她走去，他们急急忙忙地从机场走到她的车旁。他默默地坐在车上，艾达说："安东尼奥！你怎么了？你吓着我了！快告诉我！”但是安东尼奥默默地把头往后一靠，慢慢地闭上了眼睛。她轻轻地用手擦着他流泪的脸庞，他什么也没说。

维也纳新闻播音员说：“据报道，下班的警察被发现在自己的车上被人枪杀。目前警方正在进行调查，以求发现枪击的动机！”

几个小时后，迈尔斯一行人在纽约着陆了，拥抱和亲吻之后，他们分别坐进轿车，各自离去。自从安东尼奥失踪后，似乎就没有人听到他的消息，他在奥地利的维也纳抛开他们，没了音讯。

卡普兰尼医生没接迈尔斯的电话，他也没有来为这一家人送行。彼埃尔试图在纽约联系安东尼奥，但他没有接电话。

安东尼奥和艾达走进他位于帕克街的豪华复式公寓，他瘫坐在皮沙发上，浑身疲惫，艾达静静地坐在他面前，替他脱去他的鞋。“请给我倒一杯酒！”他说道。艾达脱下高跟鞋，急忙答应他的要求。她倒了两杯酒，然后坐在他面前，伸手把酒杯递给他。

他抿了一口，然后轻轻地把玻璃杯放在大理石桌子上。然后他双手抓住艾达的手，看着她的眼睛。他开始告诉她在维也纳发生的事情，艾达被这个故事迷住了。他说起罗是怎么被谋杀的，艾达哭了起来。然后他讲到，坏人们如何试图放火烧毁她的身体，艾达大吞一口酒，突然站起来，走到落地玻璃窗前。他告诉她关于腹中宝宝的细节，她忽然情绪失控了，他又从口袋里掏出一张哈夫金医生的照片。她开始来回踱步。然后他告诉她有关迈尔斯的妻子的情况，坏人们如何试图毒害她。艾达气愤地把她的玻璃杯扔到墙上，砸得粉碎。然后他告诉她孩子的存活情况。他从沙发上站起来，走到艾达身边。安东尼奥从自己的身上卸下重担，这重担已在艾达的身上占了一席之地。她的泪水使她的皱纹更加清晰。她颤抖着，很害怕，不知道接下来会发生什么事。

安东尼奥拥抱她，说："艾达，你能为我的孩子做代孕吗？"

艾达慢慢地从拥抱中挣脱了出来，看着他的眼睛，毫不犹豫地说："是的，我当然能！"她补充说，"所有秘密在我们之间秘而不宣，当你最需要我的时候，我会为你而死，安东尼奥。"

安东尼奥紧紧地拥抱了她几分钟。然后他从拥抱中放开手，敦促她收拾行李，因为他们没有太多的时间了。他立刻抓起电话联系卡普兰尼医生。

两个衣着讲究的人把车停在停车场的车道上，亮出他们的证件：侦探瑞恩和侦探沃特。大门警卫给警卫室打电话，他们被允许进入场地。他们很快找到停车位，下了车，进入这个机构的大厅。他们对建筑物感到惊奇。一个人向他们大声喊话。他们转过身，朝着声音的方向看去。卡普兰尼医生用温暖的笑容向两人打着招呼，并迅速陪伴他们乘电梯到他的办公室。两位侦探询问关于下班的警察被谋杀的问题，卡普兰尼医生负责任地回答了他们。医生告诉他们："是的，警察是在做便衣侦查工作，他受雇去跟踪一个叫撒沙·古埃塔的先生。"一个侦探问："是那个吉卜赛男人吗？"两位侦探对视了一眼；卡普兰尼医生证实了他们的怀疑。

“有什么问题吗?”卡普兰尼医生询问。

“嗯，是的，他也失踪了。他的朋友和家人提交了一份二十四小时的失踪报告。”瑞恩警官说。

“他已经好几天没来工作了，但我不知道他是不是还会来电话。”

卡普兰尼医生转向他的电脑，迅速输入撒沙的徽章号码，他能告诉侦探最后一天他在何处、具体时间等信息。侦探问起撒沙的私生活，又互相瞥了一眼，好像他们知道撒沙的事似的。但卡普兰尼医生说：“公司的政策是，不参与到雇员的个人生活中去。”侦探又问：“之前警察做的工作到底是什么?”卡普兰尼医生拿出一张哈夫金医生的照片，告诉他们，他怀疑有人窃取公司的商业秘密，撒沙被认为是在该公司的留守鼹鼠，向哈夫金医生出卖本公司的秘密。侦探们再次互相看了看，卡普兰尼医生又问：“有什么问题吗?”沃特侦探回答说：“几年前，这两个人有婚外情，这你是知道的，对吧?”

卡普兰尼医生否认他知道他俩的关系，说：“两位，如果没事儿就到这里吧，我很忙!”侦探们站起来，握着医生的手，感谢他付出的宝贵时间。随后他们被护送出大楼。

侦探的车从医疗研究机构撤出几分钟后，一辆货车横穿街道。这辆车的出现并没有警醒机构大门的警卫们，因为它印有在街对面运营的一家制药公司的名字。货车司机下了车，前排座位的乘客也走下来了。司机从后面卸下两个板条箱，然后和乘客一起从制药公司的入口消失了。

两个人走到接待处，亮出他们的身份证进入电梯。他们在某一层还在施工的楼层下了电梯，迅速打开了装有最先进的远程遥控操作设备的板条箱。另一个人站在电梯旁站岗。

突然间，从医疗研究机构所在地一百码外的高高的杂草中，一个电子装置启动了。该设备配备了高性能相机和各种高清晰镜头，能够看透墙壁另一边，并具有远红外线性能。

几秒钟后，小工具升空而起，达到一定高度后，冲过田野，飞向医疗研究机构。它开始减速，出乎意料地在空中盘旋。之后，它改变了方向，直奔大楼的西翼，飞机以动态的方式开始拍摄和记录大楼里值班人员的动作和声音。

他们来来回回，尽职尽责，但对被监视这一事实，一无所知。这个装置调整了它强大的镜头，终于，找到了它正在寻找的东西——子宫孵化箱。

这个小装置射出一阵闪光，对建筑物平面的布局情况进行了各个角度的影像拍摄，而工作的员工在地面匆匆来回，谁都没有注意到奇怪的飞行器盘旋在他们的头上。

短短几秒钟内，小小的飞行装置掉头离去，消失在浓密的杂草里。这个装置被切断电源。附近公司里的人从街对面出现了，随即进入货车，然后开走了。

过了几个小时，卡普兰尼医生离开了机构大楼，到机场接安东尼奥和艾达。晚上八点钟，艾达准备手术，到午夜十二点时，整个过程顺利完成，而艾达仍处于昏迷不醒的状态。

卡普兰尼医生指示穿深色制服的人员，把尸体搬移到后出口附近的东翼区域，他则与安东尼奥谈论有关的计划和既定的安排。

而与此同时，一架直升机很快就要接近该机构了，突然，高高的杂草里的小装置发动起来飞到空中。该装置通过无线连接到直升机，数据立即上传，机上的人很快确定了他们的目标和行动计划。

直升机离降落约十五分钟，机上六人在直升机内穿上高科技制服，准备好了他们的高性能武器。

同时，卡普兰尼医生在他的办公室的墙壁图画后面的装置里输入一个密码。然后从保险柜中取出光盘和信封。他已安排在私人区域等待的里尔直升机，完成他的计划。他跑向大楼的东翼。安东尼奥、卡普兰尼医生以及几位员工，推着昏迷不醒的艾达从后门离开，把她装进已经等候多时的货车里。

七分钟后，直升机迅速接近它的降落区。六人从直升机上跳伞下来，把降落目标锁定在医疗研究机构的屋顶。

货车迅速驶出了工厂的后出口，向偏僻的路上行进。不到一个小时，他们来到了一个私人停机坪。与此同时，那六个人像机器人一样移动，有条不紊地完成任务，几分钟后他们进入了医疗研究机构的房顶。几秒钟后，卡普兰尼医生的手表开始报警，久违的微笑浮在他的脸上，他用一种平静的声音说："哈夫金啊，你真是个预测大师啊，但你还是太晚了。"几分钟之后，他们在跑道停下。穿着工作服的男人把艾达抬进直升机里。卡普兰尼医生伸出手来与安东尼奥握手，安东尼奥竟拥抱了他，说："谢谢你所做的一切。我们不久会再见面的。"

卡普兰尼医生拍拍他的后背，催促安东尼奥赶紧动身。他冲上了飞机，几分钟后，飞机滑向私人跑道，消失在夜晚的天空。随后，直升机遇到一个快速上升的物体，扫描仪显示它速度很快，并给出了报告。他们接到从旁观察的命令。

与此同时，那六个人已经进入了大楼的西翼，当班的骨干工作人员，谜一样地，被安排在这个夜晚离开岗位。安保系统处于警戒状态。卡普兰尼医生的预感是正确的。这六个人刚进入人工孵化箱所在的楼层，机构的保安警卫就大声喊道：“不许动!”但是六个蒙面人开火了，接着，展开了一场恶性枪战。一个小时的交火过后，蒙面人中的三个人被击毙，而机构的安全保安则有十几个人伤亡。

一通急电发出几分钟后，警车和特种部队被派往现场。幸存的三个蒙面人受命进行生物组织提取工作，但他们在猛烈的炮火面前，实在无能为力。

几秒钟后，地板上的玻璃碎片和窗户开始震动。直升机出现了，发射了两枚战斧导弹，目标是建筑物的两侧。这些导弹打碎了窗户玻璃，穿透了地板尽头的墙壁，爆炸了。爆炸产生的高温熔化了它接触到的所有东西，而机构里的人则从致命的爆炸中钻了出来。然而一些人很不幸，被严重地烧伤或被掉下来的碎片灼伤了。

三个人利用这个破窗的机会，窥视着严重损坏的箱体，发现里面什么也没有。“那只鸟已经离开巢穴了。”“我再说一遍，那只鸟已经离巢了!”一个蒙面人对着无线话机大声叫喊。当武装警察开火时，三个蒙面人冲到大楼一侧的大洞里，然后从侧面冲了出来。

从大楼楼顶快速盘旋的直升机上，可以看到三个蒙面人在逃离的飞行器下方悬挂着。几分钟后，一个定时装置引爆了，从远处可以感受到爆炸的剧烈。

卡普兰尼医生看到爆炸，停了下来，一边凝视，一边思考：他再次击败了哈夫金医生，戴维斯医生的愿望终于实现了。然后，他钻进货车开走了。

与此同时，侦探瑞恩、沃特和五十名武装军官一起，组织了强力突击行动。几分钟后，门上的炸弹就爆炸了，爆炸把大门铰链都震了下来。

这队人很有战术地汇集到哈夫金医生的宅邸，而另一个团队则负责屋子的后部和侧边。第一小队把住前门，有组织地进入，似乎已经排练过一般。高性能武器装好了，一切准备到位。当士兵们穿过房子，巡查并守卫每个房间时，武器发出的红色激光照亮了整个房间。

另一个设定的装置爆炸了，打开了地下室，这些军人小心地搜查着地下室。三分钟后，一个特种兵军官喊道："现场已清空！"探员瑞恩和沃特进入了被占领的大楼，穿过前门。警官指着书房。哈夫金医生，躺在他的勃艮第皮椅上，一颗子弹穿过了他的额头。

探员瑞恩和沃特大声喊道："该死！这是谁干的?"警官们互相看着对方说："先生，我们找到他的时候他已经死了。"

但由于一些奇怪的原因，沃特侦探不相信警察，以为是警察向哈夫金医生开的枪，因为他对他们兄弟的死亡负有责任，这种报复行为比较公平。瑞恩侦探认为，亚洲投资者已经厌倦了哈夫金医生的歇斯底里，尤其在发现他被查出对警察和吉卜赛年轻人的死负有责任后，他们希望在没有任何牵联的情况下，结束这段关系。

两个星期过去了，在逃亡中的安东尼奥联系了彼埃尔。接到安东尼奥的电话，彼埃尔很惊讶，他问他在哪里，发生了什么事，但安东尼奥不愿意回答他的问题，说道："你听着，我打电话是想告诉你我没事，很抱歉我有紧急事情要办。我现在不能谈论其他事情，但我很快会再见到你。照顾好自己。"然后他挂断了电话。

安东尼奥随后打电话给迈尔斯，为自己当初的中途离开向他道歉。虽然他不能告诉他真相，但他向迈尔斯保证一切都很好，有一天他会明白的，然后他挂断了电话。迈尔斯注意到，有什么东西，它改变了安东尼奥，他可以从他的声音听出他的变化，并且得出结论，现在的安东尼奥和他在维也纳见过的安东尼奥相比，判若两人。

安东尼奥自此就再也没有音讯了。没人见过他或艾达。突然间，他的电话号码也联系不上了，他的帕克街顶楼被卖掉了，就好像他们俩从地球上消失了一样。

莎拉接到萨莉的电话，说她的外祖父乔恩去世了。葬礼那天，几百人来参加。迈尔斯、安娜亚和彼埃尔都有机会见面了，从维也纳之行到现在已经六个月了。葬礼结束后，萨莉和她的丈夫提姆、迈尔斯和他的妻子安娜亚、莎拉和彼埃尔，共进晚餐。

第三部分

第二十章

每个人都利用这段时光来追忆过去。虽然没有人愿意承认这一点，但每个人都在想：安东尼奥和艾达到底在哪里？好消息是，安娜亚宣布她已经怀孕三个月了，莎拉怀上了她的第三个孩子，已经显怀了，所以这并不是什么新闻。

她和彼埃尔非常高兴，他们终于有了个男孩。

莎拉开玩笑说要去结扎输卵管，又说要把彼埃尔阉割了。无论如何，在这悲伤的时刻，他们尚能分享欢笑。

萨莉心情很忧郁，但她在几次笑话中都尽量露出笑脸，她对父亲的回忆使她想起了女儿罗。然后，她出乎意料地问道："有谁听到安东尼奥的消息了吗？"房间即刻安静得有些尴尬，因为每个人在某个时刻都有着同样的想法。

彼埃尔毫不迟疑地回答："没有，我没有他的消息！他在附近拐角处的公寓，大约几个月前就卖了。"

"是的，我知道，我有朋友在同一栋楼里。"萨莉回答说。

安娜亚补充说："我试着给艾达打电话，但她的电话联系不上了，办事处的女孩说她们几个月没见到她了！"

萨莉平静地从房间走到院子里，手里拿着一杯酒。迈尔斯在院子里徘徊，萨莉听到他走近时，向后看了一眼。靠着院墙，她抿了口酒说："那个人怎么样？"

迈尔斯回答说："哪个人？卡普兰尼医生吗？"

她嘴里有一口酒，说不出话，只好点点头。迈尔斯回答说："自从我们离开维也纳以后，我就没有收到他的信息。"

萨莉接着说："现在新的一代人和新组建的家庭牵扯到这个神奇的秘密中了。"

迈尔斯只是喝酒，没说话，他知道萨莉指的是什么。萨莉也相信，安东尼奥和艾达的失踪，或多或少都与罗有关系。萨莉的丈夫走到院子里，用手揽住她的腰，她把头靠在他的肩膀上，凝视着空中的满月，直到它慢慢消失在大都会保险公司大厦的后面。

一年后，迈尔斯成为法律公司的合伙人，还有，郎利出生了。莎拉生了个孩子，起名叫"乔普"，而彼埃尔退出职业网球赛，基本上成了前网球职业选手。

莎拉继续在纽约和意大利的古典音乐会上巡回演出。萨莉和提姆安心当外祖父母。

将近五年过去了，一日，迈尔斯收到了一张来自意大利的明信片。明信片的一面是一个漂亮的小女孩的照片：大大圆圆洋娃娃般的眼睛和飘逸的长头发，自然生长的浓眉和凹凸鲜明的面部特征，像极了罗年轻的时候。

但奇怪的是，这个孩子还带有艾达的面部特征。

卡片上写着："我希望这张卡片能祝福你身体健康，请代我向大家问好。我不能告诉你我们在哪里，但请耐心等待。请相信，我们一直在为你和你的家人祈祷，祝贺你成为合伙人，祝贺你儿子出生。"

迈尔斯很惊讶他知道这些事，他的脸上露出了温暖的微笑，他很高兴终于有了安东尼奥的消息。他很快地把卡片翻过来仔细地盯着孩子，然后想："是你吗，罗？是你回来了吗？"然后他把明信片放在办公桌上，离开了办公室。

安娜亚的儿子郎利在小提琴方面很有天赋。大约十二岁时，他就开始表现出在音乐方面的才能，他能用耳朵听一段曲子之后就在钢琴和小提琴上演奏出音乐。当然，迈尔斯并没有像安娜亚那样强力推动他的进步，但是孩子的天赋能力逐渐增强了，他已经开始演奏古典乐曲了。郎利把时间都花费在练习小提琴上。他喜欢外语，决定在学校学习汉语。奇怪的是，他喜欢吃中国菜，他经常接触国际美食，因此，他熟悉辛辣食物的味道。他在印度的外祖父母对他的才能感到骄傲，相信将来郎利会成为著名的古典音乐家。

又过了十年，迈尔斯收到了一封来自意大利的信，另外还有一个棕色信封。迈尔斯看了看棕色信封和信，他的心开始狂跳起来。他慢慢地走到办公室，把门关上。

他没有把眼睛从信封上挪移开，摸索着在椅子上坐下。他打开信，开始读起来：

我亲爱的朋友迈尔斯，

我相信经过这些年，该告诉你发生了什么事了。在我离开的那天晚上，卡普兰尼医生在餐厅告诉我，罗在她死的时候，已经怀孕几个月了。

迈尔斯慢慢地躺在椅子上，继续读信：

我知道那孩子是我的，我做了一个我一生中最重要的决定。卡普兰尼医生觉得孩子情况危险，如果我把孩子带走，孩子将是安全的。当时孩子只是一个胎儿，被某种医学发明机械维持着存活下来，那以后，艾达卷入了这件事当中。为了对孩子进行适当的孕育，急需一个母体子宫，而卡普兰尼医生能实施医疗程序，把孩子转移到艾达的子宫里。在这之后，我们不得不做出安排，使艾达和孩子脱离危险，并发誓不通过电话或邮件联系任何人，保持沉默。老天保佑，几个月后，艾达生下了伊莎贝拉·康泰莎·维瓦尔第。而我在托斯卡纳郊区继承了爷爷奶奶的葡萄园。

我和艾达结婚了，我们认为是时候让伊莎贝拉与在美国的家人见面了，这些人都是为确保她的生存起了很大作用的人。棕色信封里，是我预订的往返机票：是为你和你的家人，莎拉和她的家人和萨莉、提姆订的。我相信罗会希望我这么做的。

读完这封信，迈尔斯感到害怕，他不知道为什么，他想，如果这个孩子是一个新的噩梦的开始，那可怎么办？他觉得也许他应该扔掉信和机票，远离任何可能扰乱他的生活的事情，那个他最终放下了的过去。

他立刻跳起来抓起电话，打电话给莎拉和萨莉，坚持要她们尽快见他。他没有说原因，而秘密反倒助长了莎拉的好奇心。

迈尔斯试图继续他的工作，但他发现，看完这封信，他很难再集中精力了。两个小时过去了，接待员用电话通知他，有两个女人已在办公室等候。这两位女人进来后，大家互相拥抱行礼后坐了下来。

迈尔斯把手伸进书桌，先给她们看第一张明信片。当萨莉看到卡片时，她突然哭了起来。迈尔斯立刻从椅子上站起来，走过去安慰她。莎拉抓起那张明信片，看了又看。

“迈尔斯？”她用一种平静的声音说，“这是什么？谁啊？”她哑然失声，开始敲打自己的胸膛，这样她就不会放声大哭起来，她尽力不让自己大放悲声。

迈尔斯平静地说：“我十几年前收到的这张卡片。”

“她是谁，迈尔斯？”莎拉用责备的口气问。

萨莉和迈尔斯互相瞥了一眼。

“你知道我的意思吗？”她尖叫起来。

“这是罗的女儿！”迈尔斯回答说。

“罗的女儿？”莎拉用疑惑的语气重复着。“那就是安东尼奥的孩子？”她很快问，但莎拉不明白为什么她妈妈看到这张照片时如此不安。

“是的!”迈尔斯回答说，然后从萨莉身边站起来，走到桌前，递给莎拉那封信，说：“今天来的信。”

莎拉开始大声朗读这封信，让她的母亲也能听到。读完信后，他们都沉默了。迈尔斯转身走到窗前，凝视着窗外的纽约，莎拉和萨莉静静地坐在椅子上。

萨莉终于说：“我要去!”然后迈尔斯转身走到书桌前。他打开一个棕色的大信封，掏出一摞机票。他翻了翻，找到萨莉和她的丈夫的机票，欲言又止，把机票交给了她。然后他抽出莎拉和她的家人的票，递给莎拉，但是莎拉凝视着他的脸，迈尔斯看到了她的恐惧，她的身体开始颤抖，好像她很冷。迈尔斯感到困惑，因为她不可能知道罗以及她们的家族史。但要证实一下，他问道：“莎拉，怎么回事?”莎拉回答说：“罗复活了，不是吗？这就是妈妈为什么哭的原因?”迈尔斯没有回答，莎拉的理解并没偏离事实。但她说罗复活的时候，好像他们生活在恐怖电影或恐怖小说中。

听到莎拉的回答，萨莉和迈尔斯互相瞥了一眼，想说，不是罗死而复生，而是达瑞斯重生到了一个新的身体里，不是像恐怖故事或恐怖电影中出没的幽灵一样，他是以一种使他们几个家庭互相联系几十年的方式，又回来了。

莎拉若有所思地伸手从迈尔斯手里接过机票，继而是尴尬的沉默。迈尔斯转过身，慢慢地朝窗户走去，然后萨莉说的话，使他停下脚步。

“迈尔斯，我需要你去找卡普兰尼医生来。我知道他在曼哈顿的办公室地址。我不是说打电话给他，我的意思是你去看他，告诉他，我去意大利之前要尽快见他！”迈尔斯对这个请求感到很好奇，点头表示同意。

一个星期后，迈尔斯终于见到了卡普兰尼医生。他们坐着，陷入了回忆中。但两人都不愿提及见面的重要原因。经过约一个小时的闲聊，他们很快就没什么可谈的了。然后又停顿了很久，迈尔斯终于说：“我有安东尼奥的消息了。”卡普兰尼医生并不惊讶，说：“真的吗？他怎么样了？”

迈尔斯看到卡普兰尼医生脸上带着奇怪的笑。他突然把手伸进口袋掏出安东尼奥的信，递给他说：“我知道了！”卡普兰尼医生看着他，迈尔斯重复道，“真的，我真的知道一切！”

卡普兰尼医生看了信，把它折起来，还给迈尔斯，说：“我们不知道可以信任谁，越少的人知道这件事就越好。我很抱歉。”

“那么你那个阶段一直都和他有联系？”迈尔斯问道。

“事实上，并没有联系。”卡普兰尼医生从夹克里掏出一封类似的信交给迈尔斯，说，“你的恐惧也是我的恐惧，我亲爱的朋友，你认为这是达瑞斯。你进门的那一刻，我就看见你的脸上写满了恐惧。”

但迈尔斯没有承认或否认卡普兰尼医生的话，他对医生说：“布莱克太太想见你！”

“是的，布莱克太太，”卡普兰尼医生用怜悯的语气说，“她一直和我联系了几个月。”

这对迈尔斯来说是个新闻，他听到这个消息感到很惊讶。他问：“是关于什么内容的？”

“嗯，她和你一样害怕，迈尔斯。我问你，你是个虔诚、有信仰的人吗？”

“是的，我会说我是信教的。你为什么这么问？”迈尔斯犹豫着回答。

“你对灵魂的信仰是什么？”卡普兰尼医生问。

“嗯，死后，它应该去天堂，以接受对在地球上的罪孽的审判。”迈尔斯回答。

“在过去的几十年里，你经历了很多事情，你也了解了各种事实，现在你仍然坚持着同样的信念吗？”卡普兰尼医生问。

迈尔斯还没有答案。卡普兰尼医生继续说：“萨莉想见我，因为她已经抛弃了那些信念，感觉罗会回来。现在我肯定她觉得那个小女孩是罗，我也觉得你有同感。”

迈尔斯这次还是没有承认或否认，但他仔细听着卡普兰尼医生的话。医生接着说：“好吧，我把我要对她说的话告诉你。”迈尔斯喝着啤酒，眼睛盯着卡普兰尼医生。

“你舅舅达瑞斯多年前发现的不是一种治疗方法，而是在疾病恶化和蔓延之前，采用一种延缓衰老的方式抵抗疾病。这就给了像你母亲这样的专家们更多的时间，在疾病仍然潜伏在基因中的时候，寻找治疗这种疾病的方法。尽管孩子最终会患上这种疾病，但发展速度会很慢，也许到病发的时候，药物已经足够先进，最终能够治愈这种疾病了，或者找到了治疗它的方法。但是只要它存在于孩子身上，它的恶化程度，以及它影响大脑的程度，所有这些都要考虑到，不论这个孩子是她自己，还是达瑞斯、郎、罗或者其他人，这种病可以让患者记住他或她过去的生活。这似乎与疾病的严重程度密切相关。”

“你是在告诉我，时间会告诉我们一切吗？”迈尔斯回应说。

“确切地说，这个时间将是一段很长的时间。她会比我们所有的人都活得长，包括她的父母，遗憾的是，还包括她的丈夫和孩子。”

迈尔斯又喝了一大口啤酒，静静地坐在椅子上。迈尔斯说：“我会告诉她我没找到你。”卡普兰尼医生对迈尔斯笑了笑，喝完啤酒，抓起自己的东西，离开了餐厅。

两辆出租车沿着鹅卵石铺就的道路行驶，右边是托斯卡纳著名的葡萄园，广阔的绿地和金色的田野。空旷的平原似乎被棕色的石头房子所隔开，它们相距很近，间隔着几英亩地，用古老的木材做的栅栏固定着各个庄园的边界。在远处，石子、砂浆和水泥材料做成的房子的红石板屋顶是他们的位置指示器。美丽的野花散发出一种独特的气味，这种味道似乎只在意大利才能捕获到。附近的村庄的美丽景色和人们的魅力，缓解着旅客对未知旅程的疲惫；意大利美食的气味，飘过美丽的街道和花园，引得路人驻足品尝。

孩子们随车奔跑，他们为陌生人的到来欢呼雀跃。萨莉注视着房子后面的大片绿色，美景让她惊艳得说不出话来，绿地一直延伸到山脚下。一些肥羊在广阔的牧场上徘徊，一群工人在葡萄园里忙碌。

出租车停了下来，首先走出来的是一个身材高大、清瘦的男子，银灰色的头发，戴着一顶德比礼帽，手里拿着一根拐杖，支撑着他一瘸一拐地走路。随后是萨莉和莎拉的两个孩子。

第二辆出租车载着迈尔斯和安娜亚与郎利，彼埃尔和莎拉、孩子。出租车司机迅速卸下游客的行李包。迈尔斯走向司机，他们都站直了，凝视着这片美丽的土地和广阔的平原。莎拉走到她母亲旁边，望着另一片平原。

萨莉问道："东西你带来了吗？"

莎拉回答说："是的。"但她不理解为什么要她带这么一个不寻常的东西来。

一个高大漂亮的女人从纱门出来，迎接他们。她穿着一条长长的花裙子，勾勒出她身体的曲线，还穿了双人字拖鞋，似乎有些不合时宜，与风格不相配。她有一种自然的美。这群客人都不认识她。

她走近时，伸出手来，做了自我介绍。"大家好，我是艾达，欢迎你们。"

大家面面相觑，因为这并不是他们在杂志和小报上看到的多年前的那个封面女郎。这个女人的头发原来是黑色的，没有好莱坞化妆师团队的化妆，她看上去有所不同。除了身材之外，几乎辨认不出她当年的风采。

一些仆人来帮忙拿行李。客人们被告知安东尼奥在葡萄园里工作，请大家自便，别拘束。

艾达没有什么话要说，因为除了彼埃尔之外，她没有见过莎拉的其他家人。为了打破尴尬的沉默，提姆笑道："你们这里真是一个梦幻般的地方！"艾达报以微笑，感谢他的赞美。

莎拉的孩子们厌倦了坐在屋里，要求出去玩。莎拉对他们说：“都留在前院!”孩子们推搡着出了门，发出笑声。

郎利被古老的油画迷住了。他好奇地走进房子，信步走过每一个房间。他凝视着油画，仿佛他是一个艺术评论家。一些艺术作品他看不太明白，画面上的人衣衫褴褛，好像被火烧过似的。

第二十一章

欢笑声从后门传来。一个女孩跑向客厅，喊：“妈妈，妈妈，妈妈!”她看到客厅里的陌生人，停止了喊叫。

安东尼奥走向客厅，女儿的突然沉默让他感到很奇怪。当他走近时，孩子拉住他的手，他们并排站着，注视着坐在客厅里的外国人。突然，客厅爆发出一阵笑声，安东尼奥快步走过去拥抱彼埃尔。他们互相寒暄问候，拍拍对方的后背，像多年没见面的兄弟一般。他们“咯咯”地笑起来，像两个小男生，然后他转向莎拉，微笑着拥抱了她。

莎拉向他介绍提姆，她的父亲，之前他们没见过面，安东尼奥和他用力地握了握手。萨莉站了起来，令人惊讶的是，安东尼奥很快拥抱了她，在她脸颊上亲密地吻了一下。最后安东尼奥转向迈尔斯，安娜亚走上前来，和他握手。迈尔斯要去和他握手，但安东尼奥伸手拥抱他，大家都笑了起来，了却了和解的心愿，心满意足。

“这一定是可爱的安娜亚?”安东尼奥说，他热烈地拥抱她，他继续说，“我看过你杂志上的宣传，你很有才华!”安娜亚脸红了，感谢他的赞美。来自安东尼奥·维瓦尔第的褒奖让她倍感荣幸。

萨莉一家人和安东尼奥热烈交谈，伊莎贝拉站在他旁边，握着他的手。她与她生物学上的母亲——罗有惊人的相似之处。莎拉开始轻拍自己的胸部，试图阻止自己哭出来，而萨莉的眼泪从她淡粉色的脸颊上流了下来。这个年轻的女孩被介绍给大家认识，并一一和大家打着招呼。

郎利站在门口，他沉默地看着。大家的注意力都聚集在小女孩身上，拥抱或亲吻她。

这时，打打闹闹的那三个孩子急匆匆回到屋里。看到这个年轻的女孩儿时，他们安静下来。莎拉叫他们过来见见伊莎贝拉。两个女孩迟疑着走过来。他们的父亲把两个女儿和儿子拉近了些，但他们太害羞了，他们一句话也没说，只是站着来回摆动着身体。

“你在那儿干什么啊!”安娜亚喊着郎利，他靠着墙，一条腿弯曲，脚跟顶在站立着的那条腿的膝盖上，双臂交叉。

“谁教你那样站着的?”她大声喊道。伊莎贝拉盯着他，脸上带着微笑，心想：是贾!

“别光站在那里，你有礼貌吗？过来啊，打个招呼!”他对生气的母亲感到恼火，慢慢地走近那个年轻女孩儿，握了握她的手。

“你喜欢吃葡萄吗?”伊莎贝拉问道。郎利点了点头。她从口袋里掏出一把葡萄。“哦，贝拉，我去把葡萄洗一下。”艾达轻声建议。

“不，妈妈，我能去做!”伊莎贝拉急忙说。

“贝拉。”她父亲顺手把葡萄递给母亲，语气里带着警告。

很明显，伊莎贝拉被迷住了，但没有人知道她为什么对郎利如此感兴趣。她知道，贾的灵魂现在是在郎利身上，伊莎贝拉保守着这个秘密。她问：“你玩音乐吗?”

郎利回答说：“当然，我的舅祖父和曾祖父都是著名的音乐家。”

她补充说：“我想听你弹琴。”

郎利并不介意，他问道：“哪里有钢琴啊?”伊莎贝拉把他带到起居室旁边的一个房间里。钢琴很旧，不是郎利所预料的钢琴。伊莎贝拉注意到郎利的脸色不愉快，说：“别担心，这是台伟大的琴。它看起来很旧，是因为它曾经被火烧过。”

郎利坐在钢琴前说：“我一直尝试着弹奏一段音乐，我想为你演奏。”

郎利开始弹《中国花香》D 小调。莎拉知道这段乐曲，开始哭了，郎利弹得非常棒，旋律优美。萨莉伸出手，拉住提姆的手；迈尔斯搂着安娜亚，骄傲地看着他儿子。

音乐的旋律吸引着听众。伊莎贝拉的精神被郎利的演奏弄得恍惚不定。在第二首合唱曲时，伊莎贝拉开始像唱歌剧一样用咏叹调演唱起来。这是萨莉和莎拉第一次听到这种声音，她们被伊莎贝拉优美的嗓音所震惊。她那高亢的声音使萨莉和莎拉哭泣起来，寒冷的感觉使听众直冒冷汗背脊生凉。这时，卡普兰尼医生走进了屋子。除了安东尼奥，没有人注意到他。他们握了握手，但他们的注意力都在精彩的表演上。当表演结束的时候，他们都站起来鼓掌。

“哇！你的嗓音棒极了！”莎拉说。他们转身坐下时，注意到站在安东尼奥旁边的人。萨莉尖叫着：“卡普兰尼医生，你在这里做什么?”这时，小女孩跑到卡普兰尼医生这儿，说：“德克斯特伯伯！我很高兴见到你!”伊莎贝拉转身扑到他怀里。除了安东尼奥和艾达之外，他们用意大利语进行的聊天让客人们无从插嘴，因为他们听不懂意大利语，也不会说意大利语。

卡普兰尼医生在伊莎贝拉脸颊上亲吻了一下，放下她，开始跟客人们聊天。迈尔斯看到他，并不惊讶。萨莉和莎拉默默地注视着他。安东尼奥和卡普兰尼医生以及萨莉一家人坐在一起，开始讲述他们的故事，但是卡普兰尼医生没提家族的秘密，只是说到造成伊莎贝拉母亲死亡的疾病，以及治疗过程。

郎利和伊莎贝拉两人继续在隔壁房间里弹奏钢琴，他们以某种方式联结在了一起。他们演奏、唱歌，好像他们已经这么做了很多年了。他们似乎找到了一个共同点。

突然，伊莎贝拉跑到她的房间。在房间的一个角落里，墙壁边摆着大箱子和盒子。钛制的箱子互相叠在一起，看上去很破旧，好像被火烧过一样。

伊莎贝拉迅速从其中的一个盒子中，拿出一个旧的剪贴簿，她在郎利的面前打开了它，没说一句话，递给他。

郎利慢慢地翻看着陌生而破旧的书，看到了凌平和达瑞斯的老照片，也有达瑞斯死亡的新闻剪报。还有凌平的音乐会演出照和郎利的曾祖父母马萨利斯和简·戴维斯的照片。郎利不知道照片中的人，也没认出他之前那么引以为傲的著名的达瑞斯舅祖父和他的曾祖父。

他静静地走向他母亲，眼睛还看着剪贴簿。他撞到他妈妈的手臂上，才终于抬起头，以为能引起她的注意，但母亲太着迷于谈话内容，注意力没在儿子身上。

迈尔斯看到儿子脸上迷惑不解的表情，走过去问："你那里是什么？让我看看。"当迈尔斯看到这些照片时，他瘫倒在地。安娜亚尖叫着喊："迈尔斯！迈尔斯！"他们都吓了一大跳，围住他。孩子们开始哭起来，但伊莎贝拉站在钢琴旁默默地注视着他们。萨莉在骚乱中伸手拿起剪贴簿。她转过身，然后慢慢抬起头来，看着伊莎贝拉。

她们的目光相遇了，但伊莎贝拉站着沉默不语。萨莉慢慢地走向伊莎贝拉。同时，卡普兰尼医生在查看着迈尔斯的病情。包括安东尼奥和艾达在内的其他人，没有人注意到伊莎贝拉。萨莉走近她，跪在少女面前。"是罗吗？"她以困惑的声音问道。

"你好，妈妈。"就在那时，伊莎贝拉的声音和罗的声音完全一样，她继续说，"很高兴再次见到你。"

萨莉突然哭了起来，她的头慢慢地靠在孩子的肩上。莎拉像她的母亲一样，也被伊莎贝拉吸引了，她呆呆地看着伊莎贝拉，突然她也崩溃了，瘫软在孩子面前。伊莎贝拉望着莎拉说：“姐？”这是一个昵称，小时候罗常这样叫她。莎拉突然哭了起来。郎利没有害怕。他靠墙站着，注视着这一场面，奇特的姿势就像在球场观赛的观众一般。

伊莎贝拉开始解释疾病的细节，追溯到达瑞斯，以及疾病对大脑造成的影响，使其出生后本人能记住前世的生活。“那你不是鬼了？”莎拉脱口而出。伊莎贝拉摇了摇头。“你不是这个小女孩吗？”莎拉很难理解年轻女孩想解释的东西，但萨莉完全明白了。

萨莉用肘轻推了下莎拉。莎拉看着她的母亲，清楚地知道她所指的是什么。这一时刻，全家的关注重点都转移到伊莎贝拉、萨莉和莎拉这里。莎拉匆忙站起身，她抓起背包，拿出一个破盒子。莎拉把破盒子放在伊莎贝拉面前，退到后面。伊莎贝拉低头看着，慢慢蹲下来将盒盖打开。温暖的笑容浮现在伊莎贝拉的脸上，她瞟了一眼莎拉。“是麦当娜！”伊莎贝拉认出了小提琴，更加让萨莉确信了她的猜测。她用手捂住嘴，开始哭泣。莎拉在旁边疑惑地看着，不相信自己的耳朵，她哭着说：“多萝西！你回来了！”她从房间里跑了出来，内心既害怕又困惑。

迈尔斯终于清醒过来，他们把他扶起来，让他坐好。伊莎贝拉看着此情景，慢慢地走到迈尔斯跟前，低头凝视着他，但迈尔斯没有抬头看她。她慢慢地低下身来，跪在迈尔斯身旁。她伸出手擦去迈尔斯脸上的汗珠，大家都盯着伊莎贝拉，陷入沉默之中。

迈尔斯迟疑地抬起头看着她，然后他说：“我最亲爱的外甥女，戴安娜会为你感到骄傲的。”迈尔斯开始像个小孩一样，大哭了起来。彼埃尔和提姆相互看着，困惑不解；而安东尼奥和卡普兰尼医生虽然是知情人，但保持缄默。莎拉的孩子们吓坏了，跑到母亲身边。卡普兰尼医生催促说：“我得把他带去治疗。”伊莎贝拉轻轻地把她的手贴在迈尔斯的胸部，让迈尔斯镇定下来。

卡普兰尼医生对她这种新的能力惊诧不已，估摸着它可能与米迪乌斯基因实验有某种关系。但他之前从来没有见过这样的事情。他也知道，其他人都没有这种自我愈疗的能力，更别提治愈别人了。也许米迪乌斯实验不但减缓了大脑衰老的过程，而且它或许引发了进一步的脑力增强。

安东尼奥和卡普兰尼医生把迈尔斯抬起来，带到卧室。提姆看着年轻的伊莎贝拉，示意她坐在他的身边。她迟疑地走过去，他对她笑了笑，对她说：“你可能认为这是一个诅咒，但你影响了许多人的生活。我无法想象你有多害怕，也无法假装懂得你到底是谁。你在这个世界上重生，对前世的你和过去的生活都有记忆。但就我而言，我的女儿已经死了。她给我们带来了幸福和美好的回忆，”他开始哭泣，继续说，“但现在是时候让你分享同样的情感能量了，把你给予萨莉和我的精神支持，也分享给这些了不起的人吧。你现在是伊莎贝拉，快乐地过好你这一世吧。”伊莎贝拉紧紧地拥抱着提姆，眼泪在她的脸上流淌。她吻了提姆的脸颊，而提姆唱起了一首歌，这首歌他以前经常唱给小时候的罗听。

伊莎贝拉知道歌词，一起唱了起来。提姆笑了笑。然后萨莉走过去，坐在他们旁边。她也加入了合唱，接着，莎拉和三个孩子也一起唱起来。

郎利也熟悉这首儿歌，匆匆走到钢琴前开始演奏。在那一刻，他们的世界是如此和谐美妙。不再谈论过去的话题，也不再提更多的秘密，秘密将被掩埋。到底是达瑞斯，罗，还是伊莎贝拉的魂灵，也变得无关紧要了。重要的是，每个家庭在相处的时间里，他们的生活都受到了触动和发生了变化。这对布莱克、韦伯斯特和维瓦尔第几家人来说是最让人高兴的结局。

随着岁月的流逝，几个家庭天各一方。岁月使伊莎贝拉走上了一条截然不同的路。附近村庄的人们开始谈论一个有着天使般声音的女孩。然后谣言开始传播开来，说她有治愈疾病的能力。城里的天主教堂也听说了有一个能力非凡的孩子，只要听她的声音就能治愈疾病。通常情况下人们生了病，都是去请专门从事驱魔或降魔仪式的牧师来疗愈。梵蒂冈立马把他们最有经验的牧师派遣到村庄来调查此事，他是最近新当选的大主教，并向托斯卡纳的教堂通报了此事。几个星期过去了，村里出现了一个名叫弗兰西斯科·马菲的大主教，来调查那些谣传。

村里的许多人都聚集在山坡上，倾听治愈性的歌曲，真的没错，她像天使一般。人们用意大利语大声说：“医治我们！医治我们！”但是伊莎贝拉没有这样做。一个陌生人在人群中用意大利语喊道：“瞧，她总是这么年轻，但她的家人都变老了！”人群很快变得躁动不安，开始大叫：“她是个女巫。”安东尼奥很快站在女儿面前，大声用意大利语对人群说：“她有一副美妙的歌喉，仅此而已。就是你们看到和听到的这样，没有什么与众不同的！”

但人们并不相信，人群中回荡着低语声。大主教站在人群中间，为所谓的奇迹作证，他用意大利语发言：“你们有没有亲眼见过这个女孩治好病人？”

人们沉默下来，每个人都开始环顾四周，但没有一个人能说出来。“除了她那美妙的嗓音外，这个孩子没有什么特别的治疗能力！”主教用意大利语喊道，他慢慢地转过身来看着伊莎贝拉和她的父亲。人群后面传来一个声音：“哦，神父，你说的正是她力量的源泉！”

声音在人群中回荡。大主教转向伊莎贝拉，用意大利语问道：“孩子，是这样吗？”但是安东尼奥开始说话，大主教马上举起手让他安静下来。“这是真的吗，小姑娘？你的歌声有治愈效果？”他用严肃而责备的声音询问。伊莎贝拉吓坏了，说不出话来。她穿过人群，飞快地跑走了。安东尼奥在后面追赶着她。

那天晚上，主教跪在教堂的祭坛前祈祷，他听到窗外传来美妙的旋律。最神奇的是，当歌声响起时，教堂枯萎的花朵变得鲜活起来，重新恢复了娇艳，仿佛鲜花的生命突然恢复了一般。

大主教马菲注视着鲜花，惊讶得说不出话来。他飞快地跑向窗前，小女孩早已冲进夜色之中。

伊莎贝拉的进步和发展之快，已经远远超出了卡普兰尼医生的预期。米迪乌斯基因和卡利根在大脑里已经解开了未知的秘密，导致伊莎贝拉有无法想象的可能性，而神奇的是，所有的变化都集中在她天使般优美的声音之中。

第二十二章

第二天，大主教马菲把参观葡萄园作为首要任务。他到达时，艾达和女佣都在。“对不起，夫人，我想和房子里的男主人谈谈。”艾达看到罗马大主教站在她的家门口，吓了一跳。“对不起，大人，他在田里呢。现在正是采摘的季节。”她用意大利语回答。

主教接着问：“他什么时候回来？”

“他应该在午饭时回来。”她回答说。

“那个小女孩在哪里？”他问道。艾达脸上露出笑容，因为他称伊莎贝拉为孩子。

“哦，她和她的父亲在摘葡萄呢，我的主人!”艾达回答说，“如果您愿意，敬请您稍等!”

大主教点点头，缓缓地走进屋子。他环顾着四周的生活区，艾达出去了，几分钟后，她端着一杯咖啡回来了。主教大人非常感激，他优雅地坐在旁边的椅子上，盯着艾达，沉默地喝了口咖啡。

“你是孩子的母亲吗?”他用意大利语和蔼地问。艾达点了点头。“夫人，她什么时候有……”

艾达接下他的话茬：“治愈疾病的能力?”她笑着补充说，但却让大主教更困惑了，“这只是城里那帮年轻人散布的谣言，伊莎贝拉无法治愈疾病!”

大主教慢慢地、轻轻地把咖啡杯放在桌子上，倚坐在椅子上说：“夫人，昨天晚上我听到一个美妙的声音从我的窗外传来，最让人着迷的是，那声音使枯萎的花朵恢复了生命力，好像我刚刚才摘下它们一般！我没有机会看到那个人是谁，她跑掉了。但是村民们说那个神秘的人是你的女儿。”

艾达静静地站着听大主教讲述这件事情，没有回答。他继续说：“夫人，如果天使的声音来自你的女儿，这是天赋，不是诅咒。我相信梵蒂冈会尽一切力量保护这个孩子。”

艾达脸上表现出很牵强的表情。在内心深处，艾达觉得伊莎贝拉对她有一种蔑视，她知道母女之间多年来一直缺乏母爱的联系。艾达试图用善良和爱的行为，换回缺失的感情，希望忽略掉伊莎贝拉对她的鄙视所形成的伤害。尽管她做出种种努力，但她似乎依然是伊莎贝拉发泄愤怒的对象。

她跪倒在地，请求宽恕，因为她的心中充满了悲切。她抓住大主教的衣角。

“怎么了，我的孩子?”大主教用同情的声音问道。

“噢，神父，原谅我，我对这孩子倾注了全部的爱心和善意。尽管她不是我的血脉，我已经尽我所能去做一个好母亲，但孩子却对我表示轻蔑!”

她的泪水洇湿了大主教的衣服。当然，这个消息让主教非常惊讶：“那么，如果你不是孩子的母亲，她母亲在哪里?”

“孩子的母亲很多年前在一场火灾中死去了!”艾达用悲伤的声音回答。

“哦，我明白了，”牧师接着说，“好吧，我的孩子，如果你付出的爱得到的只是轻蔑，那么也许，教会把孩子带走是个好主意。也许孩子遭受过情感创伤，她不知道如何面对或去处理那些痛苦。”

听到这个，艾达立刻后退几步。“带她走?”艾达大声喊道。

大主教说：“具备这种独特天赋的姑娘不应该被引入歧途，如果没有人教她如何应对她的痛苦，她会伤害到其他人。她的天赋有它更崇高的目的。”大主教用柔和但威严的声音说道。

艾达听了主教的话，想也许教会可以帮助她。她和安东尼奥可以再次成为亲密无间的一对儿。但她心绪烦乱，大主教的话击中了她的痛处，让她产生了自私的想法。她痛恨主教引诱她的私心。她从大主教的思路中抽身出来，厉声对他说：“他(安东尼奥)绝不会让你带她走的!”

大主教伸手去安慰她，但她往后退。就在这时，安东尼奥走了进来。大主教从椅子上站起来迎接安东尼奥。安东尼奥看着艾达，他看见了她困惑和恐惧的表情。

“我能为你做什么，大主教?”他走了过去，拒绝握手。

“我来这里是想了解你女儿的事情。”主教用意大利语回答说。

艾达叫道：“他想把伊莎贝拉带走!”

安东尼奥的背部转向了主教。“维瓦尔第先生，伊莎贝拉在梵蒂冈和我们在一起将是最好的!”

安东尼奥听着他的话，喝了一杯酒。但他没有转过身来。

牧师继续说：“你的女儿很特别!”

但安东尼奥仍然保持沉默。“我知道她的能力，维瓦尔第先生，昨晚她给我短暂地演示了一下!”

慢慢地，安东尼奥转身面对大主教。

主教继续说：“想想镇上的人，如果她继续在他们面前做这些，他们会怎么说和怎么做。你的女儿有能治愈整个城镇居民的能力，甚至能治愈全世界的人呢，维瓦尔第先生。”

就在这时，伊莎贝拉走了进来，飙了几声高音，安东尼奥和艾达捂上了耳朵。大主教的脸和手开始扭曲，并迅速衰老起皱。

“停住，伊莎贝拉!”安东尼奥尖叫着说。突然，她停了下来，大主教的手和脸恢复了正常。

他倒在椅子上，喘着气，尽管如此接近死亡，大主教马菲还是赞叹道：“了不起!”他坐在那里喘着气，对刚才所经历的一切感到惊讶。他挣扎着，用意大利语说：“我的孩子，我不是来伤害你的，而是为了保护你才来的。”他仍然喘不过气来，这种兴奋的感觉使马菲既感到奇怪，又感到很熟悉。他心脏的悸动表明他即将心脏病发作。摸着自己的手腕，他喊道：“哦，不!”声音透着恐慌。他慌乱地开始寻找衣服里面的药瓶，但呼吸越来越急促，快要喘不上气了。

安东尼奥赶紧跑去帮助大主教，艾达和孩子站在那里看着。安东尼奥大声喊道：“把水拿来!”艾达冲向厨房。安东尼奥找不到神父口袋里的药片，主教的脸开始变色。

这时，伊莎贝拉开始哼出宁静的旋律。音调就好像凉爽的微风，抚慰着大主教。他的呼吸减慢了下来，他的心脏也跟着跳得正常了起来，最后他的脸色恢复了正常。大主教把那杯水喝了。他擦了擦嘴，看着女孩，谦虚地感谢她所做的一切。

他试图站起来，但身体开始摇晃。安东尼奥快步跑到他身边帮他稳住步子。但他没让安东尼奥扶，他说：“谢谢你，我会没事的。”

大主教马菲向门口走去。他转身望着这家人说：“多么惊人的天赋啊!”他转身离开了房子。他注意到院子里有一根长棍。他把它捡了起来，拄着它来帮助行走。他忍不住回想他刚刚经历的奇迹，想知道罗马教廷对这个新发现的反应会如何。有时，他不想告诉他们，但知道谣言还会再起，他必须报告。但如果梵蒂冈决定行使罗马教皇的权力来控制孩子的自由，他需要有一个备选方案。

那天晚上，他向梵蒂冈写了报告。主教对他所写的事情非常谨慎，没有提及他与孩子的遭遇。几天过去了，他继续观察着孩子，有一天，一只小鸟从巢里掉了下来。伊莎贝拉捡起鸟吹起了鸟鸣般的口哨。突然，这个垂死的小生命拍动着翅膀，然后跳跃着站了起来，最后从伊莎贝拉的手中飞走了。

大主教马菲注意到了这一举动，并对女孩的能力感到惊讶。他慢慢地走到她面前，静静地凝视着她。几分钟后，他伸手拿起一根棍子，慢慢地递给她。她带着柔和的微笑望着他，然后拿起那根棍子，用一种简短悦耳的音调唱出旋律来，树枝立刻就长出了新枝和绿叶。伊莎贝拉跪下来，把棍子直立着放置。她不断地唱着曲子，再缓慢放开棍子。它开始长出根来，随后很快长成一棵树，正好立在主教的眼前。最后它在几分钟内，变成了一棵成熟的树，开始结出果实。她从树上摘下一颗水果，扔给主教，然后向她父亲跑去。眼泪从大主教的眼中流了出来。

那天晚上，维瓦尔第一家人坐在餐桌上，谈论着当地市民关注和关心的问题。伊莎贝拉得知自己不得不离开家和父母时，感到很不安，因为很长一段时间她将再也不能回来看望他们了。她急切地反对这一想法，安东尼奥向她恳求道，这可能是唯一能使她安全的办法。伊莎贝拉看着艾达，严厉地说：“反正你从来都不希望我在这里，我希望你现在开心了！”然后从房间里跑了出来。安东尼奥用责备的声音说：“伊莎贝拉，住嘴！我们更关心的是你的安全问题。这与艾达无关！”但伊莎贝拉泣不成声，转身抱住父亲。

与此同时，艾达听到伊莎贝拉说的那些伤人的话，感到很伤心，她急忙离开餐厅。几分钟后，安东尼奥走进来，默默地拥抱艾达，然后为伊莎贝拉的话向她道歉。“她为什么这么恨我?!”艾达哭着问他。但安东尼奥没有说话，因为他知道自己也在问同样的问题。他紧紧拥住艾达。在沉默中，他的拥抱如此温暖和慰藉。艾达的痛苦慢慢消退，她轻轻地吻了他。

突然餐厅一声巨响。伊莎贝拉开始尖叫起来，安东尼奥和艾达冲进餐厅，发现火焰把伊莎贝拉围困在墙边。她可怕的尖叫声使艾达惊慌失措，艾达冲进火焰中，迅速抓住伊莎贝拉，跑了出来。大火烧伤了艾达的身体。她倒在地上，浑身发抖，然后休克。她刚救出了伊莎贝拉，另一只莫洛托夫鸡尾酒酒瓶就通过破碎的窗户投掷了进来。

安东尼奥跳起来，接住了装满汽油的空降瓶，一块点燃的破布从瓶口露了出来。他迅速把瓶子扔出窗外，院子里发生了爆炸，一个十几岁的袭击者逃离了院子。他注意到破布上写着：烧死女巫!

田里干活儿的人看到了大火，赶紧跑来帮助安东尼奥和他的家人。他们急忙把火势控制在就餐区域。伊莎贝拉吓坏了，她藏在角落里，身体发着抖。她盯着地板上躺着的艾达。

安东尼奥找到了伊莎贝拉，抱紧她，然后他看到躺在地上的艾达。他哭泣着，抚摸和亲吻艾达的脸。伊莎贝拉爬到他们身边，开始吹一种奇怪旋律的口哨，艾达身上的烧伤开始愈合。就在这时，安东尼奥转过身来，注意到几个村民对他们眼前的情况感到震惊，激动地从房子里跑了出去。艾达的眼睛慢慢地睁开了，她能看到安东尼奥脸上的忧虑，清楚地知道他在想什么，伊莎贝拉也知道。

伊莎贝拉从床下拿出一个袋子。在村民们返回来之前，着手整理行装。艾达摇摇晃晃地站起来。她一瘸一拐地到床边帮助伊莎贝拉。伊莎贝拉突然抓住她，开始抽泣。艾达的心被触动了，她们拥抱了好几分钟，伊莎贝拉用温和的声音说："对不起，我总是失去我最关爱的人。"

伊莎贝拉的话让艾达号啕大哭，安东尼奥的脸上露出温柔的微笑。他看着他最心爱的女人们拥抱在一起，泪水顺着他的脸颊滚落下来，巨大的喜悦之情吞噬了他。他抑制住自己的感情，催促伊莎贝拉快点整理行囊。他们小心翼翼地走出后门，穿过草地，走在小镇的街道上。村民们默默地注视着他们，他们跟随着伊莎贝拉，穿过城镇，走去教堂。

安东尼奥呼唤马菲大主教。几分钟后，教堂后面的顶灯亮了，大主教马菲匆匆走出来。这时，已经有一小群人聚集在艾达、安东尼奥和伊莎贝拉的前面。"杀死女巫!"有人大喊，但大主教马菲迅速站在他们面前，伸出他的手挡住人群，用意大利语说这家人现已处在梵蒂冈的主权范围，谁敢碰他们，就是在挑战梵蒂冈的神圣法则!

人群越聚越多，越来越嘈杂。大主教护送这家人进入教堂。然后把门关上了。他们从教堂内盯着窗外越来越多的人，人群继续大声喊叫，进行种族辱骂。主教赶到书房，给意大利地方当局打电话。人群聚集规模越来越大，他们手中举着火把和干草叉，高呼仇恨和死亡的话语。为确保一家人的安全，大主教马菲和助手站在教堂的门廊里守卫着，把安东尼奥一家安排在教堂的一个私密房间里。人群的呼喊声越来越大，但他们没有继续前进，而是变成了一次宣泄不满情绪的民众的集会。

大主教马菲向人们保证，事情会得到妥善解决的。几分钟后，警方到达现场，人群立刻解散了。教会的追随者在门口警卫着，大主教马菲迅速回到伊莎贝拉和她的家人身边。

他打开房门，示意这家人安全离开，护送他们去书房。房间很舒适，墙上挂着印有勃艮第葡萄酒的窗帘。装满书的高大书架，陈列在房间墙壁的左右两侧。在大主教的椅子后面的墙上，是一幅教皇的画像，左右两边各有一幅十字架受难者的图片，后面有一串带有十字架的珠链从画框中的图片上垂挂下来。两支燃烧着的蜡烛立在地板的烛台上，烛台上写着拉丁文，正对着马菲大主教的办公桌。他的大主教法衣，挂在大衣架子上，放在他办公室的右边。燃烧的蜡烛的香味和老图书馆或博物馆的独特的味道，充斥在房间。他坐在那儿，坐姿就像坐在宝座上的国王。伊莎贝拉和她的家人，迟疑地坐到大主教跟前，书房的氛围让他们感到惶恐。

他们沉默地坐着，大主教盯着那本放在他的桌子上的打开的巨大的书。一个缀满了珠子的古老的十字架就夹在书页之间，这本书用古老的拉丁语方言写成，可以追溯到皇帝罗慕路斯·奥古斯都纪年。

“我认为你已经做出决定了。”他平静地说，并没有从书上抬起头来。

“目前来看，会发生什么事情?”艾达急迫地问道，她的忧虑显示在她紧皱的前额上。但是大主教马菲没有回答。他从桌上拿出一本破书翻开，这本书像一个记事本，其正面和背面是染成了红色的羊皮封皮，封面刻着黑色的罗马数字符CXXXI（131）。

罗马数字下写的拉丁铭文为“裁判官面前承认对方的权利”。他打开书，边把钢笔浸入墨水罐里边问：“孩子的名字？”安东尼奥回答了。然后他又问：“孩子的年龄？”艾达说：“十四！”同时，安东尼奥说：“二十二！”大主教马菲慢慢抬起头凝视着他们。安东尼奥和艾达互相看了一眼，脸上露出尴尬的表情。他又用怀疑的口气问道：“孩子的年龄？”安东尼奥回答说：“十四！”事实上，伊莎贝拉今年二十二岁了，但看上去还不到十四岁。大主教不寻求任何解释，直到证词全部记录完毕，他才抬起头来。

接着，大主教马菲开始解释伊莎贝拉会发生什么，最后他问道：“孩子被‘动’过了吗？”安东尼奥回答说，没有，艾达证实无误。但伊莎贝拉天真无邪，不知道大主教是什么意思，实际上这意思是问她是否还是个处女。

然后，大主教马菲从他的办公桌上拿出一个盒子，打开来，盒子上的一张邮票上面盖着梵蒂冈的印章和用拉丁文写的题字。他从盒子里拿出一支红蜡烛，点燃它，使它熔化并滴落在书页上。然后他把印章印在熔化的红蜡上，随后用拉丁语吟诵祈祷。

之后，他打了个电话，指示助手给安东尼奥一家人找一个舒适的房间。艾达、安东尼奥和伊莎贝拉很快被护送到一个房间，但他们睡不着觉。女孩睡着时，他们注视着伊莎贝拉，想着：“这是我们最后一次见到伊莎贝拉吗？”这个想法让他俩很是忐忑不安。

第二十三章

第二天一早，他们醒来了，看到一张新面孔出现在餐厅里。他穿着黑衣服，戴着一顶奇特的黑帽子，脖子上戴着一个十字架。他客气地做了自我介绍，说他将陪同伊莎贝拉和马菲大主教去罗马。告别时刻令人忧伤，伊莎贝拉的啜泣声使艾达反复掂量着他们已经做出的决定，她的反应像所有母亲一样，不肯让她走。安东尼奥把伊莎贝拉的手从艾达手中拉开，试图去安慰她。那个神秘的陌生人终于把伊莎贝拉带进了车里。艾达跪伏在地，不由自主地哭了起来，觉得他俩犯了一个将会遗憾终生的错误。

黑车消失在蜿蜒曲折的石子铺就的道路上，安东尼奥终于停止了挥手。他把注意力转移到跪在碎石路上悲痛欲绝的艾达身上。他慢慢地跪下，抱着艾达，把她扶起来。他们走在大路上，村里的人们静静地盯着他们，目睹了所发生的一切。他们朝着被烧毁的鹅卵石房子走去。

《古典音乐论坛》杂志报道："美国印度裔作曲家郎利，在他最新的作品中，把印度音乐和西方古典音乐相互融合，相互吸收，推动欧洲古典音乐发展到新高度。这一组合吸引了上周末在纽约举行的艺术节上的各种文艺迷。这种艺术创作开创了古典音乐作曲家的新纪元。他著名的曲目《巴克拉格》，销量突破上一年的销售纪录。郎利告诉我们，他目前正在致力于创作完全不同的东西，希望他的乐迷会像喜欢《巴克拉格》一样，喜欢他的新作品。"

郎利·韦伯斯特发现萨莉的哥哥郎神秘消失的事之后，他就决定将自己的名字改为郎·韦伯斯特。他继续研究郎背后的奥秘，他发现谢郎创作了许多音乐作品，但没有一部是真正完成并出版的。谢氏家族的继承人萨莉将未完成的音乐作品交给了郎·韦伯斯特。郎·韦伯斯特（以下简称郎）传承了印度人的特质，开始完成乐曲的编写工作。在那几部未完成的曲目上，他添加上自己的灵感，从而创造了《巴克拉格》。

这部作品使他一举成名，而第二部作品，名字是《无反思》，这部作品创意十足。欧洲音乐和印度经典音乐之间的不同曲调，需要一个巧匠，将其完美融合。最令人感兴趣的是，谢郎未完成的作品中经常引入中国音乐元素。郎决定不拿去这些中国音乐元素，他觉得它们是音乐作品的精髓。

郎的挑战在于，创造出能够在多层次上平衡各种音乐的乐曲，但他尚未找到实现这个奇妙想法的手段。

同时，媒体的关注还在持续，他在电台和电视台露了几次面之后，围绕这个名字的八卦成为一个焦点。被问到关于改名字的问题时，郎说："我改名字，是为了纪念一个在和平集会中死亡的著名音乐家。"他希望这能更接近谢郎当年突然失踪的真相。

弗兰西斯科·马菲大主教返回了罗马。凭借他在梵蒂冈会议厅的身份，他能让伊莎贝拉进入教会女校，也就是修女的社团。她将是最年轻的学员，她很快就得调整自己的生活方式，以适应与社团里的其他人在一起生活。加入修女团和西斯廷教堂唱诗班合唱团演唱赞美诗后，她的嗓音更响亮了，参观的人来此的目的之一，也就是听伊莎贝拉唱歌。

一天，一大群人涌向圣彼得广场，去参加一年一度的节日盛会。但人群的喧闹声打扰了教皇和主教，噪音迫使他们讨论要不要召集教廷宪兵队来维持秩序，但每年的这个时候，中央安保早已应接不暇，人手不足。

梵蒂冈合唱团被召去安抚躁动不安的人群，但数千人的噪声淹没了合唱团歌手的声音。伊莎贝拉走了出来，面对人群，开始歌唱。她的声音在广场上回荡盘旋，宏伟的石像都发生了震动。灰尘和碎片从古老的纪念碑上掉下来，在她高亢的歌声爆发之后，音调转而变得柔和、悦耳，音乐产生了麻醉作用，人们呆呆地站着，仿佛冻住了似的，注视着伊莎贝拉。

她的嗓音迷倒了在场的所有人，连枢机主教都从椅子上站起来，去瞧那位美妙的领唱人。到最后，教皇发现自己也随着美妙旋律的曲调哼唱起来。他站起身，踱到书房的小窗口处。他向下看到了数千人的聚集，注意到人们沉浸在年轻修女的美妙声音之中了，他俯身想看清这位女歌手。但是走廊柱子挡住了他的视线。

她的歌声过后，人群欢呼起来，跪倒在地。她回头看了看唱诗班，笑了。

有一个人没有从座位上起身，而是把注意力集中在面前堆着的书卷上。他从书页上抬起眼睛而不是抬起头，脸上露出心满意足的微笑。他听着他的兄弟们对这位年轻修女的赞美。一位主教用意大利语问道："马菲兄弟，是你带来的天使的声音（voce angelo）吗？"马菲主教没有回答。

枢机主教们没有得到答案。一阵尴尬的沉默后，他们转到了关于美丽的小夜曲的话题。

第二天，报纸新闻和电台广播开始报道说，听到伊莎贝拉演唱的市民们，感觉身体突然康复了。自从报道后，来参加礼拜仪式的人数打破了历史纪录。新闻工作者等候在那里，预备随时捕捉奇迹发生的一刻。

来自梵蒂冈以外的人涌入该城，挤进圣彼得广场和周围地区。大主教出来欢迎游人，人群发出欢呼，这时候有人大声喊叫："献出医治者!"其他人大声喊着天使，但是这些请求很快惹怒了大主教，他们很快就从教堂的秘密侧门撤退了。

最后，教皇与伊莎贝拉一起走了出来，众人发出的欢呼声和掌声震天撼地，古老的雕像开始裂开，灰尘、砂石纷纷落下。但这并没有使人们的颂唱和喊叫停止。教皇挥动双手，当他开始他惯常的仪式时，人群沉默下来，不久他转向年轻修女，点了点头。伊莎贝拉开始唱起歌来，教皇走进人群，只触摸那些生病的人，以及那些生活压力太沉重而无法承受的人。

对有些人他拥抱一下，对另一些人他则背诵经文。不多会儿，教皇接见民众的时间结束了，他回到了祭坛上。他刚一回到台上，人们就开始号啕大哭，诉说他们是如何痊愈的，教皇有这种神奇的力量。教廷宪兵队很快平息了众人的骚动，护送人群从广场散开，还有一部分人唱着伊莎贝拉·维瓦尔第唱的歌，庆祝大赦之年。

此次事件上了新闻报道，全世界都知道了伊莎贝拉，一个具备神奇声音的修女。但流言蜚语在梵蒂冈传开，教皇成了话题的焦点。问题浮出水面：是教皇治愈了人民吗？或者他只是在玩一个障眼法？教皇没有对这些谣言发表任何公开讲话进行辟谣，梵蒂冈开始对这些说法进行调查。梵蒂冈发言人说，它们只是谣言，事实上，那些声称被教皇触摸并奇迹般恢复了健康的人，并没有证据证明教皇治愈他人这一行为。

大主教马菲和那位年轻的修女知道治愈背后的真相，但他们保持沉默。

郎在回到汉普顿斯的家中的路上，收到了一个消息。他接听完母亲的电话，立即翻出信息。是他的经纪人贝里请他观看视频网站录像。他很快跳过了留言，打开视频。视频内容让郎立即在车座上坐直身子。他叫司机掉转车头，司机驶出了高速公路，然后上了一个匝道，迅速返回纽约。

与此同时，郎打电话给贝里。“我想这会让你高兴的！”贝里开玩笑地说，但很快就停止了笑，意识到郎没有听出他语气里的幽默。

“怎么了？”贝里困惑地问道。

“请安排一下，我们要去意大利！”郎催促他。

“怎么回事？为什么呢？”贝里回答说。

“我想见见她！”郎说。

“真的吗！为什么？”他的经纪人进一步问道。电话中有了一阵短暂的沉默。郎犹豫着，是否要和他的经纪人分享他对伊莎贝拉的看法。

“我认识她！”郎说，打破了尴尬的沉默。

“你说你认识她是什么意思？”贝里继续说，“你认识她吗？你真认识她，真的？”但郎没有回答，挂断了电话。

郎又一次看着那段视频，不禁想起了他第一次见到伊莎贝拉的场景，脸上露出微笑。然后，他想到了她的非凡天赋。很快他在网上搜索了有关视频的其他新闻，并发现了关于圣彼得广场节日的报道和围绕教皇和梵蒂冈事件的谣言。他立刻知道这与伊莎贝拉有关。

与此同时，在葡萄园干活儿的工人开始窃窃私语，一位老先生走了过来。“安东尼奥，快看！”一个工人大声喊着，把报纸的头版给他看。安东尼奥一开始认不出伊莎贝拉，他戴上眼镜，看着那个打扮成修女的年轻姑娘站在数千人面前。他默默地看了看报纸，把它折起来，夹在胳膊下，责骂了那些人几句，让他们回去工作。

以往的担忧又开始浮现在安东尼奥的脑海。他找到机会溜出来，打电话给大主教马菲，询问这些传言的真实性，并敦促他们俩会面。但忠于梵蒂冈的村民们在头版上认出了伊莎贝拉，想起了许多年前发生的事情。他们联系了梵蒂冈，向其报告了伊莎贝拉过去的违规行为和巫术行为。效忠者还说，大主教马菲把这个女孩藏起来了，让她逃避对巫术的指控。

第二十四章

枢机主教奥克塔维亚斯·巴萨惕尼是委员会的主席，是梵蒂冈公平正义的促进者，他负责调查此事。巴萨惕尼和大主教马菲，基于罗马天主教这一共同信仰，是多年的兄弟。尽管他们并不总能在委员会就某些问题达成一致意见，但他们仍然一如既往地坚持对彼此的尊重和爱，正如罗马天主教的信仰所期望的那样。

多年来，枢机主教巴萨惕尼的忠诚是基于教位的权威和他坚持不懈地想成为下一任教皇的激情。他联系了弗兰西斯科

(指大主教马菲，下文同)，并告诉他伊莎贝拉家乡的目击者提出的证词。该言辞的性质相当严重，使得梵蒂冈着手对伊莎贝拉·康泰莎·维瓦尔第展开调查，此事给教皇的名声蒙上阴影。

当年伊莎贝拉只是一个能力非凡的孩子，多年前大主教马菲负责调查对她的指控。但现在看来，大主教马菲并没有报告他发现的全部事实，他在他的报告中声称，有关巫术的指控是由镇上的人传播的，而且涉及这个问题的小孩在她唱歌的时候有一种能触动人类灵魂的声音。但该报告从未提及医治病人或治愈伤员的能力。

枢机主教巴萨惕尼问他："弗兰西斯科，你接受为梵蒂冈公民的女孩，确实真的是同一个女孩吗？"大主教马菲没有回答。他的朋友提醒他这件事潜在的危险和可能引起的后果，建议他迅速采取秘密行动，让那孩子在罗马教皇调查委员会跟前，发出神圣的誓言——保持沉默。委员会结束他们的调查之前，她必须这样做。

马菲主教平静地感谢了他，他们挂断了电话。他去见伊莎贝拉："我亲爱的孩子，看来，你的过往经历，已经影响到了你的现在。上帝不会允许你这样的天才灭亡。要有信心，我的孩子。为了使委员会不召唤你，我敦促你履行一年神圣的誓约。"伊莎贝拉的纯真无邪和马菲主教以前的行为，使她相信了马菲主教。她没有理由怀疑他，所以她完全听从了他的建议。

大家讨论着近期扩散的谣言和那位年轻修女，这时教皇走向这个房间。

大主教马菲沉默地坐着听他们的谈话，起因是托斯卡纳小镇对神秘的修女的巫术指控。大主教环顾四周，开始估量那些对他忠诚的兄弟，如果情况变得更糟，可能站在自己这边的主教有多少位。他很快得出结论，他选择的人中，有一半以上是他不能确定的。

马菲大主教站起来说："兄弟们，我让上帝之屋蒙羞了！我没有报告那孩子的禀异和天赋，我的同情心动摇了我，使我在判断上摇摆不定。在这种动摇中，罪孽乘虚而入，而我的信仰却试图平衡。"

大主教的兄弟们互相瞥了一眼，对马菲大主教的话感到困惑不解。就在这时，罗马教皇走了进来。房间很快安静了下来，他们坐下时，椅子在地板上擦出了响声。

教皇在枢机主教当中坐了下来。房间内有了一阵尴尬的沉默。

"同情不是罪。正是这个同情心，使我们成为人类！"教皇接着说，"她不仅选择做最少数的人，而且选择做最少数人的仆人。"然后他建议大主教马菲等待指定委员会去完成他们的调查，然后说，"真理并不总是与多数人决定的一样。"

然后他开始与枢机主教进行晨祷。特别任命的委员会是由罗马教廷指派的。几个星期过去了，教皇向罗马教廷汇报事情经过。

枢机主教、大主教和神父在一个非公开的会议上会面。教廷公使提醒他们："一件事的真假，不应根据外界骂得体无完肤或夸得妙笔生花来判断。"他接着说，"一个提供一切东西，或者把所有东西都吸收到自己身边的国家，最终会成为一个纯粹的官僚机构，无法满足那些苦难的人或任何人对爱、慈悲和个人关注的需要。我们不需要一个管理和控制一切的国家，而要做一个发展的，并支持来自不同社会力量的创意的国家，主动接近那些需要的人。”

马菲大主教对伊莎贝拉形成的公众关注感到担忧，罗马教廷公使的话安慰了他，但他对伊莎贝拉的生命前史感到好奇。很快，他从座位上起身，离开了会议。

几分钟后，一个助手跑过来，叫住大主教，告诉他一个紧急消息。大主教急忙打开信读了起来：“阁下，我是郎，我谦卑地请求与您约个时间会面，此事很紧急。两天后我会去罗马。我已经联系了安东尼奥·维瓦尔第，他是我的亲戚。如有疑问，敬请来信询问。不胜感激。”

收起信，马菲主教沉思了一下，然后快步走到书房。他打电话给安东尼奥，他们谈到了那封信。在大主教听说了郎是谁之后，他盼望见到他。在谈话结束的时候，他的好奇心驱使他进一步调查郎。他又匆匆跑到助手的住处，让他们在网上搜索郎的名字。有些年轻人知道这位伟大的古典音乐家。他们立即遵照大主教的要求，找到郎的网页，大量的新闻文章和杂志封面出现了。主教戴上眼镜，开始了解郎的信息。大主教的脸上露出了笑容。他从电脑桌边起身匆匆离开了房间。

马菲大主教重返秘密会议。当晚他离开梵蒂冈与安东尼奥会面。谈话主要集中在正在进行的调查中，伊莎贝拉的秘密被发现了。安东尼奥担心情况会更糟，他向马菲大主教吐露了伊莎贝拉的过去和她亲生母亲的往事。主教听了孩子的生命故事后，好半天说不出话来，最后说：“这个孩子真是个奇迹！”

这个故事似乎与教皇早些时候在非公开会议上所谈到的话题密切相关。大主教向安东尼奥问起郎，安东尼奥开始解释郎与家族的关系，他在世界上的声誉以及他此行来罗马的目的。

安东尼奥问大主教伊莎贝拉是否知道郎要来罗马，主教回答说：“自从谣言开始散播后，她就举行了隐士仪式。这意味着整整一年，她不能和人接触。”这吓了安东尼奥一跳，他问有没有办法和她说话。于是，大主教马菲开始解释仪式的细节，并说这条规定实质上就是要求她与世界隔绝并孤立起来。安东尼奥问：“假如她抛弃了这个社会，和郎一起回到美国呢?”

大主教沉吟片刻接着说：“有一种方式可以打破誓言，但这也意味着离开梵蒂冈城，且被排斥于罗马之外。她将被剥夺她的头衔并从梵蒂冈的记录中被抹去!”

“是的，这样就能保守她的秘密吗?”安东尼奥急切地问道。大主教没有回答，但他知道有一个人能回答这个问题——枢机主教奥克塔维亚斯·巴萨惕尼。

大主教马菲和安东尼奥制订他们的计划的时候，枢机主教巴萨惕尼，以罗马教廷特殊委员会和教皇卫队的权力下令：由他带着十二个警卫，进入修女的社区范围。他大声朗读教皇的正式文件：“兹下令，正式羁押伊莎贝拉·康泰莎·维瓦尔第，在梵蒂冈的控制之下，限制其行为自由，直到带上法庭接受审判和制裁!”

修女的教母转身惊讶地说道：“她不在这儿。”警卫要求教母透露伊莎贝拉的行踪，她的拒绝和不配合惹怒了警卫，他举起手来打在她脸上。枢机主教巴萨惕尼迅速压制住他的手。巴萨惕尼用意大利方言和他说了几句话，他急忙转身走出房间。

然后主教巴萨惕尼转向教母。他从桌子上拿了一颗葡萄，放进嘴里，说：“我主保佑，我理解您对这年轻女孩的同情，我也有同样的感觉，但她的信仰应建立在慈悲之上。”他又把另一颗葡萄扔进嘴里，看着她说：“还用我告诉你，窝藏梵蒂冈的逃犯会受到什么样的惩罚吗？我请求你告诉我们，以便我们迅速处理这些问题。”

但是教母说的是实话，她确实没见到伊莎贝拉。这时，马菲大主教和罗马教廷枢机主教泽拉达进入室内。枢机主教巴萨惕尼对枢机主教泽拉达的突然出现感到很困惑，接着枢机主教泽拉达告诉主教巴萨惕尼，命令已经被公使废除。年轻的修女已经行使了隐士的仪式，现在隔离在梵蒂冈的圣乔凡尼，她会在那里待一年。

听到这个消息，教皇卫队迅速撤离了在修女社区的护卫。而马菲大主教和枢机主教巴萨惕尼、枢机主教泽拉达一起走出了修女的社区。枢机主教泽拉达插话道：“从我以往的经验来看，神圣誓言的行使，限制了对这类事件的处理，手段陈旧缓慢，梵蒂冈不会太有兴趣的。”

巴萨惕尼主教指出：“事情要看教皇的意思决定，他来确定，誓言履行后事件是否应该继续进行，而不是由罗马教廷来决定。”

两位法律专家争论着案子的要点，大主教马菲道了声“晚安”，然后匆匆去到书房。

马菲大主教对伊莎贝拉完成了他所指示的事情感到很欣慰，

且罗马教皇很及时地出现了。但是大主教知道伊莎贝拉还没有脱离危险状况，他期待着第二天和郎见面。

航班从纽约机场起飞，郎注视着窗口，心里在想："我已经很久没见到伊莎贝拉了。我不知道她是否还记得我，不管怎么说，为什么我这么喜欢这个女孩？由于某种奇怪的原因，她让我觉得我已经认识她一辈子了。我觉得离她很近，就好像我们前世有缘，也许她是我的灵魂伴侣。我不知道，但我无法停止想念她。"

郎无法解释这种联系，希望他们见面时能找到答案。然后他想着他应该对她说些什么，他是应该拥抱她还是和她握手。这些念头快把他逼疯了。很快，他从座位上站起来，摇摇晃晃地穿过拥挤的机舱去洗手间。他需要短暂的走动来放松他的思想。一些乘客注意到他，停下来和他闲聊了几句。

几个小时后，飞机滑行到机场门口，几分钟后，看到了巨大的白色大理石时钟，这表明他已经到了意大利。穿过机场客运站时，狗仔队把相机对准他快速按动快门，粉丝们很快就认出他来，他们迅速摆好姿势，和他拍照。几分钟后，贝里来到了他的身边，接机的人簇拥着他，去罗马威斯汀大酒店住下。

郎和安东尼奥联系，告知他，自己已经到罗马了，他们约定晚上晚些时候见面吃饭。郎和粉丝团刚到酒店，狗仔队就已经闯入大堂和停车场了。微风吹着郎汗湿的背部，他感到一阵寒意，脸上显出疲倦和焦虑的神情。贝里注意到了这突然的变化，说道："老兄！你镇静点！这不像你啊，又不是从前没见过女人！"

郎慢吞吞地回答："是的，但是这个女人不一样。"

看到郎这样不自在的状态，贝里感到有点滑稽，他好像从未见过郎如此紧张。他们很快就进入了酒店，邀请函和留言信堆放在登记柜台上。郎抓起他的东西，但没拿那些成堆的邀请函和私人信件。

一辆黑色的小汽车开来，停在酒店的路边。穿着讲究的侍者照应着汽车里的客人。一个戴着眼镜、穿着正装的男人和一位优雅的老妇人从车后座走出来，走进酒店的大厅。他们被引送到餐厅的私人包间，几分钟后，郎和贝里在包间里和安东尼奥、艾达坐在了一起。他们一见面就热情地互相拥抱和问候。侍者们进来了，端上饮料和开胃菜。

话题谈到了郎的父母、莎拉及其家人和孩子们。家庭的小轶事都很有趣，但双方都不愿触碰伊莎贝拉的话题，担心冒犯。艾达打破了尴尬的沉默，提到关于郎最新的音乐作品和他此行的目的。当然，艾达知道这会导致谈到伊莎贝拉的问题，但她巧妙地引导了她的谈话，她从钱包里抽出几张照片，这些照片使安东尼奥感到惊讶，因为他不知道她把它们带来了。

看着这些照片，郎觉得他先前的感觉突然回来了，他靠在椅子上深吸了一口气。艾达感觉到好像有什么事困扰着郎，说道："小时候在我的家乡，我们有这样的说法，你把愿望写在一张纸上，把它系在一根棍子上，扔进海里。如果它又被冲回岸上了，你的梦想就会实现。我这么做了好几个月，每天跑到海边，希望纸条回来。"

她的故事似乎使郎忘记了不适，他仔细倾听艾达讲的故事。但她突然停下来喝了一口马蒂尼酒。

郎急切地问："怎么样了？它回来了吗？"

艾达轻轻地把头转向安东尼奥，她的手在安东尼奥的腿上上下滑动，然后笑了。这时，郎明白了，他笑了，心想，她是多么幸运地实现了她的愿望，他期待也会有同样的事情发生在自己身上。

就在这时，安东尼奥轻轻地把杯子放在桌上，脸上闪过担忧的神色。郎也跟着如此。"有个问题，"郎的脸色变得阴沉起来，安东尼奥继续说，"梵蒂冈意识到了伊莎贝拉的天赋，调查并没有结束。一些人作证，说他们看到她在村里用天赋施魔法，几天前，他们企图逮捕她。"

郎听后开始担心起来。安东尼奥伸出手来安慰他，说："但他们无法找到她，因为她发誓要保持沉默，这需要她与世隔绝。"

"与世隔绝?!"贝里惊讶地问。

"是的，她把自己锁在圣乔凡尼塔内。"安东尼奥回答。

"待多长时间?"郎插话道。

"嗯，根据梵蒂冈法律，至少要一年的时间。"安东尼奥回答说。他们都靠在椅子上，房间一片沉默。

"我相信我们能做点什么!"贝里喊道，"我们一路赶来，是要和她谈音乐的!"接着尴尬的寂静又充斥在房间。

艾达说："对不起，郎，我们早就应该告诉你这件事了!"

"但这是有原因的，对吧?"郎怀疑地问道。安东尼奥和艾达互相瞥了一眼。

"原因?"安东尼奥不解地问。

"是的，几天前你就知道我要来这里的。你本来可以提前告诉我的，但是你没有告诉我，为什么?”郎问道。

安东尼奥伸手去拿饮料。呷了一口后，他笑着对郎说：“你是你父亲的儿子。”安东尼奥又向前探身说，“马菲大主教!”

“等一等！马菲大主教是谁?”贝里问道。

但是郎知道安东尼奥在说谁。安东尼奥继续说：“大主教马菲认为有一种方式可以让伊莎贝拉放弃她的誓言，但她的解脱意味着要被梵蒂冈流放，被修女社会所驱逐!”

郎听到这个消息，喝了一大口饮料，他父亲几年前告诉他的关于谢郎失踪背后的故事，他一直研究着，现在都拼凑完整了。他突然断定，故事再次发生了，但这次是发生在他觉得很亲近的人身上。

“好吧，我们至少能给她写个便条吧?”郎问道。

“当然可以，我们可以把它交给大主教。他会确保伊莎贝拉得到它!”安东尼奥回答。

那天晚上，安东尼奥与郎讨论了他的计划，假如马菲大主教能够找到一种方法，让伊莎贝拉可以放弃她的隐士仪式，希望他能同意。但郎的注意力完全放在他给伊莎贝拉和马菲大主教的便条中所要说的话上。

那天晚上，郎在房间里来回踱步，瞥了一眼桌子上的信笺和信封，绞尽脑汁想弄清楚该写些什么。最后，他坐下来飞快地写道：

“‘在短短的一分钟里，我们的世界相遇了，我的世界一瞬间就改变了。你从异乡来，带来灵感、天赋和丰富的可能性，但没有你，它们只会在风中闪烁消散。’这些话来自你母亲写的一首老歌，名为《中国花香》。如果你问我，我的感受，我说不出来，但我觉得我被你吸引，好像什么东西没有完结一般。仿佛我灵魂的一部分丢失了。我知道这听起来很奇怪，但这就是我的感受。我无法表达我为什么会这样想，但是这些感觉把我推到你身边，因为我没有答案，我现在在罗马，没见到你我不会离开。期待很快与你见面！”郎迅速把信封好口，然后把它放在书桌旁边成堆的揉皱的纸山上。

敲门声惊醒了郎，敲门声持续不断。“等一下。”郎大叫着，他懒散地下了床，穿上睡袍。他在门口停下，透过门窥镜向外看。一个着黑色牧师长袍的男人站在那里。他戴着一顶奇特的帽子，脖子上挂着一个十字架，双手紧扣，放在前面。

郎把门缝拉开。那个人从缝里往里看。“郎大师？很抱歉吵醒了你。”他说，“马菲主教在楼下的车里等你。”

“噢，请给我一分钟，对不起！”郎热情地回答说，离开门口，拿起衣服，从桌上抓起那封信，匆匆地出了门，那位穿黑色牧师长袍、戴滑稽帽子的男人走在他的右后方。

那人的举止很神秘，郎觉得自己像是在走向刑场，就差有人喊：“死人在行走了！”电梯里的沉默变得尴尬，穿黑袍的男人注视着前面的他。郎尽量保持不向后看，突然那个人说：“你比我想象的要高大。”他说英语，对郎露出温暖的微笑。

郎笑着说：“你的英语很棒，谢谢你。”他们都笑了，电梯的铃声提醒了他们，他们下了电梯，走到一个拥挤的大厅。他们很快穿过人群走出酒店。一辆黑色汽车停靠在路边，穿黑袍的人打开了后车门，郎上了车，而他钻进了驾驶座位。

郎看到一个矮胖、大肚、白发的男人。他穿着黑色长袍，腰间系着一条红色的腰带。他的法帽戴在头中央，身着没有衣领的长袍礼服，上缀十字架。他伸出手，欢迎郎到罗马来，他面带微笑，洁白的牙齿和他的头发很相配。然后他问郎的旅行日程，并为这么早就叫醒他表示抱歉。

郎立即把写的信交给大主教马菲，说："这是写给伊莎贝拉的。"马菲主教慢慢地从他手里接过信，用一种奇怪的声调问道："郎大师，告诉我，你对伊莎贝拉有什么想法？"

这个问题对郎来说是个意外，他问道："对不起，你说什么？"

大主教问："我的意思是，你期待的这次会面只是为了公事，还是有……？"

郎清楚地知道他在说什么："阁下，先生，我也不太清楚。但我所知道的是，在过去的日子里，我没有一天不想她。"

"你爱她吗？"大主教问道，他接着说，"因为爱能拯救她。"

"拯救她！为什么？"郎惊慌地问。

"好吧，我相信安东尼奥告诉过你伊莎贝拉面临的问题。"大主教用肯定的语气问道。

"是的，她的情况有所改变了吗？"郎问道。

"没有！没有！我不是有意要警告你，我的孩子，但如果伊莎贝拉要和你见面的话，那将会使她暴露在另一股势力面前，威胁到她的自由。他们出于莫名其妙的恐惧，想把她像动物一样关在笼子里。"马菲大主教答道。

“那我能做什么?”郎急切地问道。

“我今天晚上会和一个朋友见面，希望他能告诉我解决这个问题最安全的办法。”大主教回答说。

“那我们不能和教皇谈谈吗?”

听到他对这个复杂问题的过分建议，大主教马菲笑了起来，他很钦佩郎对教廷的信任。

“我希望有这么简单就好了，我的孩子。我真心希望如此。我感谢你来见我，我一有消息就给你打电话。”马菲大主教和郎握手，前门打开，黑袍人消失了，后车门突然打开。郎下了车，回到酒店。汽车慢慢地从路边开出，消失在车流中。

“我亲爱的好兄弟，请进吧。很高兴见到你!”枢机主教巴萨惕尼说，大主教马菲进入他的房间。他们走进枢机主教巴萨惕尼的书房，关紧大门。

“我很高兴你花时间来见我。针对年轻的修女伊莎贝拉的事情，我处在犹豫不决的状态中。”马菲主教谦卑地说。

巴萨惕尼插话道：“我亲爱的弗兰西斯科，你身兼罗马繁忙的公务，还不够你忙的?你还担心这件微不足道的事情?”

“是的!兄弟，困扰我的是，倘若修女打破了她的誓言，那会怎样?”马菲大主教问道。

“嗯。”巴萨惕尼说，他慢慢地从椅子上站起来，走到他的大图书架子边，那里摆满了罗马行省和梵蒂冈的法律书籍，装饰着整个墙壁。

“啊，就在这儿!” 巴萨惕尼大叫一声，找出本书迅速翻阅起来。他说：“由于修女已是正在进行调查的一部分，限制还没有解除，案件将继续进行。她将被拘留并审问。如果罪名成立，她将受审。”

“但是秘密的令状不是会保护她并阻止这样的程序进行吗?”马菲大主教问道。

“马菲兄弟！因为她自愿地实施沉默的誓言，秘密的令状才发布了。如果她放弃誓言，令状就没有什么价值了。如果她没有放弃保持沉默的誓言，令状将继续生效，开始对她实施限制。”

“原谅我， 巴萨惕尼兄弟，我想问，如果誓言已经被放弃了，那结果会如何?”他迟疑地问。

巴萨惕尼笑了起来。“放弃誓言的修女！”他的笑声变得更响亮了。“哦，弗兰西斯科兄弟！你很幽默。”他继续道，笑出了泪水。大主教马菲站了起来，鞠了一个卑微的躬，并退出了巴萨惕尼的房间，巴萨惕尼主教还在笑这个问题。

大主教马菲快步走到广场对面的圣乔凡尼塔，去帮助祈愿中的伊莎贝拉，悄悄把郎的信拿去转交给她。

书房里传统的家具带着十五和十六世纪期间的风格，历史和宗教书籍装饰着书房的墙壁。红木风格的家具和木架与地毯上的色调相匹配，床是维多利亚女王风格的。厚厚的绗缝窗帘覆盖着窗户，太阳的光线使昏暗的房间变得灰蒙蒙的。一个皮肤白皙的年轻女孩坐在那儿，她有一双明亮的大眼睛，穿着修女服装，把头埋在宗教书籍中。敲门声引起了她轻微的恐慌。她在书页上标上标签，合上了书。然后她从椅子上站起来，看谁在门口。

马菲大主教自报了身份，她打开门，他走进来，她走回她的桌子。“晚上好，修女。”她点了点头，困苦的表情出现在她脸上。他把手伸到口袋里掏出郎的信递给她。他们俩几乎在同一时间坐下，她阅读着那封信，把每一个字都吸收了进去。然后她哭起来，她慢慢地抬头，盯着大主教马菲，用呜咽的声音说：“勇士。她总是这样。”她的回答让人摸不着头脑，大主教回应说：“她是谁？”

“我在过去的七十年里有过三次轮回，在每一个生命中，我都经历了许多事情，每一次新生，我都记得上一个生命发生的事情。很久以前，我爱上了一个女人，当我重生的时候，我成了她的儿子。第二次我回来的时候，我是她女儿的女儿，现在我还在这世上，但是她死了，然而她的灵魂住在郎的身体中，可是郎不知道他拥有她的灵魂。我们一定要在一起，难道这还不是命运的安排吗？”

马菲大主教被这个故事震惊了，他相信了，并说：“两颗相爱的心永远不会被拆散或毁灭，而会在今生和来世继续存在。两个人的灵魂能感觉到他们的生命是连接在一起的，还有什么比这更重要的东西呢？”

她擦干眼泪，说：“教父，我该怎么办？”

大主教马菲回答说：“是你们共同的永恒的爱，在此生和来世，拯救你们。去吧！愿上帝与你在一起！”

与此同时，枢机主教巴萨愓尼坐在椅子上。他慢慢地靠在座椅上，摸着他的头。他仔细考虑了他尊敬的朋友和兄弟问的问题。他从椅子上起身，环视着他的图书室，他迅速把架子搜索一遍，寻找一本记录了一个人放弃誓言的书。但是枢机主教巴萨惕尼的想法是：放弃，然后去哪里？她无法放弃，只能留在圣城。

他打电话给枢机主教泽拉达，讨论这个法律问题。泽拉达对巴萨惕尼说："如果伊莎贝拉修女放弃她的誓言，这就像罗马军团的团长未经许可离开岗位，或无故缺席一样。这只会加剧正在调查的情况的恶化。"

枢机主教巴萨惕尼挂了电话。他立即打电话给教皇卫队："伊莎贝拉修女将放弃她的誓言，试图离开梵蒂冈，逃离罗马！"他敦促他们在圣乔凡尼山上再派几个卫兵。枢机主教泽拉达，是罗马教廷委员会的成员，深夜接到新的电话指令，并被授权履行指令。

看到警察的出现，大主教马菲立即知道枢机主教巴萨惕尼背叛了对朋友的忠诚。很快，大主教马菲联系了郎和安东尼奥，但他们已经按照计划在塔的附近去接伊莎贝拉，已经在路上了。

大主教试图重返圣乔凡尼塔警告伊莎贝拉，但警卫众人堵住了入口。他大声喊着她的名字，希望她能听到他的声音并望向窗外，但是汽车警报器的声音淹没了他的叫喊声。

两辆送货车沿着狭窄的通道冲到了圣乔凡尼塔的前面，但是警察和梵蒂冈卫兵已经封锁了通往塔前的院子。其中一辆车撞上了一辆挡着的警车，分散注意力，其他人从第二辆车上溜了下来，藏在梵蒂冈花园圣乔凡尼塔墙边的厚厚的灌木丛中。

巨大的撞击声终于引起了伊莎贝拉的注意。她从院子的窗户向外看，发现里面挤满了警车和执法人员。一个警官喊道："你待在那儿！别动！"但是那个陌生人已经爬到了墙顶，跑上了通向塔顶的斜坡。伊莎贝拉注视着那个勇敢而大胆的男人，当他走近时，她开始认出多年前的小男孩的脸，他已经长成了一个英俊的男人。

她笑着对自己说："是凌平！"她挥了挥手，他微笑着挥手回应。与此同时，警察们正盯着郎。他准备纵身跳到阳台的底部，但如果他失手了，将遭受严重的身体伤害甚至摔死。警察让他停下，但对他们的警告，他置若罔闻。他从斜墙边上跳了下来，抓住一个建筑平台，爬上阳台。他热切地拥抱伊莎贝拉，亲吻着她，旁观者们的欢呼声、鼓掌声传来。但警官们并不欣赏这一激情，突然一阵响雷般的敲门声传来。伊莎贝拉没有开门，但门外的人用意大利语讲话，要求她服从指令。

她开始惊慌起来，困惑地看着郎。郎拉着她的手，把她领出窗外，来到了竖立在老塔周围的建筑平台上。一个警察用无线话机汇报情况，几分钟后，被告知不需进入，但要看住门口。他们需要等到她离开这个界限，然后他们才有权力采取行动。

这时，枢机主教巴萨惕尼和泽拉达到达现场，进行了重新调整。大主教马菲穿过院子和他的兄弟们交谈，希望他们在事情变得更糟之前停止武力，但被他们拒绝了。

"马菲主教，请你四处看看。如果你早早就向梵蒂冈汇报过，我们今天就不会在这里了！"枢机主教泽拉达喊道。

枢机主教巴萨惕尼平静地说："她很快就会属于我们的。"

然后有人向枢机主教巴萨惕尼、泽拉达报告，伊莎贝拉已经离开了建筑的范围。此刻，命令下达了："行动。"集结待命、全副武装的人员，以迂回的战术前进着，好像受过专门训练，来应付这样的情况似的。

另一个躲在梵蒂冈花园里的人也爬上了墙顶，等待着协助伊莎贝拉和郎的逃离，他们小心翼翼地爬下来，又爬到了连接圣乔凡尼塔墙上的斜坡。

人越聚越多了，梵蒂冈的一些执法人员忙于控制躁动的人群。新闻媒体已经出现在现场，正在进行现场直播。在梵蒂冈城圣乔凡尼塔的院子里上演着浪漫的一幕，郎的经纪人贝里在他的酒店房间里看到了电视报道。他立即联系纽约，看他们是否能抓住这个罗密欧和朱丽叶重现的场景。兴奋的情绪使贝里烦躁不安，他觉得他应该去那里看看。

他刚抓起鞋，电视上响起了枪声，新闻记者和人群吓得直往汽车和树木后面躲。又响起了一阵枪声，新闻记者结结巴巴地报告现场发生了什么。贝里惊恐起来。他扔掉了鞋，坐在床边，紧张地看着电视。

大群的人从摄影师身边跑过去，几乎要踩踏到新闻记者。武装警察向这两个人开枪，试图抓住伊莎贝拉。郎和伊莎贝拉终于跑到了车旁，但是帮助他们的陌生人中枪了，倒在地上。第二轮袭击，枪击中了郎的身体，他摔倒在地。伊莎贝拉跪下来，歇斯底里地哭了起来。

她的眼睛被泪水模糊，愤怒像一股电流，在她身上汹涌流淌，她无法承受再次失去凌平的事实。伊莎贝拉从血迹斑斑的水泥地上站起来，郎躺在地上喘着气，呼吸越来越短促，生命迹象渐渐从他的身体内消失。突然，伊莎贝拉发出一声响亮的高音喊声，警车和邻近的嵌板上的玻璃都被震碎了。警察和观众捂住耳朵，新闻记者的电器设备短路了。人们无法忍受这种声音，跪在地上，痛苦地尖叫起来，追击的士兵突然被强力扯回来，好像受到炸弹的冲击，让他们丧失意识。当观众试图逃离恐怖现场的时候，高大的墙壁开始裂开并砸向他们。随后，塔倒塌了，碎片掉落在院子里，大地颤抖着，裂开了。

大主教马菲尖叫道："不，伊莎贝拉，控制你的声音。请控制它！"但是他的话太晚了。伊莎贝拉充耳不闻。她的恐惧和痛苦交织在一起，猛烈地爆发出来。

院子里的水泥地开始开裂，路面上出现了断层，警察们纷纷摔倒在地，塔楼上的碎片爆裂了，把人和车辆都砸倒了。大地像地震一般，树木被连根拔起，地面剧烈地颤抖着，梵蒂冈城周围的墙壁开始裂缝，西斯廷教堂也震动摇晃，碎片如雨点般落在屋内的枢机主教和大主教身上。

主教身上的血管像铁丝网一样在他的脸上纵横交错。他的皮肤紧贴着面部骨骼，以每秒一百万次的频率振动，他奋勇向前，对抗着如同猛烈的飓风般袭击身体的声波。马菲主教终于走到她跟前，对她说："同情心使我们成为人类。"不知道她是否能在噪音和风中，分辨出他的声音，他一遍又一遍地重复着，突然她停了下来。她跪倒在地。郎在垂死状态，她轻轻地握住他的手，擦了擦鼻子，开始唱一首优美的曲子，突然郎的身体开始痊愈。

枢机主教巴萨惕尼和泽拉达站起来，环顾四周，注意到破坏强度，声音所经之处，一片狼藉。枢机主教巴萨惕尼说："她拥有的这种能力，这种力量，会毁了我们所有的一切。只有教会的力量才能应付这些问题。想象一下，如果这种天赋，这种能力，落入坏人之手，那将如何是好？泽拉达枢机主教，愿上帝怜悯我们！”

大主教马菲帮助伊莎贝拉把郎抬上车，他们开车走了，然后枢机主教巴萨惕尼和泽拉达慢慢转身进入他们的汽车。几分钟后，消防员和护理人员赶到现场救治伤员，幸存者们则注视着距圣彼得广场只有几分钟路程的可怕的灾难现场。